A deux pas du ciel

ISBN : 2-86930-116-2
ISSN : 0764-7786

Titre original : *South of Heaven*

5-7, rue Paul-Louis Courier - 75007 Paris
10, rue Fortia - 13001 Marseille

Jim Thompson

A deux pas du ciel

Traduit de l'américain
par Michèle Valencia

Collection dirigée par
François Guérif

rivages/noir

Mille bornes au sud-ouest des ranches...
Là, il n'y a plus l'ombre d'une piste,
Mais un soleil qui vous dessèche les tripes,
Un vent qui tourne au blizzard,
Des poux qui jouent aux lézards,
De l'eau saumâtre, croupie,
Et le pipe-line, cicatrice dans la prairie,
Construit par des types sauvages, violents,
Qui ressemblent à des loups hurlants...
Enroulé dans votre couverture, vous tremblez.

Ballade du pipe-line

1.

L'aube trouait la prairie de l'ouest du Texas tandis que tombaient les dernières grosses gouttes de rosée. Frissonnant, je me redressai pour regarder le lit sinueux de la rivière à sec où six cents bonshommes, trimardeurs comme moi, étaient rassemblés en attendant que démarre la construction du pipe-line. L'un des plus gros travaux de cette époque : il allait relier ce gisement de gaz naturel perdu à Fort Arthur, sur le golfe du Mexique. Depuis plusieurs semaines, on s'était passé le mot et les gens affluaient de partout — taulards, chemineaux, types qui grappillaient dans les missions — et presque tout ce monde avait l'estomac vide et ne possédait que les hardes qu'il avait sur le dos. L'une des rares exceptions (et ce n'était vraiment pas une référence) était La Défonce, le gars avec lequel j'avais fait la route.

Il somnolait à quelques pas de moi, vautré sur le siège de sa Ford «Modèle T». Je lui envoyai un coup de pied dans les côtes et je me dépêchai de retirer ma jambe tandis qu'il s'asseyait en jurant et en agitant les bras.

— Hein ? Quoi ? Qu'est-ce qu'y a ? dit-il en jetant des regards furieux de ses yeux injectés de sang. Qu'est-ce que tu fabriques, Tommy ?

— Je croyais t'avoir dit que j'allais en ville, dis-je. Je vais voir si je peux nous dégotter quelque chose à bouffer.

Il me fixa encore un moment, en réfléchissant à ce que je venais de dire. Puis il fit soudain la grimace, grogna et mit ses lunettes de soleil crasseuses. La Défonce se soûlait avec de l'alcool frelaté, comme la moitié des trimardeurs du coin. Ils finissaient tous par en devenir aveugles et en attendant, la plus petite lumière les rendait fous.

— T'es un brave garçon, Tommy, dit-il enfin. Regarde si tu peux pas dénicher un peu de tord-boyaux, hein ?

Je lui répondis qu'il n'en était pas question. Je me limiterais à trouver de quoi bouffer.

— Toi et moi, on se trimbale ensemble, mais c'est pas pour ça que je suis ton boy.

— Allons, allons, Tommy ! dit-il en passant la main sur la barbe naissante de son visage bouffi. Mais tu pourras peut-être dégotter une boîte de lait, hein ? Et peut-être aussi un litre d'essence ? Vu mon état, boire un peu de lait et d'essence, ça me fera rudement du bien.

— Non, lui répondis-je.

Il était encore en train de gémir et de supplier quand je tournai les talons. Je me dis qu'il était temps qu'on se sépare tous les deux. J'allais bientôt avoir du boulot et je ne lui devais rien. Dans ce coin-là, un moyen de locomotion était vraiment pratique, mais j'avais plus que remboursé mes déplacements en changeant les roues, en entretenant la Ford T et en m'occupant de tout ce que La Défonce était incapable de faire lui-même parce qu'il était trop soûl ou trop paresseux.

Je remontai le lit de la rivière vers la ville, sautant pardessus les trimardeurs endormis ou les contournant, retirant de mon pantalon et de ma chemise les brindilles qui tombaient des arbres. Je portais un chapeau en bon état, un feutre gris comme on en voit dans les villes, avec les bords relevés devant et derrière, et bien entendu, j'avais de bonnes chaussures bien solides avec une paire de semelles supplémentaires clouées dessous. C'est une chose qu'on apprend quand on fait ce genre de grands chantiers. Il faut toujours porter un chapeau et des chaussures correctes, comme ça, même si on n'a pas grand-chose entre les deux, les gens savent que vous n'êtes pas un clodo. Un trimardeur, oui, mais pas un clodo. Il y a une grande différence entre les deux.

Juste au détour du lit de la rivière, j'aperçus trois types assis autour d'un petit feu, en train de réchauffer une boîte de conserve où il y avait le marc de café de la veille. Un peu hésitant, je leur fis un signe de tête, mais ils ne me le rendirent pas et l'un d'entre eux me tendit une allumette. Pour un trimardeur, c'est la manière de vous faire comprendre que votre compagnie n'est pas souhaitée

— en d'autres termes, que vous devez allumer votre propre feu. Je continuai donc ma route, qui tournait à nouveau. Puis je m'arrêtai brusquement, bouche bée.

Il y avait là un grand type au physique agréable, âgé de trente-cinq ans environ, assis dans l'herbe, sur le flanc de la colline. Il était en train de boire du vrai whisky et de fumer une cigarette roulée à la machine. Il m'adressa un sourire nonchalant et un clin d'œil.

— Tommy, mon garçon, dit-il d'une voix traînante, descends de cheval et pose tes fesses, l'ami.

Pendant une minute, je fus incapable de parler ou de bouger tant j'étais surpris et heureux de le voir. Puis je retrouvai ma voix et hurlai :

— Brelan ! Brelan Whitey !

— Je t'en prie, Tommy ! — Il fit la grimace et se tapota la tête — Pas de si bon matin !

Je m'accroupis devant lui, souriant d'une oreille à l'autre.

— Mince, c'que j'suis content de te voir ! lui dis-je. Tu sais, j'ai entendu dire que tu avais été tué.

— On m'a juste tiré dessus quelques petites fois, Tommy. J'ai juste été un petit peu écorché. C'est l'autre type qu'a été tué.

— Tu comptes t'arrêter un moment par ici ?

— J'me suis déjà arrêté, Tommy. Et comme j'étais à peu près sûr que tu serais là, je me suis dit qu'on pourrait se remettre à travailler ensemble.

— Hé, c'est terrible ! dis-je. Voilà ce que j'appelle une bonne nouvelle, Brelan.

— Alors fête donc ça, gloussa-t-il. Finis la bouteille et les cigarettes.

Il me passa sa flasque de whisky et un paquet de cigarettes entamé. J'allumai une cigarette et, assoiffé, j'avalais une grande rasade tandis qu'il sortait une autre bouteille et un autre paquet de cigarettes de sa poche. Nous restâmes sans rien dire pendant un moment, juste à boire et à fumer et à nous regarder en souriant, comme de vieux amis qui se retrouvent.

— Eh oui, Tommy, finit-il par dire. La mauvaise saison est passée, les beaux jours sont devant nous et les oiseaux vont s'arracher les tripes à force de chanter. Bref, le pipe-line commence à engager demain. Toi et moi, on va y travailler et dans quinze jours, quand on aura la première paye... devine ce qu'on va faire, Tommy.

— Comment veux-tu que je devine ? dis-je en riant.

Il était assis sur un baluchon de vêtements de travail, mais il portait un costume et des chaussures de prix, et une chemise d'un blanc éclatant — une chemise blanche, vous vous rendez compte ! J'étais sûr qu'il avait sur lui un beau paquet de fric, suffisamment pour voyager en première classe. Mais il aimait cette vie et il avait débarqué ici avec six cents autres trimardeurs.

— Alors, t'as réussi ton coup, hein ? dis-je en buvant une petite gorgée d'alcool.

Il fit un signe de tête affirmatif.

— Un coup énorme, Tommy. Il se trouve que je connaissais quelques-uns des chefs parce que j'avais posé des canalisations dans l'est du Texas. Higby, par exemple, tu te souviens de lui ? Alors toi et moi, on sera les seuls à opérer d'ici au golfe du Mexique. Toi aux cartes et moi aux dés. Et pour ton fade...

— Merde, j'te fais confiance, Brelan.

Il répondit avec une pointe d'ironie que c'était très bien, mais que quand les choses étaient claires, c'était encore mieux.

— De toute façon, on fera comme d'habitude. Je finance le jeu et tu prends vingt pour cent des bénéfices. Ça te va ?

— Ça me va, répondis-je.

Je devrais peut-être vous dire que ceux qui embauchaient pour construire un pipe-line aimaient bien avoir un ou deux joueurs professionnels à proximité. Ils ne voyaient pas d'inconvénient non plus à ce qu'une ou deux femmes suivent le chantier tant qu'elles se tenaient tranquilles et ne venaient pas dans le camp proprement dit. Ce n'était d'ailleurs pas souvent qu'on avait l'occasion d'en voir une ; tout simplement parce que, vous comprenez, ce n'était pas commode pour une femme de vivre à la dure, toute seule, parfois à cent cinquante kilomètres de la ville la plus proche. Mais des joueurs, il y en avait toujours. Construire un pipe-line est un boulot pénible, il faut trimer dur sept jours sur sept, et le jeu empêchait les hommes de s'agiter. Et puis, comme ils y laissaient tout leur pognon, ils ne pouvaient pas se permettre de tout plaquer.

— C'est quel genre de travail qu'on aura, Brelan ? lui demandai-je, parce que naturellement, il nous faudrait vivre dans le campement et que quand on y vivait, on était obligé de travailler. Est-ce qu'on va à nouveau être préposés au pointage ?

Il secoua la tête et parut un peu soucieux, pour la première fois.

— J'ai bien peur que non, Tommy. Les banques ou les gens qui financent ce truc-là ont leurs propres pointeurs.

— Ah bon... alors tu veux dire qu'on va devoir creuser ?

— Oh non ! On va certainement pas s'abaisser à creuser. Ça vaut pas le coup de se faire des ampoules avec ces binettes à long manche.

Je lui dis que j'étais aussi capable de manier la pelle et la pioche que n'importe qui. Mais j'aimais autant faire autre chose. Brelan annonça que je n'apprécierais sûrement pas le travail qu'on allait faire.

— Mais c'était le seul boulot à peu près convenable qui restait, Tommy, le seul qui nous permettra de pouvoir jouer tranquillement.

— Ça m'ira, tant qu'il s'agit pas de tripoter des explosifs. Parce que la dynamite, je ne veux pas y toucher.

— C'est pas une mauvaise fille, mademoiselle Dynamite, Tommy. Tu peux la malmener et la laisser en plan et elle dira jamais quoi que ce soit.

— Tu... — j'écarquillai les yeux — Tu veux dire que c'est ça, le boulot ? Faire sauter des trucs ? Tu... tu...

— je m'étranglai — Tu crois que je vais toucher à des explosifs après ce qui est arrivé à...

— C'est vraiment une bonne fille, mademoiselle Dynamite, dit-il d'une voix doucereuse. Elle se met du parfum qui empeste et t'en attrapes un sacré putain de mal de crâne. Mais sur le plan sécurité, c'est le truc le plus sûr du monde.

— Et comment ! C'est pour ça qu'on n'avait encore trouvé personne et que ceux qui font ça touchent plus que les autres !

— Ça, je dois reconnaître que tu m'en bouches un coin, Tommy. Je ne m'étais encore jamais rendu compte que tu étais trouillard à ce point.

— J'suis pas trouillard ! dis-je sèchement. C'est seulement que je n'aime pas la dynamite et tu sais très bien pourquoi !

— Je sais, dit-il doucement. Mais c'est comme ça, mon p'tit gars. Je vais m'embaucher pour faire sauter le paysage et tu m'assisteras. C'est à prendre ou à laisser.

J'hésitai. Je bus une autre petite gorgée. Il surprit mon regard et hocha lentement la tête.

— C'est comme ça, Tommy. Tu dynamites ou tu t'en vas.

— Mais enfin merde, Brelan !..

— Alors, qu'est-ce que tu choisis ?

Il n'y avait qu'une réponse à ça. Je la lui donnai donc. Il sourit d'un air approbateur et me tendit la main.

— Ah, je te retrouve enfin. Allez, serrons-nous la main.

Ce que nous fîmes. Je baissai les yeux et je vis que je tenais un billet de cinq dollars.

— Joyeux anniversaire, Tommy, dit-il.

— Oh, écoute ! dis-je, me sentant un peu gêné. T'avais pas besoin de faire ça, Brelan.

— Pourquoi pas ? On n'a pas tous les jours vingt et un ans, ça ne vous arrive qu'une fois.

— Mais je ne suis même pas sûr d'avoir vingt et un ans. Ça doit être ça, mais j'en suis pas vraiment sûr.

— Eh bien, maintenant, tu peux en être sûr, dit-il. C'est moi qui t'le dis, et tu peux me faire confiance.

— De toute façon, mon anniversaire, c'était la semaine dernière. Et jusqu'à ce que tu en parles, je l'avais complètement oublié.

Il bâilla et s'allongea dans l'herbe en me faisant signe de partir.

— Va t'en foutre plein la lampe, Tommy. Prends du bon temps si tu arrives à trouver de quoi t'amuser.

— Merci, dis-je. Merci beaucoup, Brelan.

— Mais n'oublie pas de venir me rejoindre devant le chantier demain matin. Essaie d'arriver vers cinq heures. Il faudra qu'on s'embauche et on aura à travailler avant ceux qui creusent et charrient la terre. Nous, on s'attaquera au roc.

— D'accord, je serai là.

Il baissa son chapeau sur ses yeux et croisa les bras sur son estomac. Apparemment, il s'endormit immédiatement. Je remontai le lit de la rivière pour aller en ville.

2.

On m'a dit que les choses n'avaient pas beaucoup changé dans l'ouest du Texas pendant ces quarante dernières années. Ça a toujours été une région sauvage et désolée, depuis que le monde est monde. Et quand les hommes lui ont pris ce qu'elle avait à offrir, elle est retournée à sa sauvagerie et à sa désolation. Ou du moins, c'est ce qu'on m'a dit. Moi, je n'ai pas pu le vérifier, parce que je n'avais rien à faire dans le coin, et que j'avais peut-être même quelques bonnes raisons de ne pas y retourner. Tout ce que je peux donc vous dire, c'est à quoi ça ressemblait ce matin-là, il y a quelque quarante ans, quand j'avais environ vingt et un ans.

On avait baptisé la ville d'un nom russe, comme beaucoup d'autres villes du Texas, dans l'ouest et le Far-West. Les géologues avaient en effet découvert qu'elles étaient toutes situées dans un bassin permien, qu'on avait commencé par forer en Russie, alors on leur avait donné des noms russes. Ou parfois persans, comme Iraan, par exemple, dans la mesure où les roches souterraines de ce pays sont également une formation permienne.

La ville elle-même ne ressemblait à aucune autre. Elle n'avait aucun plan d'ensemble. Les rues, si on pouvait les appeler comme ça, partaient dans tous les sens. Les bâtiments en bois, dépourvus de peinture, branlants à cause du vent, semblaient avoir été flanqués n'importe où : il y en avait deux ou trois qui se suivaient, ayant l'air de se soutenir l'un l'autre, et puis deux cents mètres plus loin, il pouvait y avoir une autre construction, et à quinze ou vingt mètres de là, en diagonale, une demi-douzaine d'autres.

En tout, la ville devait bien faire trois mille mètres carrés et compter une centaine de bâtiments — des bicoques, des magasins, des restaurants, des salons de coiffure et ainsi de suite. A l'exception de trois entreprises, un bazar, un restaurant et un garage, tout était fermé. La plupart des boutiques recommenceraient à travailler quand les ouvriers du pipe-line auraient reçu leur première paye et elles feraient des affaires tant que le chantier resterait à proximité. Mais pour l'instant, c'était l'endroit le plus abandonné qu'on ait jamais vu.

Le vent soufflait, comme toujours, sifflement plaintif d'un géant fatigué. Même tôt le matin, alors que tout était encore humide de rosée, des tourbillons de poussière dansaient dans la prairie, montaient et descendaient les rues fantaisistes, et faisaient penser à une procession de vêtements sales. Tout était très calme, si calme qu'on aurait presque pu entendre une poule pondre ses oeufs. C'est alors que sur la route de Matacora, siège du gouvernement local, au sud-est, j'entendis le bruit d'une voiture.

Elle arrivait à toute vitesse, et d'après le vacarme qu'elle faisait, je me disais que c'était une Ford T, avec changement de vitesse breveté et moteur à culasse rapportée. On en voyait quelques-unes dans les gisements de pétrole avant la sortie des «Modèles A» et des «V-8». Le temps que j'arrive à la hauteur des premiers bâtiments déserts, elle était derrière moi.

Elle me dépassa en rugissant, dans un tourbillon de poussière qui nous enveloppa elle et moi. Puis les freins crissèrent, elle patina en soulevant encore davantage de poussière, elle revint vers moi et elle s'arrêta.

Elle avait une grosse étoile peinte sur le côté. L'homme qui enjamba la portière et s'avança vers moi portait lui aussi une étoile — un insigne de shérif adjoint.

C'était un de ces gars aux épaules carrées, avec presque pas de cou et pas tellement plus de front. Il s'appelait Bud Lassen et je l'avais déjà vu, lui ou ses homologues, partout où il y avait un afflux massif de main-d'œuvre temporaire. Ça peut sembler mélo de les qualifier de gangsters, mais c'est bien ce qu'ils étaient.

Les autorités locales n'étaient pas de taille à surveiller de grands rassemblements. En outre, la police locale était généralement faite par des gens assez bien, qui ne voulaient pas ternir leur réputation. Des types comme Bud Lassen étaient donc engagés comme adjoints pendant quelques semaines ou quelques mois, et ils faisaient le nécessaire, et même beaucoup plus qu'il n'aurait fallu. Parce que faire passer un mauvais quart d'heure à un type, on peut dire qu'ils aimaient ça. Ils aimaient imposer leur volonté à des gens qui étaient généralement trop éreintés et trop sous-alimentés pour se rebiffer.

Lassen se planta devant moi, une main sur la crosse de son 45, le pouce de l'autre passé dans son ceinturon. Il me toisa de la tête aux pieds d'un œil mauvais, en se balançant d'avant en arrière sur les talons de ses bottes.

Finalement, il me dit :

— Comment tu t'appelles, traîne-savates ?

— Tu le sais bien, Bud, dis-je en prenant un air faussement assuré. En tout cas, tu devrais le savoir.

— Ne fais pas le malin avec moi, blanc-bec !

— Quand on travaillait pour la société de construction de l'Oklahoma, à installer des fils télégraphiques, près d'Odessa, tu as essayé de nous refaire, Brelan Whitey et moi. Je suppose que tu étais trop bouché pour savoir que Brelan n'aurait jamais fait ses affaires sans en discuter d'abord avec le shérif.

Il me dévisagea tandis que le rouge gagnait son cou de taureau et sa large figure marquée par la petite vérole. Très lentement, il hocha la tête pour me signifier qu'il se souvenait parfaitement de moi. Et il ne m'avait certainement pas oublié dans la mesure où j'avais contribué à le faire chasser d'Odessa.

— Tommy Burwell, dit-il. Tu vas trimer pour le pipeline, Tommy ?

Je lui répondis que oui, évidemment. J'attendais qu'ils embauchent.

— Qu'est-ce que je ferais par ici, sinon ?

— Alors fais passer le mot, Tommy. Dis à tes copains que je les attends au tournant s'ils font des histoires en ville. Dis-leur que le premier enfant de putain qui fera quoi que ce soit aura le crâne fendu.

— Va donc leur dire toi-même. Il y en a six cents entassés le long de la rivière et je sais qu'ils seraient ravis de rencontrer un brave type comme toi.

— J'ai encore autre chose à te dire, poursuivit-il comme s'il ne m'avait pas entendu. Dans quelques jours, je serai engagé par le pipe-line comme surveillant spécial. Et alors, il faudra doublement tenir compte de ce que je t'ai dit sur ceux qui font des histoires.

— Je suis bien content de l'apprendre, dis-je. Parce qu'à ce moment-là, tu ne porteras plus d'étoile.

Il cilla. Je me balançai de droite à gauche et j'essayai de reculer. Mais son revolver était déjà sorti de son étui et levé pour me frapper sur la tête. Je mis les mains en avant pour me protéger. Il rit en faisant entendre un grognement et le canon de son arme vint me frapper le ventre.

Je tombai à genoux, plié en deux. Je n'avais pas encore réussi à me redresser qu'il était déjà à l'autre bout de la ville et s'arrêtait devant le bazar et la poste.

Je parvins à me relever. Je me passai la main sur l'endroit sensible et je me dirigeai vers le restaurant du Grec.

J'avais déjà reçu plus d'un coup dans le ventre et je me disais que ce n'était sûrement pas le dernier. Je n'étais donc pas particulièrement ému par ce qui venait de se passer et je ne redoutais pas outre mesure ce qui risquait de m'arriver. Je suppose que je n'avais pas assez d'imagination pour avoir peur. Ni assez d'imagination, ni assez d'expérience. Les jeunes ont du mal à croire qu'ils vont mourir un jour. Que les autres meurent, ça oui, mais pas eux. Ils ont l'impression que rien ne peut les abattre.

Quand on a vingt et un ans, on croit toujours qu'on va devenir célèbre en tapant dans un ballon, en étant avocat, écrivain, ou quelque chose qui rapportera un million de dollars, qu'on va épouser une jolie fille, vivre dans une belle maison et... bref. On ne se pose d'ailleurs pas la question de savoir comment on va y arriver. On sait qu'on réussira, un point c'est tout.

Mais recevoir un bon coup dans le ventre peut vous dégriser un jeunot de vingt et un ans, et dans mon cas, ça m'avait pas mal rabattu le caquet. Je me considérai longuement, en train de traîner la patte dans la poussière, avec les bords de mon chapeau relevés devant et derrière, et des brûlures d'estomac pour avoir picolé avant le petit déjeuner. Ce n'était pas un tableau très réjouissant. Il n'y avait rien de romantique ou d'excitant là-dedans. J'étais un vagabond, un journalier, un joueur de bas étage — un homme qui gâchait sa vie dans un bourbier. Voilà ce que j'étais. C'était ce que je serais dans vingt et un ans, à condition que je sois toujours là, si je ne me dépêchais pas de changer de vie.

Je me dis que j'allais en changer. Ça me fit du bien ;

vous comprenez, après ça, je n'avais plus besoin de faire réellement quelque chose.

Je me mis à siffloter en réfléchissant à ce que j'allais manger au petit déjeuner, en réfléchissant au moyen de dépenser mes cinq dollars. Parce que j'allais les claquer, bien entendu. C'était pour ça que l'argent était fait et d'ailleurs, il y aurait toujours d'autres billets à l'endroit où on avait trouvé le premier. Toujours.

Et quand on a vingt et un ans, toujours, c'est l'infini devant soi.

Je commençai à marcher en suivant le rythme de l'air que je sifflais. J'avançais presque au pas cadencé. Je marchais vers quelque but vague mais élevé. C'est plus ou moins comme ça que je me représentais les choses ce matin-là, il y a bien longtemps.

En fait, j'allais plonger la tête la première dans le plus beau pétrin de ma vie que je m'ingéniais à gâcher.

3.

Je suppose que la plupart d'entre nous visent plus haut que ce qu'ils finissent pas atteindre en réalité. La plupart d'entre nous veulent faire mieux que ce qu'ils finissent par faire. En tout cas, au début.

J'avais travaillé dur à l'école et j'avais eu des résultats plus que satisfaisants. Les professeurs du lycée de la région, dans mon Oklahoma natal, m'avaient pressenti pour aller à l'université et avaient tâté le terrain pour essayer de m'obtenir une bourse. Mes grands-parents — la seule famille qui me restait — avaient fait tout ce qu'ils pouvaient pour m'aider parce qu'ils voulaient que j'arrive à faire ce qu'ils n'avaient pas pu faire eux-mêmes.

Tout le monde me poussait et moi aussi, j'y mettais du mien. D'après les résultats que j'avais obtenus, j'étais celui qui devait le mieux réussir. Et personne n'aurait pu convaincre qui que ce soit du contraire.

Et puis, alors que j'allais avoir seize ans, mes grands-parents moururent dans une explosion et on aurait dit que tout sautait avec eux.

Ma grand-mère et mon grand-père, que Dieu les bénisse, étaient métayers et cultivaient vingt-cinq hectares de la terre la plus aride du monde. Si vous plantez un bâton par là-bas, vous rencontrez du roc à moins de cinquante centimètres. Ils avaient besoin de construire de nouveaux W.C. et comme il n'était pas possible de creuser la pierre, grand-père avait rapporté la moitié d'une caisse de dynamite du magasin que possédait le propriétaire des terres. Il avait l'habitude de s'en servir ; moi aussi, et grand-mère aussi. Si vous vivez un bon moment dans une ferme qui se trouve sur de la rocaille, vous ne faitez bientôt pas plus attention à un bâton de dynamite qu'à un sucre d'orge.

Je revenais de l'école et j'étais à moins d'un kilomètre quand j'ai entendu l'explosion. Même d'aussi loin, j'ai entendu grand-mère hurler. J'ai eu l'impression de courir pendant une éternité avant d'arriver à l'endroit où elle se trouvait avec grand-père ; et alors... eh bien, je ne tiens pas à en parler. Parce que ce que j'ai vu, ce n'étaient plus des êtres humains.

Je ne suis pas bien sûr de ce qui s'est passé. Mais je suppose qu'une charge n'a pas explosé. Ils ont dû attendre un moment pour s'assurer qu'elle n'allait pas éclater et ils sont allés mettre un nouveau détonateur. Et puis, juste au moment où ils se penchaient...

Ne venez pas me dire que la dynamite est une bonne fille, qu'elle n'est pas dangereuse. A d'autres !

Comme je vous le disais, j'allais avoir seize ans quand l'accident est arrivé ; un mois de plus, et je terminais mes études secondaires. Mais je n'ai pas attendu. Je savais ce qui arrive aux jeunes de seize ans qui n'ont pas de famille et je ne voulais pas en passer par là.

Je suis parti me cacher dans les fourrés, le long de la voie ferrée. J'ai pris le premier train de marchandises qui passait assez lentement pour que je puisse sauter dedans et je n'ai pas arrêté de bourlinguer.

Récolte de blé des Etats-Unis jusqu'au Canada. Cueillette en Californie. Pommes dans le Washington et l'Oregon. Pommes de terre dans le Nebraska, l'Idaho et le Colorado. Et puis les gisements pétrolifères et les grands chantiers dans le Midwest, l'Ouest et le Far-West. J'avais gagné bien assez d'argent pour poursuivre mes études, pour aller à l'université ou tout ce que vous voudrez. J'en avais gagné des tonnes et je l'avais claqué à boire.

Quelques années plus tôt, Brelan Whitey et moi, on avait travaillé presque six mois sans s'arrêter, et avec ce que j'avais en plus récolté au jeu, j'avais amassé six mille dollars. Dieu seul sait combien avait Whitey. On est donc allés à Dallas, on a mené la grande vie, on a pris une suite dans le plus grand hôtel de la ville et on s'est mis à picoler. Et on n'a pas dessoûlé.

Seulement de l'alcool. Pas de femmes. Whitey était impuissant, je crois, il n'aurait donc pas été très délicat de ma part de faire allusion aux femmes. Je ne l'aurais probablement pas fait, de toute façon, car j'avais été élevé dans la tradition baptiste la plus stricte et puis, quand on boit autant, on ne pense pas beaucoup au sexe.

A la fin du mois, on était tous les deux fauchés et j'avais le delirium tremens. Mais avant de quitter la ville, Brelan a réussi à me faire admettre à l'hôpital pour qu'on me désintoxique. C'est comme ça qu'il était : gentil et attentionné jusqu'à un certain point, mais il refusait de prendre quelqu'un en charge. Il travaillait avec vous, allait s'amuser avec vous, mais c'était un solitaire, un type qui ne voulait pas qu'on s'accroche à lui. Il pouvait devenir sacrément mauvais si vous étiez dans ses jambes. Alors...

Alors, j'étais là, à traîner la patte dans la poussière rouge d'un autre patelin perdu, pour commencer un autre boulot dans le désert. Je me disais que cette fois, ça serait différent, que moi aussi, je serais différent.

En passant devant l'hôtel abandonné, j'entendis des voix marmonner et chanter. Je m'arrêtai pour jeter un coup d'œil sous le porche. Trois vagabonds étaient là, affalés par terre autour d'un antique pot de chambre dont ils sirotaient le contenu.

Je me dis, avec raison, qu'ils devaient avoir volé le récipient à l'hôtel et qu'ils y avaient versé de l'antigel mélangé à de l'eau du Pecos. Mais je les mis en boîte en leur criant :

— Alors, les gars, on se pinte à la pisse ?

Ils s'esclaffèrent en hurlant :

— C'est la meilleure que t'aies jamais goûtée, Tommy. Reste donc avec nous.

Je leur dis non merci.

— Bud Lassen est en ville. Vous feriez mieux d'y mettre une sourdine.

Ils me dirent tous ce que Bud Lassen pouvait aller faire, et aussi ce que eux, ils lui feraient.

— Hé, écoute, Tommy. J'vais t'raconter une nouvelle blague sur le pipe-line.

Elle n'était pas nouvelle. Je l'avais probablement déjà entendue cent fois ; c'était une sorte de blague régionale salace. Mais j'écoutai quand même pour leur faire plaisir.

— *Maman, maman ! Y a toute une bande d'ouvriers du pipe-line qu'arrive !*

— *Tais-toi donc, petite ! Ces gens-là, ils s'entubent tous autant qu'ils sont et ils iraient jamais faire une politesse à une femme.*

— C'est crevant, je leur ai dit. Vraiment très marrant. Bon, eh bien, soyez sages, les gars.

Je me dépêchai de partir avant qu'ils ne puissent me retenir. Leur chanson me poursuivit dans la rue.

Voici venir les hommes du pipe-line,
Vite, tendez une main secourable,
Quelqu'un est sûr d'y laisser la peau.

Une vieille camionnette Dodge était garée à quelques

mètres du restaurant du Grec. Elle était aménagée en roulotte, avec des fenêtres sur les côtés, et on avait remplacé le toit par une bâche pour avoir un peu plus de hauteur. Un pneu arrière était à plat et un gamin en jean, pull-over et casquette tricotée essayait de le sortir de la jante. Il n'y arrivait pas parce qu'il n'avait pas évacué l'air. Ça m'avait l'air d'un gamin pas très futé.

Je lui adressai la parole pour lui indiquer ce qu'il fallait faire. Mais il me tournait le dos, accroupi, et sa casquette l'empêchait apparemment de m'entendre. Alors je lui envoyai mon pied dans le derrière.

Un hurlement sauvage retentit. Le gamin se redressa brusquement, sa casquette s'envola et... c'était pas un gamin. C'était une fille.

Et qu'est-ce qu'elle pouvait être en colère ! Mais elle était rudement jolie, ça, c'est moi qui vous le dis ! Et puis rudement bien balancée !

4.

C'était sans doute le plus petit bout de chou qui ait jamais vu le jour. Je veux dire qu'elle était minuscule et qu'elle devait peser dans les quarante-cinq kilos. Mais d'après la manière dont ses vêtements étaient tendus à certains endroits, on pouvait en déduire que certaines parties de sa personne n'avaient rien de minuscule. Elle leva la main, comme si elle s'apprêtait à me gifler, puis elle se contenta de me demander pour qui je me prenais pour faire un truc pareil. Et avant que j'aie eu le temps de lui répondre, elle me demanda encore ce que je regardais comme ça.

— Alors ? questionna-t-elle, les yeux lançant des

éclairs. Vous voulez peut-être que je les sorte pour vous les montrer ? C'est ça, espèce de gros empoté !

— Mademoiselle, lui dis-je. Mademoiselle, je... je..

— Ou vous voulez peut-être que je baisse mon pantalon pour vous montrer mes fesses, puisqu'elles ont l'air de vous attirer, dit-elle. C'est bien ça que vous voulez, hein ? Me faire baisser mon pantalon pour pouvoir me redonner un coup de pied !

— Je vous en prie, mademoiselle, dis-je. Je ne savais pas que vous étiez une fille. Je veux dire, vous me tourniez le dos, vous aviez cette grande casquette sur la tête et votre pull cachait vos... euh... Oh, et puis comment est-ce que j'aurais pu savoir ?

— Tu parles ! dit-elle, mais sa voix ne semblait plus aussi furieuse. Où est-ce qu'on va construire ce pipe-line dont j'arrête pas d'entendre parler ?

Je lui dis que le chantier n'ouvrirait pas avant le lendemain mais qu'il se trouverait à huit kilomètres, en remontant la rivière.

— Venez dans la rue, je vais vous montrer.

Elle m'accompagna, l'air un peu guindé, et je tendis la main pour lui montrer où c'était, là-bas, tout là-bas, en amont du Pecos. D'où on était, on ne voyait que des points qui clignotaient quand le soleil les frappait — les rangées de tentes qui servaient de dortoirs et de bureaux, et la tente de la cantine qui mesurait cent mètres de long. Mais si on avait l'habitude, on pouvait voir encore beaucoup plus loin, et je reconnus même les génératrices, dont la forme rappelait celle de tracteurs, les canalisations alignées, qui, à cette distance, faisaient penser à des allumettes, et un point mobile, une fourmi qui devait être le garde du chantier. Mais la fille me regarda dans les yeux, fronçant les sourcils d'un air dubitatif, apparemment incapable de distinguer quoi que ce soit.

— Vous êtes sûr que vous savez de quoi vous parlez ? me dit-elle. Vous n'êtes pas en train de me faire marcher, par hasard ?

— Mais oui, je suis sûr, dis-je. Demain à cette heure-là, je serai en train de travailler là-haut.

— Mais... — elle fit un geste désemparé — mais pourquoi est-ce que le pipe-line va commencer là ? Qu'est-ce qu'on va mettre dedans ?

— Regardez bien, dis-je. Par là, ce coup-ci.

Je tendis à nouveau la main et elle s'approcha de moi pour suivre la direction que je lui indiquais. Ça me faisait un drôle d'effet, j'en avais des picotements partout et j'avais du mal à me concentrer sur ce que je disais. Et ça m'empêchait de me poser des questions sur un certain nombre de choses qui auraient pu m'étonner. Par exemple :

Elle n'était pas une touriste ; elle était venue là en sachant ce qu'elle allait trouver ; c'était une fille qui avait un objectif en tête. Et pourtant, apparemment, elle ignorait tout du chantier. Elle était intelligente ; ça se voyait au premier coup d'œil. Mais son comportement, certaines choses qu'elle disait, étaient complètement stupides. Et sa Dodge améliorée était vraiment du beau boulot. Quelqu'un y avait investi beaucoup de travail et d'argent. Les pneus étaient ce qu'on pouvait avoir de mieux et ils étaient presque neufs.

C'était une voiture qui pouvait vous emmener n'importe où. Et vite, avec ça. Je me demandais pourquoi cette fille se trimbalait par ici et ce qu'elle cherchait...

Vous voyez ça d'ici, non ? Moi, je n'y comprenais rien. Pas à ce moment-là.

— Regardez par là-bas, lui dis-je tandis que ses cheveux noirs m'effleuraient le visage. Vous voyez toutes ces pompes ? Il y en a des centaines et des centaines qui vont se perdre à l'horizon.

Elle secoua la tête, disant d'un air peu aimable qu'elle ne voyait rien du tout. Je lui dis que ce n'était pas tellement étonnant parce que ces trucs étaient tellement vieux que les intempéries leur avaient donné la même couleur que le décor.

— Bon, en tout cas, c'est un gisement de pétrole. Et

presque en surface ; c'était le plus grand du monde. Maintenant, il est presque épuisé, mais il y a encore plus de gaz naturel ici que partout ailleurs dans le pays.

— Et ça, c'est quoi ? demanda-t-elle en clignant des yeux. On dirait des allumettes qui brûlent ! Là !... En voilà une autre !

Je lui dis que c'étaient des flambeaux, des grandes torches d'acier tournées vers le ciel qui brûlaient le gaz pour qu'il ne s'échappe pas en causant des dégâts.

— C'est ce que ce pipe-line va transporter, continuai-je. Ils vont construire une grande usine dans le coin pour enlever l'humidité du gaz qui sera ensuite expédié à Port Arthur.

Elle hocha la tête, me remercia et s'éloigna de moi. Elle me dit qu'elle ferait mieux de retourner s'occuper de son pneu ; je lui dis que j'étais sûr que c'était la valve plutôt que le pneu et que je pourrais lui réparer ça en cinq minutes. Mais pourquoi ne pas aller d'abord prendre un petit déjeuner ?

— Eh bien... — elle hésita — un café ne me ferait pas de mal. J'ai conduit toute la nuit et... et... Les restaurants sont très chers par ici ?

— Pas pour la région. Cinq à dix cents pour un verre d'eau et le reste, c'est dans le même genre. Mais ne vous inquiétez pas pour ça, dis-je en lui prenant le bras. Je vous invite.

Elle me suivit sans grand enthousiasme. Le Grec nous arrêta à la porte et voulut voir la couleur de mon argent avant de nous laisser entrer. Ce qui était assez sage dans une ville qui comptait six cents ouvriers itinérants et une population de moins de cinquante habitants. Je lui montrai mon billet de cinq dollars et nous allâmes directement à la cuisine pour nous laver un peu.

Le cuisinier remuait un ragoût avec une grande cuiller et de temps à autre, il buvait un coup à une bouteille d'un demi-litre d'extrait de vanille. Il était maigre, il n'avait pas l'air commode, et je me disais que si on avait fouillé dans ses poches, on aurait sûrement trouvé une carte d'affiliation au syndicat I.W.W. Presque tous les cuisiniers des régions pétrolières faisaient partie de l'Industrial Workers of the World. Pour eux, même le socialiste Eugene Debs était un conservateur et le seul qui trouvait grâce à leurs yeux, c'était Big Bill Haywood.

Ils haïssaient tous les patrons ; n'importe lesquels. La plupart du temps, ils étaient dans les vapes à force d'avaler des extraits aromatiques qui leur donnaient mal au ventre et les rendaient beaucoup plus méchants qu'ils ne l'étaient en réalité.

— Pst ! fit-il en tournant la tête vers moi au moment où j'allais verser une bassine d'eau dans l'évier. Prenez pas cette foutue eau de la rivière, (*sauf votre respect, mademoiselle*). Pourquoi économiser pour un foutu capitaliste grec ? (*Sauf votre respect, mademoiselle*).

Il emplit l'évier avec quelque chose comme trois dollars d'eau potable. Pendant qu'on commençait à se laver, je lui passai notre commande : galettes chaudes, jambon, œufs et café. Il nous dit qu'on pourrait avoir c'te foutu jambon pour rien, (*sauf votre respect, mademoiselle*), alors que c'était pas la peine d'en commander.

— Et vous pressez pas, hein ? Je vais vous préparer un peu de bouffe à emporter.

Nous avancions avec précaution en retournant dans le restaurant, parce que nous avions chacun deux gros sandwiches sous notre chemise. Nous mangions aussi en faisant bien attention car le Grec ne cessait de jeter des coups d'œil dans notre direction et qu'en fait, beaucoup de choses ne figuraient pas sur l'addition. Nous avions tous deux une grosse tranche de jambon camouflée sous les œufs et il y avait une livre de beurre sous nos galettes.

En y repensant, je ne trouve pas ça très amusant. On était en train de truander un honnête commerçant et on aurait dû avoir honte. Mais pour nous, deux gosses en train de partager un secret, la situation semblait des plus marrantes. Nous nous calmions une minute pour nous concentrer sur nos assiettes. Et puis nos regards se croisaient et nous recommencions à hurler de rire. On faisait un tel cirque que tout était froid avant qu'on ait pu finir de manger.

Bien entendu, le Grec comprit ce qui s'était passé et il ne trouva pas ça drôle du tout. Je me disais qu'il allait me rendre deux dollars de monnaie sur mon billet de cinq. Mais il ne me donna que cinquante cents. Je commençai à discuter et il s'excita, le visage tout rouge, et il se mit à brailler.

Le cuisinier vint jeter un coup d'œil sur le pas de la porte. Puis il s'avança vers le Grec en agitant un couperet. Le Grec attrapa une batte de base-ball sciée. Carol — c'était le nom de la fille — Carol et moi, on fila alors sans demander notre reste.

J'avais raison pour le pneu. Tout ce qu'on avait besoin de faire, c'était de le regonfler et de remettre la valve bien en place. On s'y attela tous les deux, en s'amusant bien. Vous comprenez, là, accroupis l'un à côté de l'autre dans la terre rouge, on aurait dit deux gosses en train de faire des pâtés. Sur la fin, Carol se tourna vers moi juste au moment où je me tournais vers elle et on avait le visage qui se touchait presque. Nous nous regardions, presque sans respirer. Ses yeux semblaient devenir de plus en plus grands et sa bouche de plus en plus douce. Ses lèvres s'entrouvrirent. Elles s'approchèrent des miennes, ses yeux commencèrent à se fermer et...

La Défonce arriva.

Quand il prit le virage, les pneus du Modèle-T mordirent sur le trottoir. Il brailla en me faisant signe d'approcher. J'y allai en prenant mon temps. Je me demandais comment il avait fait pour se procurer le tord-boyaux avec lequel il s'était visiblement bituré.

— File-moi un peu de pognon, Tommy, demanda-t-il pendant que je reculai un peu pour éviter de sentir son haleine. Il faut qu'on aille à Matacora.

— Pour quoi faire ?

— Parce que... commença-t-il, puis il se reprit et sa bouche eut une expression rusée. Donne-moi l'fric, Tommy. Je t'emmène pas si tu m'le donnes pas.

Je lui dis que je voulais bien lui donner cinquante *cents* si ça pouvait lui servir à quelque chose. Il me les arracha des mains, ses yeux rouges fulminant derrière ses lunettes de soleil.

— T'as plus que ça ! Pourtant, toi et cette nénette, vous venez de bouffer chez le Grec !

— Et alors ? dis-je.

— Et alors, d'où est-ce que tu as sorti le pognon ?

— Et toi, d'où est-ce que tu l'as sorti pour te biturer comme ça ?

Il lâcha un chapelet d'injures. Il dit que ça serait pas de sa faute si je me retrouvais un jour dans sa bagnole. Je lui dis que même si on me payait, je ne voudrais pas y monter.

Le moteur s'emballa et La Défonce jura. La voiture partit en marche arrière, puis s'arrêta pour lui permettre de me crier :

— Tu ferais mieux de te mettre tout de suite en route, espèce d'arnaqueur à la manque ! On embauche à Matacora !

Il se dépêcha de s'éloigner, pensant que je lancerais peut-être un projectile sur la voiture. Le sourire aux lèvres, je le regardai s'arrêter à la pompe à essence, à quelques dizaines de mètres de là. Il était tombé dans le piège, bien sûr, car il courait souvent de faux bruits parmi les ouvriers itinérants. Ça ne changeait rien pour moi, qu'on embauche à Matacora ou pas, dans la mesure où j'avais déjà un boulot d'assuré ; mais je savais que ce n'était pas vrai. Tous les hommes attendaient ici. Ça n'aurait pas eu de sens de les faire aller jusqu'à Matacora pour les obliger à revenir ensuite.

Carol vint me rejoindre et me demanda s'il y avait des problèmes. Je lui dis qu'il n'y en avait absolument pas et qu'on pouvait retourner à notre pneu.

— Il est déjà réparé, Tommy. Tu le sais bien.

— Ah ouais, dis-je. Effectivement, je crois qu'il est réparé, hein ?

— Oui, dit-elle. Oui, il est réparé, Tommy.

Nous nous regardâmes. Je lui tendis la main et je lui dis que je pensais qu'il valait mieux lui dire au revoir.

— Je veux dire, je pense qu'il vaut mieux que je te dise au revoir comme ça parce que je crois qu'une fille comme toi voudrait pas embrasser un type qu'elle vient de rencontrer. Je veux dire, devant tout le monde.

Elle prit ma main et la serra, fixant tout d'abord les yeux sur le sol, puis les levant lentement pour me regarder en face.

— Qu'est-ce qui te fait croire que je m'en vais, Tommy ?

— Quoi ?

— Qu'est-ce qui te fait croire que je vais quelque part ? Que je ne reste pas dans le coin ?

— Mais... commençai-je en hésitant. Tu veux dire que tu dois rencontrer quelqu'un en ville ? Tu connais quelqu'un ici ?

Elle secoua la tête.

— Je ne connais personne d'autre que toi, Tommy.

— Eh ben alors, je ne vois pas ce que tu ferais dans cette ville, dis-je en fronçant les sourcils. Ça va être animé pendant quelques semaines après l'ouverture du chantier, mais ensuite, toute le monde ira vers le sud pour continuer le boulot. Les hommes travailleront trop loin pour revenir ici.

Elle fit un petit hochement de tête et marmonna quelque chose d'inintelligible — je crus comprendre qu'elle devait rester près du chantier. Je baissais les yeux sur elle et je me demandais pourquoi elle rougissait autant.

— Je regrette, dis-je. Mais tu ne pourrais pas trouver de travail sur le chantier, Carol. On ne donne pas de boulot aux femmes. D'ailleurs, les exploiteurs ne laisseraient pas une femme pénétrer dans un chantier.

— Les exploiteurs ?

— Les patrons, lui expliquai-je. C'est une sorte de plaisanterie un peu amère, quelque chose que les syndicalistes ont lancé, je suppose. Tu sais, c'est pour ne pas oublier que les patrons exploitent toujours les ouvriers.

— Oh, dit-elle. C'est... euh... très intéressant.

— En fait, ils ne les exploitent pas tant que ça. Ils ne peuvent pas. Beaucoup d'hommes ne sont pas capables de faire un boulot trop dur, ça fait trop longtemps qu'ils se trimbalent l'estomac vide. Et il y en a aussi beaucoup d'autres qu'on ne pourrait pas embêter sans risquer de se faire fendre le crâne. Ce sont des taulards, des vétérans des travaux forcés, des types qui iront faire des histoires à tout prix au lieu de se tenir tranquilles et de se la couler douce.

— Mon Dieu ! dit-elle en écarquillant ses grands yeux. Et pourquoi on ne les arrête pas ?

— Qui va le faire ? dis-je en haussant les épaules. Un pipe-line, ça se trouve en général à des lieues de la civilisation. Ça se déplace de comté en comté, dans des régions où la population compte moins d'habitants que d'ouvriers itinérants. En plus, les grands patrons camouflent pas mal de choses aux autorités. Ils se sentent obligés de le faire, tu comprends. Autrement, ils perdraient beaucoup de temps et le boulot serait retardé pendant que la police fouinerait partout pour faire son enquête, interroger les gens, arrêter les suspects et caetera.

Carol dit à nouveau mon Dieu ou quelque chose comme ça. Pour montrer que ça l'intéressait, vous comprenez. Je continuai à parler, et j'en rajoutai un peu, vous devez vous en douter, pour passer pour quelqu'un de courageux.

En réalité, on maintenait l'ordre sur un chantier. Pas le genre d'ordre qu'on fait habituellement régner, mais celui qui s'obtient à la pointe d'un fusil ou d'une pioche. Les exploiteurs étaient juges et jurés, et ils appliquaient également eux-mêmes leurs décisions. Les fauteurs de trouble avaient rarement envie de recommencer.

— Pour en revenir à toi, Carol, j'allais te demander pourquoi...

Je m'interrompis car elle fixait un point derrière moi, l'air stupéfait. Je me retournai pour voir ce qu'elle était en train de regarder.

C'était La Défonce. Avec un bruit d'enfer, il s'éloignait du garage dans sa Ford T qui traînait derrière elle le tuyau de la pompe, arraché.

Je grognai en me demandant comment on pouvait être assez stupide pour tenter un truc aussi énorme que faire le plein et essayer de s'en aller sans payer. Où allait-il se réfugier dans une telle région ? Jusqu'où espérait-il aller dans un Modèle-T qui avait douze ans ? Une voiture qui était déjà bringuebalante, qui calait et qui avait failli lui claquer dans les mains.

Le propriétaire du garage n'était visiblement pas inquiet. Il partit à la poursuite de La Défonce, mais tranquillement, en prenant tout son temps. On entendit alors le rugissement d'un autre moteur et Bud Lassen surgit de derrière le garage.

La Défonce tourna la tête pour regarder par-dessus son épaule. Il essaya d'accélérer, la voiture cala et s'arrêta. Il s'escrima un moment pour la refaire partir puis il enjamba la portière et se mit à courir.

Lassen lui cria de s'arrêter — je dois le reconnaître. Mais La Défonce continua à courir, par peur, sans doute. Lassen lança donc sa voiture sur la prairie pour le prendre en chasse.

Tout fut terminé en quelques minutes, mais ça parut durer beaucoup plus longtemps. La Défonce en train de courir comme un fou, ses lunettes fumées s'envolant au moment où il trébuchait ; Lassen le poursuivant en faisant des zigzags.

Lassen sauta hors de sa voiture, le revolver à la main. La Défonce regarda autour de lui, puis fit demi-tour, reculant en s'emmêlant les jambes. Il essaya de lever les mains, ou du moins, c'est ce qu'il me sembla. Mais juste à ce moment-là, il buta et au lieu de les lever, il fit un mouvement soudain, comme un homme qui essaie de retrouver l'équilibre.

C'était tout ce que Lassen attendait. Il avait logé six balles dans le corps de La Défonce en deux temps trois mouvements et même d'où je me trouvais, je me rendais compte qu'il lui avait presque fait éclater la tête.

5.

Quand j'arrivai sur les lieux, il y avait déjà une foule assez importante. La plupart des gens étaient trimardeurs, comme moi, et les quelques autres habitaient la ville. Quelqu'un avait jeté un sac de jute sur La Défonce, plus précisément, sur le haut de son corps. Ses jambes dépassaient et à travers les trous de ses semelles, on apercevait les plantes de ses pieds sales.

— Merde, c'était pas une chose à faire, ça ! dit le garagiste en regardant Bud Lassen de travers. Tuer un bonhomme à cause de quelques malheureux litres d'essence !

— Je lui ai dit de s'arrêter, pas vrai ? dit Lassen, un peu sur la défensive. Vous m'avez tous entendu lui dire de s'arrêter.

— Et après ? Vous n'aviez pas besoin de lui tirer dessus, merde alors !

Lassen répondit qu'il pensait que La Défonce allait sortir un revolver.

— Il m'a semblé le voir fouiller dans sa poche, bordel ! Vous croyez tout de même pas que je vais attendre tranquillement qu'un voleur à la noix fasse un carton sur moi ?

La foule laissa échapper un grondement sourd. Un grondement pas très sympathique. Mal à l'aise, Lassen parcourut l'assistance du regard ; ses yeux se posèrent sur moi et il s'efforça de sourire chaleureusement.

— Toi, Burwell. Tu connaissais ce voleur, hein ? Il avait une sale réputation, pas vrai ?

— Il avait la réputation de se soûler, dis-je. Et ça n'a

rien d'exceptionnel dans le coin.

Des rires fusèrent. Des rires mauvais. Lassen eut une lueur de colère dans les yeux, mais il continua quand même ses efforts :

— C'était un poivrot mauvais et hargneux, hein Tommy ? Quand il était bourré, il pouvait faire n'importe quoi, pas vrai ?

— Non, ce n'est pas vrai, dis-je. En fait, c'est un foutu mensonge et tu le sais bien.

— Dis donc, espèce de...

Il fit un pas vers moi.

— Le seul type mauvais et hargneux ici, c'est toi, dis-je. Et tu n'as même pas besoin de boire pour être comme ça.

C'était plus qu'il n'en pouvait avaler. Il agita son revolver, décrivant un grand cercle avec pour faire reculer la foule puis il le braqua sur moi.

— Monte dans la voiture, Burwell ! Je t'emmène à Matacora.

— Sûrement pas, dis-je. Et d'abord, pourquoi est-ce que tu veux m'emmener là-bas ?

— Pour les besoins de l'enquête. Allez, bouge-toi !

— Pas question. Si je pars avec toi, je n'arriverai jamais à Matacora.

Il fit glisser son arme et l'attrapa par le pontet ; il était prêt à me frapper avec le canon.

— Je te le répète une dernière fois, blanc-bec. Tu montes dans cette bagnole ou...

— Il va monter, l'interrompit Brelan qui s'était interposé entre nous. Il va t'accompagner, Lassen, et je vais y aller moi aussi.

Lassen hésita, se passant la langue sur les lèvres.

— Je ne veux pas t'embarquer, Whitey. C'est seulement Burwell que j'emmène.

— On ira tous les deux, insista Brelan. Et avant de partir, on aura droit à une bonne petite fouille. Qu'est-ce que vous en dites, l'ami ? — Il fit un clin d'œil au garagiste — A vous l'honneur, si le cœur vous en dit.

— Vous parlez ! s'exclama le garagiste. Sûr que ça me dit !

Il nous fit la fouille la plus en règle que j'aie jamais vue, et j'en ai vu pas mal. Il nous tâta des pieds à la tête pour prouver à tout le monde que nous n'avions pas d'arme. Ça n'arrangeait pas les affaires de Lassen. Maintenant, il n'oserait plus nous tirer dessus ou nous malmener. Puisque nous n'avions jamais été arrêtés à Matacora, je me demandais pourquoi il prenait la peine de nous emmener jusque-là. Mais il avait plus d'idées derrière la tête que je ne me l'imaginais.

— Bon, grogna-t-il. Si tu y tiens, moi, j'veux bien. Grimpez à l'avant.

Nous nous assîmes sur le siège avant, Brelan au volant. Lassen s'installa à l'arrière, le revolver toujours à la main, et nous partîmes pour Matacora.

C'était à cent quarante kilomètres. Cent quarante kilomètres sans station-service, magasin ni maison, sans un seul endroit pour boire un peu d'eau ou manger un morceau. Rien que la terre la plus aride du monde, un désert que même un lièvre ne traverserait pas sans sa gamelle et sa gourde. Et alors qu'on était à mi-chemin, à plus de soixante kilomètres de Matacora, Bud Lassen nous débarqua. Il nous obligea à descendre de voiture et il continua tout seul.

On était vraiment dans le pétrin mais Brelan me fit un clin d'œil et me dit qu'il ne fallait pas s'affoler.

— On finira bien par voir arriver quelqu'un, Tommy. Détends-toi et le temps passera plus vite.

Il sauta par-dessus le fossé et écrasa la maigre végétation qui se trouvait de l'autre côté pour s'assurer qu'il n'y avait pas de scorpions, de mille-pattes ou de tarentules. Puis il s'allongea, les mains derrière la nuque et le chapeau rabattu sur les yeux.

Je le rejoignis et je m'étendis à côté de lui. Nous restâmes ainsi un bon moment tandis que le vent du Texas, qui ne s'arrêtait jamais de souffler, nous fouettait le visage. Finalement, Brelan repoussa son chapeau en arrière et me regarda du coin de l'œil.

— T'as écrit de la poésie ces temps-ci, Tommy ?

— Non, rien, dis-je. C'est une habitude qui m'a passé, comme celle de manger.

— Alors, dis-m'en une ancienne. Celle de la route semble tout à fait convenir à la situation.

Je lui dis que je n'étais pas sûr de m'en souvenir en entier, et il me répondit de lui réciter ce que je me rappelais. C'est ce que je fis :

Je le revois encore, ce vieux sentier herbeux,
Qui se collait contre la clôture délabrée
Balayée par les sables, arrachée par les vents,
Frêle proie abandonnée aux éléments furieux.
Ses ornières rappelaient deux perfides barreaux
Qui abusent les sens du pauvre prisonnier,
Car tandis qu'il essaie d'attraper une étoile
Les barreaux trop serrés l'empêchent de s'enfuir.
S'enfuir... expliquez-moi ce que ce mot veut dire.
Montrez-moi celui qui a touché une étoile.
Fuir... seuls les oiseaux en sont encore capables.
L'étoile... accrochons-la à la cime d'un arbre...

— Je crois que c'est tout ce que je me rappelle, dis-je.

Brelan déclara qu'il aimait beaucoup ce poème, mais qu'il lui donnait toujours un peu le cafard.

— T'as pas quelque chose de plus gai ? Quelques rimes rigolotes, peut-être ?

— Voyons voir, dis-je. Euh... ah ouais...

Oedipe roi dit à son fils,
Je veux bien qu'on se divertisse,
Mais ton amusement menace mon ménage.
Cesse donc tes parties
Dans le boudoir de tu-sais-qui,
Et occupe-toi de ton tennis.

— Ce ne sont pas vraiment des vers, dis-je. Mais en

voilà :

Prométhée enchaîné entre ciel et terre,
Subissant le froid ou le feu de l'enfer,
S'écria soudain, en voyant que son foie
Etait pour les vautours un festin de roi :
«Je parie qu'ils aimeraient même la tarte aux pommes de maman».

Brelan gloussa.

— Continue, Tommy, dit-il. Et ce poème sur la gnôle ? L'*Ode à la Goutte,* ou un truc comme ça.

— Eh ben ! On peut dire que tu vas chercher loin. Celui-là, je l'ai fait quand je n'étais qu'un môme.

— Hum, je sais, dit-il avec une pointe d'ironie. Mais parfois, plus c'est vieux, et meilleur c'est, Tommy. Alors récite-moi ce que tu te rappelles, pour que je puisse entendre ce magnifique vieux poème une dernière fois avant de mourir.

Je me mis à rire.

— Bon, d'accord, si tu veux souffrir ! dis-je et je recommençai à réciter :

Bois... et renonce à tous les réconforts pernicieux,
Inutile d'espérer une révolution cosmique,
Changeant malheurs de la terre en félicités des cieux.
La vertu de la boisson, c'est sa virtuosité magnifique.
Oui, bois... ou ferme résolument tes yeux,
Tes oreilles et ton nez
A ce qui est odieux.
Et que sommeille ta virilité...

Je m'interrompis car Brelan avait roulé sur le côté et me tournait le dos. J'attendis un moment, et comme il ne disait toujours rien, je lui demandai où était le problème.

— C'est toi, le problème, me dit-il d'une voix un peu étouffée à cause du vent. Tu sais, si j'étais réellement ton ami, je te donnerais un bon coup de pied au cul pour que t'arrêtes tes conneries.

— Quoi ? Pourquoi tu dis ça ? lui demandai-je.

— Prométhée, Oedipe roi, la révolution cosmique. Merde alors... — il roula à nouveau pour me faire face, les sourcils froncés — Qu'est-ce que c'est que cette vie pour un gamin aussi intelligent que toi ? Pourquoi t'obstines-tu à perdre ton temps, année après année ? Tu crois que tu seras toujours jeune ? Si c'est ça que tu crois, tu n'as qu'à me regarder et tu comprendras.

J'étais surpris de l'entendre parler ainsi parce que ce n'était pas son genre de s'intéresser de trop près aux gens, je l'ai déjà dit. Il n'aimait pas avoir des rapports trop personnels avec quelqu'un dans la mesure où ça l'aurait obligé à accepter qu'on s'immisce aussi dans sa vie privée.

— Tu sais, dis-je finalement. Je ne perds pas complètement mon temps, Brelan. J'ai appris beaucoup de métiers différents et j'ai beaucoup lu, à chaque fois que j'en avais l'occasion. Une fois, j'ai passé l'hiver à Six Sands et j'ai lu tous les livres de la bibliothèque municipale.

— Six Sands, hein ? Si je me souviens bien de cette ville, il devait y avoir environ dix-huit volumes.

Je me mis à rire et je lui dis que non, il y avait bien plus de livres que ça.

— Mais en tout cas, pour en revenir à ce qu'on disait, ces trucs que je m'amusais à faire, c'est loin d'être de la poésie. Ce sont des vers de mirliton. Je ne connais peut-être pas grand-chose à l'art d'écrire, mais je sais au moins ça.

— Je vois. Et tu te figures que tu vas être capable d'écrire des vrais vers en traînant dans ces chantiers perdus ?

Je lui dis que non, que j'allais décrocher après ce boulot. J'allais économiser mes sous et essayer de prendre un nouveau départ. Il m'examina d'un air pensif, en mâchonnant un brin d'herbe.

— J'espère que c'est vrai, Tommy. Parce que tu auras

assez de fric pour le faire. Donne les cartes du blackjack pour moi, économise sur ta paye, et tu auras tout l'argent nécessaire.

— C'est ce que je vais faire, dis-je. C'est exactement ce que je vais faire, Brelan.

Il hocha la tête en me considérant d'un air songeur.

— Qui c'était, la fille avec laquelle je t'ai vu aujourd'hui, Tommy ? Vous aviez l'air de bien vous entendre.

— Oh, elle ! C'est seulement une fille.

— Ça, je m'en doute, Tommy. Je ne crois pas avoir déjà vu une fille qui soit plus fille qu'elle. En fait, elle en aurait même assez pour deux gonzesses.

Je me mis à rire, un peu gêné.

— Elle s'appelle Carol. Je ne connais pas son nom de famille.

— Eh ben, elle doit pas être très causante. Et qu'est-ce qu'elle a répondu quand tu lui as demandé ?

— Ecoute, dis-je, je ne suis resté que quelques minutes avec elle. Elle avait dans l'idée de trouver du boulot sur le chantier, mais je lui ai dit qu'il n'y avait rien pour les filles.

— Ah bon ? Tu crois pas que tu lui as pas vraiment dit la vérité, Tommy ?

— Non, je ne crois pas, dis-je en me sentant rougir. Pas si tu parles de ce que je pense.

— C'est bien à ça que je faisais allusion. Sinon, pourquoi elle serait venue dans un endroit pareil ? Une nénette qui se trimbale un châssis pareil ne vient pas sur un chantier pour se faire embaucher, Tommy. Son boulot, elle l'a déjà dans sa culotte.

— C'est pas très gentil de dire ça. Tu ne devrais pas parler comme ça d'une fille que tu ne connais même pas. D'ailleurs, je parie qu'elle est repartie depuis longtemps. Elle ne se serait probablement même pas arrêtée en ville si elle n'avait pas eu un pneu à plat.

— Un pneu à plat, tiens tiens ! dit-il avec un petit rire. En tout cas, elle n'avait rien d'autre de plat.

Je commençais à bouillir et j'étais sur le point de lui sortir quelque chose de très désagréable. Mais il me fit un de ses grands sourires — chaleureux, aimable, sympathique. Je ravalai donc mes paroles acerbes et je lui souris à mon tour. Après tout, pourquoi est-ce que je devrais prendre la défense d'une fille que je ne connaissais même pas et que je ne reverrais jamais plus ?

Il s'assit et releva les bords de son chapeau. Je m'assis également et inconsciemment, je fis la même chose avec mon chapeau. Je crois que je devais pas mal l'imiter sans m'en rendre compte. Je suppose que tous les gamins se trouvent quelqu'un de plus âgé qu'ils prennent pour modèle ; j'aurais pu plus mal choisir.

Il remonta les genoux et les entoura de ses bras, les yeux fixés vers Matacora. Je fis bientôt la même chose. Au bout d'un petit moment, son regard revint se poser sur moi.

— Tu crois en Dieu, Tommy ?

— Ben ouais, je pense, dis-je. C'est comme ça que j'ai été élevé.

— Alors, tu crois que le ciel est juste au-dessus de notre tête, si près qu'on pourrait presque le toucher. On en est à deux pas, c'est ça ?

— Eh bien... commençai-je en hésitant. C'est une façon de voir les choses.

— Penses-y, Tommy. Penses-y bien la prochaine fois que tu seras sur le point de faire quelque chose pour te foutre en l'air.

Il bâilla et se leva. Il s'étira puis se dressa sur la pointe des pieds pour scruter l'horizon.

Au bout d'une minute, il déclara :

— Allez, Tommy, on y va. Voilà une bagnole.

6.

C'était une camionnette d'une demi-tonne, qui appartenait à la compagnie du pipe-line, et à l'intérieur, il y avait un type préposé au pointage et Higby, le chef des exploiteurs. Elle était suivie par un gros camion à plateforme, de la compagnie, lui aussi. La camionnette s'arrêta, Higby me fit un signe de tête et serra la main de Brelan.

— Vous avez l'intention de planter votre tente dans le coin ? dit-il. Ou vous étiez juste en train de vous balader ou quelque chose comme ça ?

— Quelque chose comme ça, dit Brelan. Vous voulez qu'on vous raconte avant de nous faire monter ?

Higby dit qu'il préférait qu'on ne lui raconte rien du tout ; il avait déjà bien assez de choses en tête comme ça.

— Si vous voulez, en plus de la balade, vous pourrez faire quelques heures de boulot. J'aurais besoin de vous pour installer le chantier.

— Je crois qu'on pourra se laisser convaincre, dit Brelan. Tu n'as pas d'autres engagements, Tommy ?

— Hein ? lui répondis-je avant d'ajouter d'un ton négligent que je n'avais rien de prévu que je ne puisse différer quelque peu.

Le pointeur pianotait sur le volant. Higby nous dit de grimper à l'arrière en faisant une grimace pour bien nous montrer que ce que ce type pensait lui était bien égal.

Nous ne mîmes pas longtemps pour arriver en ville. Nous roulions vite, trop vite pour l'état de la route. Brelan et moi, on était constamment déportés d'un côté ou de l'autre et on prenait des coups avec les outils qui se baladaient par terre. En arrivant en ville, on bouillait de colère tous les deux et on aurait volontiers lâché quelques imprécations contre le pointeur. Mais j'imagine qu'Higby se rendit compte de notre état d'esprit et il envoya le type faire une course dans une direction tandis qu'il nous expédiait dans l'autre. Nous devions rabattre de la main-d'œuvre pour installer le chantier. Le type n'eut donc pas droit à la raclée qu'il méritait.

Nous descendîmes vers le campement des chemineaux et nous fîmes passer le mot. A la tombée de la nuit, il y avait une cinquantaine de bonshommes entassés dans le gros camion à plate-forme, assis, les jambes qui pendaient à l'extérieur. Embauché par Higby, le cuisinier du restaurant tenu par le Grec se trouvait à l'arrière de la camionnette, avec Brelan et moi, assis sur son baluchon, emportant ses couteaux et ses couperets enroulés dans une serviette.

En sortant de la ville, alors que le camion roulait derrière nous, je cherchai Carol du regard. Mais je ne vis nulle trace d'elle ou de sa camionnette aménagée. D'un côté, j'étais soulagé, et de l'autre, j'étais un peu triste. Je regrettais de ne pas pouvoir la revoir. Je n'avais jamais eu beaucoup affaire aux filles — et même pas du tout, à vrai dire. Ça me semblait vraiment dommage d'en perdre une, la seule qui aurait pu compter pour moi, avant même de bien la connaître.

Nous étions à un peu plus d'un kilomètre du chantier quand derrière nous, le camion se mit à klaxonner comme un fou en nous faisant des appels de phares. Brelan se cogna la tête au toit et cria quelque chose à Higby. Sans même ralentir, la camionnette fit demi-tour dans la prairie et retourna à l'endroit où le camion s'était arrêté.

Un homme avait été tué, il était assis à l'arrière, sur la plate-forme, et apparemment, son pied qui se balançait dans le vide avait été pris dans une roue. Le type avait été happé et projeté sur la terre rocailleuse.

Higby regarda le corps puis s'empressa de détourner les yeux avec un juron triste et amer.

— Merde de merde ! Y a quelqu'un qui connaissait ce pauvre diable ?

Un homme déclara qu'il s'appelait Osselet, mais un autre ajouta que ce n'était pas son vrai nom. On l'appelait simplement comme ça parce qu'il était très maigre.

Personne ne savait qui il était. Sur un chantier de pipeline, presque personne ne se connaît vraiment. Les ouvriers itinérants n'ont ni nom, ni foyer, ni famille.

Higby se baissa et fouilla les poches de l'homme comme il put. Il n'y trouva rien d'autre que des allumettes et un paquet de tabac presque vide. Pas de portefeuille, pas de lettres. Pas de carte d'assuré social, puisque le système d'assurances sociales n'existait pas encore à l'époque.

Higby se redressa en se frottant les mains sur son pantalon. Il se tourna vers le pointeur, un type à l'air méprisant qui avait des lunettes à montures dorées. Il s'appelait Depew, portait une très fine moustache et une tenue kaki sortant tout droit d'un magasin.

— Je préviendrai Matacora demain, lui dit Higby. Vous pouvez inscrire ça sur votre planning. Entre-temps, il faut l'enterrer.

Depew fronça les sourcils d'un air important et fit la grimace.

— Nous ne pouvons pas prendre en charge les frais de l'enterrement, Higby. C'est lui qui a voulu monter dans ce camion. Il n'aurait pas été embauché avant d'arriver au chantier.

Higby le considéra d'un air stupéfait.

— Non, mais écoutez-moi ce connard ! dit-il. Imbécile, morveux, bâtard ! — sa voix était calme mais coupante comme un fouet — Vous savez quelle température il a fait aujourd'hui ? Vous savez à combien de kilomètres d'ici il y a une entreprise de pompes funèbres ? Et un cimetière public ? Et un endroit où quelqu'un se préoccupera de ce qui arrive au corps d'un pauvre diable comme lui ? Vous le savez ? Vous le savez, espèce de petit fumier ?

Il hurla les derniers mots et Depew en sauta presque en l'air, pâlit et porta la main à ses lèvres. J'imagine qu'il avait du mal à en croire ses oreilles. Après tout, c'était quelqu'un d'important, pas un pointeur quelconque, mais le pointeur, le représentant principal des banques.

— A… Allons… allons, tout de même, Higby, bégaya-t-il. Je me sens insulté…

— Allez vous faire foutre, avec vos insultes ! lâcha Higby. Et dorénavant, vous rajouterez Monsieur devant mon nom ! Et vous direz ça à haute et intelligible voix, c'est compris ?

Il s'éloigna de Depew et son regard parcourut l'assistance avant de s'arrêter sur nous.

— Brelan, je ne peux pas exiger ça de vous, mais…

— C'est pas la peine, dit Brelan. Donnez-moi seulement une heure et des fouille-merde, et Tommy et moi, on l'enterre.

— Bien, dit Higby avec un sourire qui nous réchauffa le cœur. Je ne l'oublierai pas. Mais dites-moi, vous n'aurez pas besoin de dynamite ?

Brelan répondit que ce ne serait pas nécessaire. Nous chercherions un coin où la terre ne serait pas trop rocailleuse. Higby hocha la tête d'un air approbateur et nous allâmes chercher des pelles et des pioches dans la camionnette. Et puis tout le monde remonta en voiture et s'éloigna, nous laissant, Brelan et moi, seuls avec le corps.

Nous tâtâmes le terrain quelques minutes avec nos pioches pour trouver un bout de prairie où la terre n'était pas trop dure. En moins d'une demi-heure, nous avions enterré Osselet — quel qu'ait été son vrai nom — et recouvert la tombe de pierres pour tenir les charognards à distance.

Brelan s'appuya sur sa pioche pour se reposer un peu, regarda la tombe d'un air songeur, puis leva les yeux vers moi.

— Dis-moi, Tommy, tu te rappellerais pas quelques paroles de circonstance ? Quelques mots gentils pour un type qui n'a jamais dû en entendre tellement dans sa vie ?

— Je ne vois pas, dis-je. J'ai bien entendu prononcer des mots sur une tombe dans le nord du Texas, mais je ne dirais pas qu'ils étaient gentils.

— Dis toujours.

— Bon, d'accord. Voilà :

Pas la peine de gaspiller votre salive
Ou de vous faire tant de mouron,
Il est allé là où tous, nous finirons.

Brelan fronça les sourcils et me dit qu'il voyait ce que je voulais dire ; je ne sais pas ce qu'il entendait par là.

Nous nous éloignâmes de la tombe et allumâmes une cigarette. Le vent sifflait, glacé, maintenant, la lune montait dans le ciel derrière de lointains buissons de baïonnettes espagnoles, ces yuccas géants, et dans la vallée du Pecos, un chat sauvage hurlait avec une inutile fureur. Loin, bien loin, mais nettement visibles dans la clarté argentée de la lune, deux loups trottaient dans la prairie en pente, puis s'asseyant côte à côte,adressaient au ciel de tragiques complaintes.

Un petit frisson me remonta le long de la colonne vertébrale. Brelan écrasa son mégot et me demanda distraitement combien de trimardeurs je connaissais parmi ceux qui se trouvaient ici.

Je lui répondis qu'il me semblait les connaître presque tous, et il y en avait six cents.

— Je ne dirais pas que je les connais bien, mais je les ai probablement déjà vus sur d'autres chantiers.

— Probablement seulement ? Il faudrait que tu t'approches d'eux et que tu leur parles un petit moment pour en être sûr, c'est ça ?

— Ben ouais, c'est ça, dis-je. Les trimardeurs se ressemblent tous quand ils sont restés quelque temps sur un chantier. Une fois qu'ils sont tous barbus et qu'ils ont des vêtements sales et déguenillés, il est assez difficile de les distinguer les uns des autres.

— Oui, oui, c'est ça, Tommy, dit Brelan. Donc, tu pourrais ne pas reconnaître un bonhomme avant de t'asseoir à côté de lui, disons, à l'arrière d'un camion ?

— Hein ? dis-je. Est-ce que tu es en train de dire que... que...

— Hum, non, dit Brelan en hésitant. Je n'irai pas jusqu'à le dire. Mais je me contenterai de faire remarquer qu'il est possible que ce qui nous a semblé être un accident ne l'ait pas été. Parce que ces camions sont prévus pour transporter des bonshommes et je ne vois pas comment quelqu'un pourrait se prendre le pied dans une roue.

Je lui dis que je croyais savoir comment ; si le camion s'enfonçait d'un côté dans une ornière, si le type glissait jusqu'au bord de la plate-forme, et s'il y avait à ce moment-là une forte secousse. En fait, il fallait plus ou moins tout ça en même temps.

— Ça fait beaucoup de si, reconnus-je. Mais, sinon, pourquoi est-ce quelqu'un aurait voulu tuer Osselet ?

— La réponse est à chercher dans ta question, Tommy. Quel genre de type était Osselet ? Qui était-il ? D'où sortait-il ? — Brelan secoua la tête — Mais comme ça, à première vue, je dirais qu'il a été tué parce qu'il a reconnu quelqu'un qui ne pouvait pas se permettre d'être reconnu. S'il a bien été tué, parce que je ne suis absolument pas sûr qu'il l'ait été.

Je me mis à rire avec une certaine nervosité.

— Tout à l'heure, tu avais l'air rudement sûr. Tu ferais peut-être bien de dire à Higby ce que tu soupçonnes.

Brelan dit fermement qu'il pensait qu'il ferait peut-être bien de ne rien dire du tout, et que j'aurais avantage à faire pareil.

— Je vais te dire quelque chose au sujet de Frank Higby, poursuivit-il. Frank a un pipe-line à construire. Il faut qu'il vive avec, qu'il en rêve, bref, qu'il y pense constamment, à son pipe-line, et il ne peut pas se permettre d'aller s'embêter avec un autre problème. Il ne camouflerait pas un meurtre, évidemment, mais il ne court pas après non plus. Et il serait loin d'apprécier qu'un type vienne fourrer son nez là-dedans à sa place.

Je hochai la tête et je lui dis qu'il avait sûrement raison mais qu'il faisait passer Higby pour quelqu'un de bien dur. Brelan bâilla et dit que de toute façon, la vie était quelque chose de bien dur, quand on y réfléchissait. Bien sûr, dans les milieux selects, on y mettait de la subtilité ; pour écraser un bonhomme, on lui coupait son crédit ou on lui glissait une peau de banane sous les pieds. Mais quand on se trouvait dans le ruisseau, comme nous, on le massacrait tout simplement.

Il alluma une autre cigarette et coula un regard vers moi, m'observant à la lueur de l'allumette. Son expression changea, il eut un petit rire et il me donna un coup de coude amical dans les côtes.

— Pour l'amour du ciel, Tommy, dis-moi, je ne t'ai pas affolé, au moins ?

— Oh, bien sûr que non, dis-je. Qu'est-ce que ça peut nous foutre, de toute façon ?

— Exactement, qu'est-ce que ça peut nous foutre ? acquiesça-t-il. On était fatigués, on avait faim et soif, et on avait du temps à perdre. C'est pour ça que j'ai sorti toutes ces conneries. Je ne faisais que parler, tu saisis ? C'étaient des paroles en l'air et il ne faut pas les prendre pour argent comptant.

— Bien sûr, dis-je, soulagé. Tu penses vraiment qu'il s'agit d'un accident, alors ?

— C'est pas ce que je viens de te dire ?

— Ouais, bien sûr, dis-je.

Mais naturellement, il n'avait absolument pas dit ça.

7.

Un long moment s'était écoulé et personne n'était encore venu nous chercher. Finalement, nous ramassâmes nos outils et nous partîmes à pied. Mais nous n'étions pas allés bien loin que Higby arrivait dans la camionnette rugissante. Il était en retard parce que la poussière avait bouché le carburateur, ce qu'il imputait à la façon de conduire de Depew. Il avait l'air plus fatigué que nous en pénétrant dans le camp maintenant illuminé comme une fête foraine.

Higby nous emmena dans la tente des exploiteurs les plus importants, la seule à être pourvue d'un revêtement de sol et de rideaux, et il nous fit noter sur un registre trois heures de travail. On nous remit également nos insignes et ensuite, nous nous dirigeâmes vers l'une des longues tables installées dehors, dans la prairie, une table faite de planches posées sur des tréteaux, et nous nous lavâmes avec de l'eau de la rivière et du savon grossier.

Tout le monde avait déjà mangé. Le cuisinier, ses aides et ses larbins étaient maintenant en train de tout ranger et de préparer le maximum de choses pour le petit déjeuner qu'on prendrait le lendemain à six heures. En temps ordinaire, étant donné qu'ils n'étaient pas payés à l'heure, on n'aurait pas pu leur soutirer une tasse de café même en braquant un revolver sur eux. Mais le cuisinier me connaissait, il savait qu'on avait enterré Osselet — «victime de la brutalité capitaliste» — et il nous gâta.

Nous eûmes droit à du café avec une bonne goutte de tord-boyaux dedans (pendant la Prohibition, la gnôle était presque de l'alcool pur) ; puis à toute une platée de bœuf en conserve avec des pommes de terre gratinées, à des pêches au sirop et à des biscuits tout chauds. Je mangeai et mangeai, ne m'arrêtant que parce que j'avais peur d'être malade. Brelan avait déjà fini, nous rapportâmes donc nos assiettes dans la tente qui faisait office de cuisine, remerciâmes le cuisinier et sortîmes dans la nuit étoilée.

Un vieux type trapu, qui avait le crâne rasé et un seul bras, s'énervait près de l'endroit où les gens se lavaient. Tout en gueulant, il distribuait du savon, rinçait les cuvettes et ainsi de suite. Brelan me poussa du coude en me le montrant.

— Je vois que Manchot Warfield a encore réussi à être chef de camp.

— Avec la voix qu'il a, il était forcé d'y arriver, dis-je

en riant.

Un chef de camp n'est pas aussi important qu'il y paraît. En fait, il n'est pas important du tout dans la mesure où son travail se limite à réveiller les gars le matin et à maintenir le camp plus ou moins en ordre. Manchot le savait comme tout le monde, mais il prenait l'air encore plus important qu'un chef de chantier.

Il vit que nous le regardions, Brelan et moi, et en se pavanant, il nous cria d'une voix aussi rugissante qu'une sirène :

— Je vous préviens. Le premier bonhomme que je prends à baisser son froc à moins de cent mètres du camp peut passer à la caisse !

— On fera bien attention, Manchot, dit Brelan d'un air très sérieux. En fait, Tommy et moi, on va faire sauter la rocaille pour construire des gogues demain à la première heure.

— Bon, c'est parfait, rugit Warfield en nous fusillant tous les deux du regard. Mais ça change rien à ce que je vous ai dit !

Il tourna les talons et s'en alla d'un air important ; Brelan et moi, nous allumâmes une cigarette.

Warfield était un «boomer» — un type qui avait travaillé sur les grands chantiers pendant la période du boom économique. Une blague circulait sur son compte : il aurait été à l'origine de l'appellation de plusieurs villes, comme par exemple Son-of-a-bitch (1), qui n'était qu'un immense bordel avec un tripot à proximité et qui, pendant un temps — très court — eut la réputation d'être la ville la plus dangereuse du monde. Les Rangers y allèrent moins d'un mois après et détruisirent tout à coups de hache. Ils découvrirent ainsi plus d'une douzaine de cadavres enterrés sous les parquets.

— Dis donc, Tommy... commença Brelan en louchant vers le ciel et en aspirant profondément l'air pur et frais. Tu crois pas que ça suffit pour aujourd'hui ?

1. Fils de pute (N.D.T.).

— Peut-être, dis-je. Ça a été une longue journée.

Il attrapa les bords de son chapeau, une main devant, une main derrière, et il les releva. Négligemment, je fis de même avec le mien. Nous nous souhaitâmes bonne nuit et il s'éloigna d'un pas nonchalant pour disparaître dans l'une des vingt tentes qui servaient de dortoirs. J'attendis de voir laquelle il avait choisie, puis j'entrai dans une autre, un peu plus loin.

C'était ce qu'il fallait faire si on voulait bien s'entendre avec Brelan Whitey. Il ne supportait pas qu'on soit dans ses jambes, comme il disait, et il avait une drôle de notion de ce que ça recouvrait. Ce que je veux dire, c'est qu'il s'était taillé un territoire privé tellement important qu'il fallait se donner rudement du mal pour rester en dehors.

Dans la tente, il n'y avait qu'un pépé, comme on appelle tous les vieux sur un chantier de pipe-line. Il m'avait tout l'air d'un maître-poux. Les maîtres-poux, sur un champ de pétrole, ce sont les vieux qui s'occupent des tentes, et on prétend qu'ils disent à ces bestioles qui il faut aller embêter.

Il me lança un regard méfiant, mauvais, comme les vieux le font parfois. Parce qu'ils ont peur de vous, je suppose, jusqu'à ce que vous leur fassiez comprendre qu'ils n'ont aucune raison d'avoir peur. Il me dit que je devais me choisir un lit de camp sans tout foutre en l'air. Je lui répondis que c'était exactement ce que j'allais faire.

— Ça ne vous ennuie pas si je m'installe au fond, près de l'ouverture ? lui demandai-je. J'aime bien avoir de l'air.

— Ben… fit-il en me lançant un regard prudent. Ben, je crois que ça ira.

En réalité, il n'avait rien à dire sur l'endroit que je choisissais pour dormir. Mais il était vieux, il avait peur et, eh bien, qu'est-ce que ça pouvait me foutre ?

— C'est comme vous voulez, dis-je. Après tout, c'est vous le patron, à vous de décider ce qui se passe dans cette tente.

Il me fit un grand sourire. C'était un des plus beaux sourires que j'avais jamais vus, même s'il découvrait des gencives complètement dépourvues de dents.

— Bien sûr que ça me va ! dit-il. Pieute-toi où tu voudras, fiston, et si tu as besoin de couvertures ou de quoi que ce soit, n'hésite pas à me le dire.

Je me dirigeai vers le fond de la tente en enfilant l'allée herbeuse qui séparait les deux rangées de lits de camp. Je m'étendis sur un lit du fond, les mains derrière la nuque, sans chaussures. Etre couché sur un lit, pour la première fois depuis des semaines, même dans un lit de camp, mais qui avait quand même un matelas, ça faisait du bien. C'était trop bon. Quand on n'y est pas habitué, le confort peut vous sembler inconfortable.

Au bout d'un moment, je m'assis et le maître-poux s'arrêta de remuer de l'air à l'avant de la tente pour s'approcher de moi. Nous nous mîmes à parler ; ou plutôt, il se mit à parler et je l'écoutai. Je suppose que ça faisait longtemps que personne ne s'était intéressé à ce qu'il avait à dire et il avait besoin de s'épancher. Ça ne m'apprit pas grand-chose sur lui que je n'aie déjà deviné. Des vieux pépés, on en voyait pas mal, et ils avaient presque tous la même histoire.

Pas de foyer. Pas de famille. Personne qui s'inquiétait de savoir ce qui pouvait bien leur arriver. Partout ailleurs, ils se seraient trouvés dans des hospices ou des asiles de vieillards, parce qu'il n'existait pas de retraite à l'époque. Mais sur les chantiers de grands travaux, ils pouvaient obtenir un petit boulot. Rien d'important, bien sûr, rien qui réclamait un véritable effort physique, mais quelque chose qu'il fallait bien faire tout de même.

Ils travaillaient pendant la saison chaude, été, printemps et automne, les seuls moments où on avait du travail à leur donner. En hiver,ils restaient dans d'horribles villes pétrolières perdues. Ils dormaient dans des cabanes crasseuses rafistolées avec des bâches — on les appelait des chiffonnières — ou ils se planquaient à trois ou quatre dans la chambre d'un hôtel qui n'était qu'une bicoque branlante construite en bois blanc. En général, l'argent qu'ils avaient leur permettait tout juste de survivre en attendant le printemps. A ce moment-là, ils étaient souvent trop vieux ou trop faibles pour travailler et ils mouraient parfois lentement de faim, même si ça n'arrivait pas très souvent. C'était un pays neuf, un pays pour des jeunes en pleine santé. Il y avait très peu d'hôpitaux et les vieillards tombent facilement malades dans ces coins-là, ils mouraient.

Ce n'était pas une perspective bien grisante que de devoir mourir parce qu'on était trop vieux et trop malade pour travailler. Mais la vie non plus, ce n'est pas tellement grisant.

Le maître-poux et moi, on se dit bonne nuit. Il retourna à l'avant de la tente, éteignit la lanterne et se coucha. Mais je n'arrivais toujours pas à me détendre.

Je me déshabillai complètement et je me sentis un peu mieux avec le vent qui me rafraichissait. Ce n'était toujours pas suffisant pour me permettre de m'endormir. Ce jour-là, je ne m'étais pas baigné dans le Pecos comme je le faisais d'habitude, ce qui fait que je me sentais moite et que j'avais des fourmillements partout.

Finalement, après m'être tourné et retourné, j'enfilai mes chaussures, juste mes chaussures, rien d'autre, et je sortis par l'ouverture qui était de mon côté.

C'était une belle nuit, assez fraîche sans être froide. La lune filtrait au bout d'un canon creusé dans les nuages, dessinant un chemin à travers l'herbe et les buissons. Je m'y promenai, ressentant ce que je ressentais parfois la nuit dans ces coins sauvages. J'avais l'impression que tout m'appartenait, le monde entier, et qu'il n'y avait que moi sur la terre.

Je continuai à marcher, sans aucune raison particulière si ce n'est que j'en avais envie et qu'il faisait bon. Et puis, alors que j'avais parcouru à peu près huit cents mètres, je m'arrêtai soudain.

Je regardai une dépression peu profonde creusée dans la prairie. Il y avait là une vieille camionnette, une camionnette aménagée.

Je la contemplai fixement sans en croire mes yeux, sans arriver à croire que c'était bien celle de Carol. Pensant plus ou moins que j'avais dû me rendormir dans la tente et que j'étais en train de rêver, je fermai les yeux un instant, et puis je les rouvris.

Juste à ce moment-là, elle sortit de derrière la camionnette.

Elle était aussi nue que moi, et ne portait rien d'autre que ses chaussures. Nous restâmes un instant à nous regarder et il nous semblait tout naturel d'être comme ça. Nous deux, tout seuls, nus, dans notre petit monde à nous. Et puis elle m'appela doucement, «Tommy», et elle me tendit les bras.

J'allai la rejoindre.

Je l'enlaçai et je l'embrassai. C'était la première fille que j'embrassais vraiment. Je la portai dans la camionnette. Et je grimpai derrière elle.

8.

Cette nuit-là, une fois revenu au camp, me retrouvant allongé sous la tente, je pensais à des tas de choses que j'aurais dû lui demander. Surtout une. Il me semblait incroyable de ne lui avoir posé presque aucune question. En fait, nous avions à peine parlé. Pourtant, d'un autre côté, que ça se soit passé comme ça me semblait assez naturel, je me disais que c'était très bien. Et au fond, je crois que je n'avais pas tort.

Nous étions deux gosses, et ensemble, nous étions devenus un homme et une femme. C'était la première fois pour elle, et pour moi aussi. Je ne savais peut-être pas grand-chose au sujet des femmes, mais ça, au moins, je le savais. Nous nous étions donné quelque chose qu'on ne peut donner qu'une fois. Et tout à l'émerveillement, à la grandeur de ce don, nous n'avions pu penser à autre chose.

Comment aurions-nous pu parler à un tel moment ? Comment aurais-je pu penser à la questionner ?

D'ailleurs, très franchement, j'aurais été un petit peu inquiet sur mon sort si je l'avais fait.

Je me glissai sous les couvertures, fatigué mais content, prêt à m'endormir. Mais je ne devais pas avoir beaucoup de sommeil cette nuit-là. Mes yeux se fermaient à peine que des phares balayaient la prairie, d'abord ceux d'un seul véhicule, puis de tout un tas, jusqu'à ce que le paysage ne soit qu'une grande lumière mouvante et que le rugissement des moteurs couvre tout. Je soulevai la bâche de la tente et je regardai au dehors.

Les véhicules étaient tous les mêmes. C'étaient de grandes conduites intérieures Hudson qu'on avait transformées : on avait allongé d'une bonne moitié le modèle original et ajouté des suspensions et des pneus capables de résister au traitement qu'on leur faisait subir. Des gourdes d'eau pendaient aux bouchons des radiateurs. Un treuil était vissé dans le pare-chocs avant renforcé, pour le cas où la voiture s'enliserait dans de la boue ou des sables mouvants. Fixés sur le toit, il y avait quatre pneus de rechange et une boîte à outils. Attachés sur le capot arrière, il y avait une pile de bagages.

C'étaient des sortes de diligences qui allaient où on voulait, partout où le train ne passait pas et ne passerait jamais. Exactement comme les diligences à chevaux avaient précédé le train, elles, elles étaient les ancêtres de l'autocar que nous connaissons aujourd'hui. Les conducteurs portaient des bottes et des chapeaux à large bord. Le soleil leur avait donné la couleur d'une selle de cheval. Ils avaient des ceinturons, des 45, et ce n'était pas pour la décoration.

Cette nuit-là, les passagers étaient des soudeurs et

d'autres ouvriers qualifiés — conducteurs d'excavateur, mécaniciens de gros engins et ainsi de suite. Ils étaient bien payés, ils avaient de puissants syndicats et ils possédaient sans doute tous une voiture personnelle. Mais inutile de dire que quand on était malin, on la laissait chez soi.

Un chantier de pipe-line n'était pas un endroit où on pouvait emmener sa bagnole, pas si elle valait encore quelque chose. On l'aurait volée — entière ou en pièces détachées — dès que son propriétaire aurait eu le dos tourné.

La longue file des Hudson s'arrêta dans le camp puis repartit dans la nuit. Leurs passagers commencèrent à se coucher dans les tentes, s'interpellant et faisant beaucoup de bruit. Ils étaient furieux. Et il y avait de quoi. La compagnie avait attendu le dernier moment pour les avertir de se présenter au travail le lendemain. Ils étaient crevés par le voyage, mais ils ne pourraient presque pas se reposer avant d'affronter une rude journée. Ils avaient faim, mais on ne leur donnerait rien à manger.

La compagnie du pipe-line — ou plutôt, ceux qui la finançaient — leur avait fait endurer tout ça uniquement pour économiser quelques dollars. Le coût relativement modeste d'un repas. Car une fois arrivés au camp, les ouvriers devaient être nourris.

Normalement, les chefs de travaux étaient assez coulants avec ce genre de choses. On retirait un dollar par jour de votre paye pour l'hébergement et la nourriture (le «pageot» et le «fricot») et si vous n'aviez pas de paye, si vous étiez arrivé au camp un jour avant que ne commencent les travaux, on vous donnait à manger gratuitement. Manifestement, ça n'allait pas être le cas ici. Ceux qui détenaient l'argent n'allaient pas le lâcher facilement.

Tout finit par se calmer et je m'endormis. Au bout d'un peu plus d'une heure, j'étais à nouveau réveillé.

Des camions entiers de bonshommes entraient dans le camp. C'étaient des ouvriers qui n'avaient pas de qualification, des types qui s'étaient amassés en ville en attendant l'ouverture du chantier. Ils descendirent des plates-formes des gros camions et, les yeux embrumés, ils pénétrèrent sous les tentes pour se trouver un lit. Comme les soudeurs et les autres ouvriers qualifiés, eux aussi étaient les victimes de la radinerie de la compagnie. On les avait amenés au camp vraiment au dernier moment pour économiser un repas.

Ils avaient trop faim, ils étaient trop vannés pour faire autre chose que jurer. Ils allaient être aussi capables d'exécuter le dur travail qui les attendait que des malades d'hôpitaux. Les radins ne tarderaient pas à comprendre que leur pingrerie allait leur revenir sacrément cher. Je me demandais comment on pouvait être aussi stupide. Mais depuis, je me suis aperçu que les gens qu'on dit intelligents font parfois des trucs qui finissent par se retourner contre eux.

Pour gagner un dollar, ils se font un ennemi à vie. Pour économiser un dollar, ils en perdent cent. Ils n'ont d'yeux que pour ce qui se passe de leur côté à eux, et ils ne pensent pas à regarder le type qui se trouve en face.

Le camp ne retrouva pas vraiment le calme cette nuit-là, mais je m'endormis quand même. Une heure s'écoula — un petit peu moins d'une heure, en fait — et ce fut l'aube. La voix de sirène de Manchot Warfield me réveilla.

— HOU ! hurla-t-il. HOU HOU HOU ! Enfilez vos godasses, et que tout l'monde se casse ! Hou hou ! Allez les jobards, filez au trimard ! Essuyez-vous l'museau sur vos tricots de peau ! HOU HOU HOU !

Comme presque tous les autres étaient déjà habillés, ils purent donc aller s'asperger les mains et le visage avant moi et courir ensuite vers la longue tente où on bouffait. Ils commencèrent à s'amasser à l'entrée où Depew et ses assistants les contrôlaient pour pointer leurs heures de travail. Ce retard occasionna tout d'abord des grognements agacés puis des cris, des hurlements et des jurons. Les ouvriers se ruèrent alors dans la tente en passant à la fois par l'entrée principale et par les ouvertures des côtés. Ils écartèrent de leur chemin Depew et ses aides et renversèrent tous ceux qui essayaient de les arrêter.

J'entendis alors une détonation. J'étais en train de me débarbouiller et je levai les yeux. C'était Bud Lassen. Il avait tiré en l'air, mais un tout petit peu plus bas, il aurait pu toucher quelqu'un. Dans ce cas, on n'aurait naturellement plus entendu parler de lui, ni d'ailleurs du camp, probablement. Une émeute se serait déclarée et rien n'aurait pu l'arrêter.

Je le fixai avec stupéfaction et je le vis lever son arme, presque à l'horizontale, pour tirer à nouveau. Depew n'était qu'à quelques pas et ne fit aucun geste pour l'en empêcher. En le regardant, il fit même un sourire, un mauvais petit sourire de satisfaction. Je cherchai désespérément Higby des yeux mais je ne le vis nulle part. J'appris plus tard qu'il était délibérément resté à l'écart. Il estimait que c'était à Depew de jouer pour l'instant, il ne voulait pas s'en mêler.

Je hurlai un avertissement, mais personne ne m'entendit. Il y avait trop de bruit. Je hurlai à nouveau, puis je sautai par-dessus la table à tréteaux et je me mis à courir. Je me demandais pourquoi personne sauf moi n'avait entrevu le terrible danger, pourquoi tout le monde continuait à s'entasser sous la tente au lieu de filer à toutes jambes pour tâcher de rester en vie.

Apparemment, Bud me vit, ou me sentit approcher. Il hésita une seconde puis braqua le revolver sur moi.

Il ne fut pas assez rapide. Son moment d'hésitation m'avait permis d'arriver tout près de lui et je lançai le pied en avant pour le planquer au sol, l'atteignant juste au-dessus des genoux.

Il fit presque un saut périlleux et retomba brutalement par terre, le revolver lui échappant de la main. Pendant qu'il roulait sur le côté pour le récupérer, je me jetai sur lui et je me mis à lui cogner la figure.

J'étais fou furieux. Tout s'y mettait — le manque de sommeil, la cruauté insensée de la compagnie, le meurtre barbare de La Défonce. Tous les affronts, toutes les humiliations que j'avais subis ou que j'avais l'impression d'avoir subis pendant les semaines passées à attendre un boulot s'étaient accumulés et maintenant, ils étaient en train de me remonter à la gorge. Un ressort semblait s'être cassé dans mon cerveau et tout ce que je voyais, c'était un brouillard rouge. Je fis de mon mieux pour essayer de tuer Bud Lassen à force de lui taper dessus. Je criais que je voulais le tuer quand Brelan et d'autres types m'arrachèrent de là.

Je m'efforçai de leur échapper pour retourner le frapper. Brelan me secoua et me hurla de m'arrêter. Mais je ne l'écoutai pas ; je crois que j'aurais été incapable de me dominer. Il me mit donc K.O. avec un bon coup de poing au menton.

Il me frappa peut-être plus fort qu'il ne le voulait. (Peut-être pas, d'ailleurs !) En tout cas, il avait cogné rudement dur. Quand je revins à moi, Brelan me portait sur son épaule et descendait la pente douce qui partait au camp. Je marmonnai quelque chose, encore à moitié dans le brouillard. Après quelques pas, Brelan s'arrêta derrière un fourré de sauge et me remit gentiment debout.

— Ça va ? dit-il en me regardant, les sourcils froncés. Ça va aller, maintenant ?

— Ouais, bredouillai-je. Qu'est-ce que... Où est parti tout l'monde ?

— T'occupe pas ! lâcha-t-il. Tout ce que t'as à faire, c'est de rester là bien tranquillement et de ne plus te fourrer dans des histoires ! Alors tu ne bouges pas d'ici, c'est compris ?

Je hochai la tête, encore dans les vapes, en me demandant pourquoi il était si furieux. Il tourna les talons et remonta la pente. Je me frottai les yeux jusqu'à ce que je finisse par retrouver complètement mes esprits.

Là-haut, les hommes sortaient de la cantine — ils en sortaient, ils n'y entraient pas. Les sous-fifres choisissaient leurs équipes pour la journée et leur indiquaient le camion qu'elles devaient prendre. Au loin, j'entendais le teuf-teuf des pelleteuses vrombrissantes. Encore plus loin, un chœur de marteaux piqueurs commença à s'élever. Il y eut des cris, des sifflets, des interpellations, «Par là, bonhomme !». Puis les premiers gros camions firent entendre leurs rugissements et sortant du camp, emmenèrent leur cargaison d'hommes serrés comme des sardines. Un par un, ils défilèrent tous avec un bruit d'enfer, procession bringuebalante d'hommes et de machines avançant vers la ligne de départ.

Le tumulte cessa bientôt et le camp se trouva plongé dans un silence presque total.

Brelan apparut en haut de la pente, les bras chargés d'outils. Je me précipitai pour l'aider mais il me fit un signe de tête péremptoire pour m'écarter du chemin et il ne me resta plus qu'à le suivre les mains vides.

Il lâcha les outils dans les buissons. Il examina le terrain pendant quelques instants. Finalement, il se tourna vers moi en faisant un grand geste de la main.

— Bon, dit-il. Voilà nos gogues. Quinze mètres de longueur, un mètre de largeur et soixante centimètres de profondeur. Attrape une pioche et mets-toi au travail.

J'attrapai une pioche. Il remonta à la tente des outils pour revenir quelques minutes plus tard avec une caisse de dynamite sur une épaule et deux forets pour percer le roc sur l'autre.

Il lâcha les forets sur le tas d'outils puis transporta la dynamite une quinzaine de mètres plus loin avant de la déposer par terre. Il parcourut encore une quinzaine de mètres jusqu'à un coin de prairie découvert. Là, avec précaution, il sortit de sa poche une petite boîte de détonateurs et, la tenant à deux mains, il la posa sur le sol.

Une capsule qui sert de détonateur est noire et pas plus grosse qu'une piécette. C'est sa force percutante qui fait partir la dynamite. Elle explose alors très facilement et une charge suffit à arracher la main d'un homme.

Brelan revint vers moi, attrapa une pioche et se mit à travailler à côté de moi. Sans dire un mot ni l'un ni l'autre, nous délimitâmes grossièrement la fosse et commençâmes à arracher les buissons et les herbes. Finalement, après plus d'une heure de travail, Brelan s'appuya sur sa pioche et coula un regard ironique vers moi.

— Tu commences à avoir faim, Tommy ? demanda-t-il.

— Ça peut aller, dis-je. Tu ne m'as pas entendu rouspéter, si ?

— Tu aurais dû manger très tôt. Les conducteurs et les gens qui manient les explosifs mangent toujours tôt.

Il avait raison, bien sûr ; j'aurais dû demander au maître-poux de m'appeler. Mais ça faisait si longtemps que je ne m'étais pas occupé d'explosifs que j'avais oublié.

— Bon, dis-je. c'est de ma faute.

— Il n'y a pas que ça, Tommy. Cette bagarre avec Lassen, c'était aussi de ta faute.

— Bon, répétai-je, mais intérieurement, je commençais à bouillir. Il allait tirer sur la foule et j'ai eu tort d'essayer de l'arrêter, c'est ça ? J'aurais dû le laisser provoquer une émeute pour que le camp soit fichu en l'air...

— Ton tort, c'est d'être stupide, dit-il d'une voix tranchante. Depew est un salaud fini, je te l'accorde, mais pas une andouille. Tu croyais vraiment qu'il allait laisser Bud commettre un meurtre ? Qu'il serait resté à le regarder sans un mot de protestation ? — Brelan secoua la tête d'un air dégoûté — Lassen tirait à blanc, nom de Dieu ! N'importe qui aurait pu deviner ça, même en étant deux fois moins intelligent que toi.

Il reprit sa pioche et se remit au travail. Je fis la même chose, me sentant un moins que rien. Les pioches s'élevaient et retombaient, floc-floc, plouf-plouf, et comme un aimant, le soleil commençait à m'arracher de la sueur. Le silence entre Brelan et moi se prolongeait. Soudain, je fis retomber la lame de la pioche sur un mille-pattes de vingt-cinq centimètres et il fut coupé en deux. Les deux moitiés commencèrent à courir dans des directions opposées et Brelan les écrasa.

— T'as déjà été piqué par une de ces bestioles ? me demanda-t-il d'un air insouciant.

— Non, répondis-je. Mais un jour, j'étais en short et il y en a une qui s'est accrochée à ma jambe. J'ai réussi à la faire tomber mais elle m'avait laissé l'empreinte de ses pattes sur la peau ; deux rangées de petits trous pas plus gros que des piqûres d'épingles. Ça s'est infecté et j'ai eu des frissons et de la fièvre pendant une semaine.

— C'est pas vrai ! dit Brelan en secouant la tête d'un air intéressé. Alors, dans ce cas, moi j'ai eu de la chance. J'ai été piqué par une tarentule mais j'ai eu plus de peur que de mal. C'était une araignée fichtrement grosse, la plus grosse que t'aies jamais vue, Tommy. De la taille d'une soucoupe et aussi poilue qu'un lapin.

— Je parie qu'elle t'a sauté dessus, dis-je.

Les tarentules sont douées pour sauter. Brelan dit que j'avais raison.

— J'allumais une cigarette à une lampe à pétrole et cette bestiole a sauté sur la lumière. Elles aiment la lumière, tu sais. Elle a raté la lampe et elle m'a atterri en plein sur le nez et sur la bouche.

— Nom d'une pipe ! Ça a dû te faire un choc !

— Ça oui, Tommy, gloussa-t-il. Pour ça oui. Je ne voudrais pas entrer dans des détails gênants, mais l'hôtel m'a demandé de remplacer le matelas et la literie.

Nous nous mîmes à rire et le fait de rire me fit presque oublier à quel point j'avais chaud et faim. Brelan se frotta les mains sur son pantalon et reprit sa pioche.

— Maintenant, pour en revenir à Bud Lassen, Tommy...

— Ouais ? dis-je sur un ton un peu nerveux. Qu'est-ce que... euh... qu'est-ce que tu crois qui va m'arriver, Brelan ?

— Ben, Lassen n'aurait pas dû tirer sur la foule, à blanc ou non. Donc Depew n'a pas pu te virer comme il en avait envie. Higby a menacé de porter l'affaire en haut lieu et Depew a dû s'écraser.

— Je suis content que Higby ait pris ma défense, dis-je. D'ailleurs, je me demande comment il a pu engager Lassen.

— Il ne l'a pas fait. C'est Depew qui l'a engagé sans lui demander son avis. Mais tu sais, Tommy, ajouta Brelan en me jetant un regard sérieux, tu ferais mieux d'oublier que Higby a pris ta défense. Ne t'y fie pas, parce qu'il ne le fera pas une deuxième fois. A moins que ça l'arrange.

— Ben, sûrement, mais...

— Lassen est allé se faire rafistoler à Matacora. Si tu l'avais réellement blessé, au lieu de lui abîmer un peu le portrait, Higby aurait été obligé de te laisser partir. Parce qu'il ne va pas risquer de perdre son boulot à cause de toi, ou de quiconque d'ailleurs. Il ne peut pas se le permettre, Tommy. Il n'y a qu'une seule grande entreprise de construction de pipe-lines au monde. Et c'est celle-ci. On y emploie un seul chef des travaux et c'est Higby qui a décroché ce boulot. Ou bien il travaille ici, ou bien il ne travaille pas du tout.

— Ben... dis-je en hésitant. Il y a toujours un autre boulot qui se crée quelque part.

— Pas ce genre de travail. Il se peut qu'il n'y en ait jamais un deuxième et Higby ne sait faire que ça.

Brelan s'interrompit en balançant sa pioche et il épongea la sueur de son visage. Il y avait une étrange tristesse dans ses yeux, quelque chose que je ne pouvais pas m'expliquer à ce moment-là, mais que je compris plus tard.

— Oui, Tommy, je pense que nous sommes peut-être à la fin d'une époque. Nous allons construire le dernier grand pipe-line. Je crois que nous devons être les premiers blancs à venir dans le coin, et une fois que nous serons repartis... — il secoua la tête et serra à nouveau sa pioche — Fais bien attention à ce que tu fais devant Bud Lassen à partir de maintenant, Tommy. Méfie-toi. Ne fais rien qu'il puisse utiliser contre toi.

J'acquiesçai, ressentant une pointe de malaise. Je pensais à elle, à Carol, et je voulais dire quelque chose à propos de sa présence ici. Mais je savais ce qu'allait me répondre Brelan — et bien entendu, il se trompait sur son compte ! Alors... alors je ne dis rien.

A midi, nous avions complètement dégagé l'endroit des latrines et des poubelles et percé la plupart des trous pour y placer la dynamite. Comme le repas de midi était apporté sur les lieux de travail, nous étions presque tout seuls sous la grande tente. Je m'empiffrai beaucoup plus que je n'aurais dû et en sortant au soleil, je dus me précipiter derrière un buisson. J'en revins faible, la tête douloureuse, ne souhaitant qu'une chose, aller me coucher. Brelan me montra du doigt la masse de sept kilos.

Je la ramassai. Il attrapa un foret. Il le balada sur le roc pour marquer l'endroit où on devait percer un trou puis il le plaça verticalement et me fit un signe de tête. Je balançai la masse et je la fis retomber sur la tête du foret. A chaque fois que je donnai un coup, Brelan tournait et secouait le foret pour faire sortir les débris de roche. Mes coups de masse devaient être réglés sur lui et je devais frapper quand il tenait le foret à la verticale. Bien entendu, c'était à moi de bien balancer la masse.

Il y avait là un rituel bien précis : le type chargé des explosifs tenait le foret, et son assistant faisait le boulot le plus dur. Brelan avait fait ce matin-là plusieurs choses que j'aurais dû faire moi-même, mais je ne pouvais pas le laisser continuer. D'ailleurs, il n'en avait manifestement pas l'intention, se sentant lui aussi fatigué et souffrant de la chaleur.

Nous étions en train de percer le dernier trou quand je balançai la masse au mauvais moment. Juste un peu trop tôt, mais ce fut suffisant. Elle effleura la tête du foret et glissa jusqu'à l'endroit où Brelan le tenait. Il retira ses mains avec un hurlement et se les coinça entre les genoux en exécutant une sorte de danse, plié en deux par la douleur.

— Seigneur ! s'écria-t-il en me jetant des regards furieux. Nom de Dieu, qu'est-ce qui te prend, Tommy, tu peux me le dire ?

— Je suis désolé, marmonnai-je. Mince, je suis vraiment désolé, Brelan.

— Tu es désolé ! Bordel de merde ! Ça sert à rien d'être désolé ! Tu n'as qu'à arrêter de rêvasser et tu n'auras pas besoin d'être désolé !

Je commençai à m'énerver et je lui dis que c'était la faute des chefs. Ils auraient dû nous donner un marteau piqueur et on aurait pu percer tous les trous qu'on aurait voulu en même pas une heure. Brelan me dit d'arrêter un peu de dire n'importe quoi.

— Tu sais bien qu'il faut de l'électricité pour faire marcher un marteau piqueur. Comment est-ce qu'ils auraient fait pour nous donner une génératrice alors qu'ils en ont besoin pour le pipe-line ?

Il continua à jurer et à me passer un savon, tant et si bien que je finis par être hors de moi et à lui répondre.

— Qu'est-ce que tu voudrais que je fasse, nom de Dieu ? Je t'ai dit que j'étais désolé. J'ai pas arrêté de te demander pardon ! Merde ! Qu'est-ce que tu voudrais que je fasse ?

— Je voudrais que tu arrêtes de raconter des idioties ! Je voudrais que tu arrêtes de faire l'imbécile et que tu redescendes un peu sur terre ! Je... — il se reprit et ravala ses mots — Excuse-moi, Tommy, dit-il calmement. Ce qui est arrivé, c'était autant de ma faute que de la tienne.

— Mais non, c'était de la mienne, dis-je. Je t'assure, Brelan. Mais...

— N'en parlons plus, dit-il avec un petit sourire. N'en parlons plus, mon garçon. Ça a été une rude journée, mais y a une belle nuit qui s'annonce. Allez, on va faire exploser un peu de dynamite.

9.

Nous allions faire sauter la zone des latrines. A cet endroit, une partie du sol n'était pas trop dure et pouvait être creusée sans avoir recours aux explosifs. La partie rocailleuse nécessita vingt-quatre trous, douze de chaque côté.

Pendant que Brelan mesurait la longueur des mèches et les coupait avec son couteau spécial, j'allai chercher la caisse de dynamite et je l'ouvris. Puis, l'un en face de l'autre, nous déposâmes un bâton de dynamite dans chaque fourneau de mine. En général, ils descendaient facilement jusqu'au fond. Quand ce n'était pas le cas, il fallait bourrer la charge en tapotant dessus avec un pilon.

Ça ne me gênait pas de le faire dans la mesure où la dynamite réclame une pression de cinq kilos et demi pour exploser. Mais ce n'était là qu'une partie du travail. Nous avions creusé des trous suffisamment profonds pour glisser deux bâtons de dynamite, et celui qui serait sur le dessus aurait une petite capsule noire.

Brelan commença à placer les détonateurs de son côté et à fixer une mèche à chaque capsule. J'attendis un instant, espérant qu'il allait le faire également de mon côté. Mais il s'en tint strictement au sien, déposant les bâtons dans les fourneaux de mine, leur mettant une capsule et les bourrant d'une main ferme quand ils n'étaient pas bien enfoncés, tout ça très rapidement.

Il sifflotait en travaillant. Il ne me jeta pas un seul regard, apparemment sûr que je faisais ma part de boulot. J'attendis encore un petit moment, je me raclai nerveusement la gorge sans m'attirer un seul regard ou une parole. Finalement, j'attrapai donc une capsule et une mèche et je me mis au travail.

J'allai vite. Beaucoup plus vite que je n'aurais dû, parce que je voulais en finir. Bien qu'ayant perdu du temps au départ, j'avais terminé avant Brelan et cela me valut un coup d'œil de sa part, un long regard pensif. Puis, baissant à nouveau les yeux, il commença à relier entre elles les mèches qu'il n'avait pas encore fixées à la dynamite.

— Tu as bien bourré toutes les charges, Tommy ?

— Bien sûr, dis-je. Merde, évidemment.

— Tu sais ce qui se passerait sinon ?

— Je les ai bien bourrées, dis-je. Vraiment bien. Merde, si tu veux, tu n'as qu'à vérifier.

— Merci, Tommy, dit-il d'une voix traînante. Merci beaucoup.

Il passa de mon côté pour les vérifier avec son pilon, se penchant de temps à autre pour en examiner une. Je le regardais, ne sachant pas ce que je redoutais le plus, une explosion ou le savon qu'il me passerait s'il trouvait quelque chose qui clochait. Mais il ne trouva rien à redire, et ce n'était pas de ma faute. J'avais eu de la chance et tout était bien enfoncé.

— Très bien, Tommy, dit-il en me regardant d'un air approbateur, un sourcil haussé. Je vais faire de toi un spécialiste en explosifs.

Il s'accroupit et prit d'une main les mèches attachées ensemble. De son autre main, il craqua une allumette et il les enflamma de manière identique pour que tout explose en même temps. (Dans le cas contraire, on retrouverait le corps d'un bonhomme enterré sous la terre et les pierres).

Les vingt-quatre mèches crépitèrent en commençant à brûler, rouge sombre, courant vers les trous. Brelan se releva.

— Feu à la mine ! cria-t-il.

— FEU A LA MINE ! repris-je en écho.

Puis je me mis à courir très loin, dans les buissons. Brelan ne courut pas, il se contenta de marcher, sans traîner les pieds, bien sûr, mais sans en attraper une suée non plus. Et il s'arrêta avant d'avoir parcouru la moitié du trajet que j'avais accompli.

Il resta debout, face à l'explosion. Le monde entier

semblait sauter autour de nous. Des tonnes de roc et de schiste furent propulsées en l'air, et une partie retomba sur le côté comme de l'eau s'échappant d'un arrosoir percé. De gros débris s'abattirent tout autour de Brelan. Mais il ne bougea pas, se protégeant un peu en attendant que l'averse s'arrête, donnant parfois des coups de pilon dans les débris qui volaient sur lui.

Finalement, le calme revint. Le ciel déchiré par l'explosion s'était raccommodé et la poussière avait disparu. Nous retournâmes sur les lieux.

Brelan s'y promena en vérifiant tout soigneusement. Il examina la profondeur de la fosse ainsi creusée. Apparemment, tout allait bien ; il ne restait pas de charge enfouie sous les débris. Nous prîmes donc nos pelles et nous retirâmes la terre et les pierres en formant un talus élevé qui partait en pente douce de l'autre côté.

Il ne nous fallut pas longtemps. Pas aussi longtemps que je l'aurais voulu. Après avoir fini, il nous restait encore des heures de travail à faire et un dernier boulot à exécuter. Brelan dit que nous ferions mieux de nous y foutre tout de suite.

La fosse de détritus que nous allions creuser devait être assez près du camp. Il le fallait, car le cuisinier et ses aides n'auraient pas eu envie d'aller jeter leurs déchets trop loin. Brelan et moi, nous opérâmes comme précédemment, chacun d'un côté. Je bourrai mes charges comme je l'avais fait plus tôt, au petit bonheur et en priant Dieu pour que tout se passe bien.

Je terminai à nouveau avant lui, mais cette fois, il ne me demanda pas si j'avais bien enfoncé la dynamite. Il ne vérifia pas ce que j'avais fait. Il se contenta de mettre le feu aux mines.

Je partis en courant. En me retournant, je vis que Brelan courait lui aussi.

L'explosion se produisit.

Elle ne ressemblait pas à la première. Elle ne fit pas vraiment le même bruit. Et ce fut du travail salopé. Un morceau de roc aussi gros que la tête d'un homme fut projeté droit sur l'arrière de la tente de la cuisine. Il heurta un piquet et faillit le renverser. Il y eut des cris et des hurlements poussés à l'intérieur et le cuisinier passa la tête pour agiter le poing dans notre direction.

Finalement, la poussière se dissipa et Brelan me menaça du doigt. Je le suivis vers la fosse, la tête aussi basse qu'un chien battu.

— Bon, voyons, dit-il d'un air songeur après avoir terminé son inspection. Voyons voir. J'imagine que tu as dû mettre le deuxième bâton de dynamite au niveau du sol à plusieurs endroits. Tu n'as pas dû les enfoncer du tout. Ce qui signifie... Tu peux me dire ce que ça signifie, mon garçon ?

J'acquiesçai d'un air malheureux, incapable de croiser son regard.

— Ouais, je crois, Brelan, je crois.

— Tu crois, Tommy ? Avec de la dynamite, on ne croit pas... du moins pas plus d'une fois.

— Bon ! dis-je. Bon, ça va comme ça ! Ça veut dire que j'ai deux bâtons de dynamite enterrés sous la rocaille !

— Et alors, Tommy ? Et alors ? Tu attends que j'aille te les chercher, je suppose ?

— Je n'attends rien du tout, nom de Dieu ! Je ne te laisserais pas y aller pour tous les bousiers du Texas ! Je vais y aller moi-même, alors tu ferais mieux de ficher le camp de là !

Il s'éloigna et j'y allai. Quand je trouvai les bâtons ensevelis, j'y fixai des capsules et des mèches que j'allumai. J'opérai comme Brelan. Je restai assez près, bougeant le corps pour éviter les projections, et même tapant avec la main dans une petite motte de terre qui allait atterrir presque sur moi.

Cette petite motte fut tout ce qui faillit m'atteindre. Avec seulement deux bâtons de dynamite, et tous les deux bien bourrés dans leur fourneau, je ne courais aucun danger. C'est-à-dire que je ne risquais pas de recevoir des projections de pierres. Le risque, je l'avais pris en déterrant les bâtons.

Brelan et moi nettoyâmes la fosse et fîmes un talus. Notre journée de travail était alors terminée. Les hommes n'étaient pas encore revenus du chantier mais on leur comptait leurs heures à partir du moment où ils y arrivaient tandis que les nôtres démarraient plus tôt.

Nous ramassâmes nos outils et nous les rapportâmes dans la tente où se trouvait tout le matériel. Arrivés à la table de toilette, nous nous déshabillâmes pour nous laver, nous versant des seaux d'eau à tour de rôle. Tout ça en silence. Nous ne prononçâmes pas un seul mot, même quand Manchot Warfield se mit à hurler que nous étions en train de gaspiller trop d'eau.

Manchot s'éloigna en maugréant. Brelan et moi, nous terminâmes de nous laver et nous nous rhabillâmes. Quand nos regards se croisèrent, j'essayai de prendre un air dur et hautain ; pourquoi, je n'en sais rien. Brusquement, tout ça me parut ridicule et j'éclatai presque de rire. Brelan me regarda d'un air inexpressif, mais j'aperçus une lueur malicieuse dans ses yeux.

— Tu penses à quelque chose, Tommy ? me demanda-t-il.

— N... Non, dis-je. Non, je me disais... ha, ha... je me disais seulement que... ha, ha, ha...

Et, plié en deux, je me ris à rigoler, à hurler et à m'étrangler comme un parfait imbécile. Je ne cessai de rire pendant que Brelan me considérait en souriant et en hochant la tête, comme si je faisais exactement ce qu'il fallait faire. Et c'était peut-être vrai, du reste, parce que ça me permit de remettre un certain nombre de choses à leur place et de me regarder un peu en face. Sans vraiment en être conscient, je regardais Tommy Burwell droit dans les yeux et je l'acceptai tel qu'il était ; avec ses peurs, son air prétentieux, sa façon absurde de faire l'important, avec ses bons et ses mauvais côtés. Sans en être conscient, j'avais atteint la maturité et je l'acceptais.

Je me lavai à nouveau le visage pour effacer mes larmes de rire. Brelan me donna un bon peu d'eau potable qu'il fit couler du tonneau et nous allumâmes une cigarette. Il releva les bords de son chapeau, devant et derrière, et je fis la même chose avec le mien. Nous restâmes là à fumer, à bavarder tranquillement et à humer les bonnes odeurs du dîner, un homme et un jeune gars — ou plutôt deux hommes — par cette fin d'après-midi dans l'ouest du Texas. Les buissons de sauge virèrent soudain à l'or ; l'herbe rase, que le vent couchait perpétuellement, sembla brusquement s'embraser.

Au loin, sur le chantier, les marteaux piqueurs cessèrent leur bavardage, la pelleteuse émit un dernier floc-plof haletant puis se tut. Un par un, les fermes martèlements des génératrices se muèrent en sanglots, plus faibles au fur et à mesure que la distance augmentait, puis s'évanouirent complètement. Alors, pendant un bref instant, il n'y eut plus rien, pas un seul bruit — un vide infini, une minuscule brèche dans l'univers du bruit. Et un homme lança un appel d'une voix rendue ténue par la distance, mais qui nous parvenait distinctement dans l'air pur. «Ohé !» Il y eut un autre appel, encore un autre, puis sans doute des centaines, étouffés, mêlés au raffut des pelles et des pioches jetées de côté. Ensuite, les gros camions lancèrent leur aboiement et se mirent à rugir, engloutissant tous les autres bruits, tonnant, fumant et gémissant.

La première journée de travail était terminée. Les hommes revenaient du chantier.

10.

Les soudeurs et les mécaniciens étaient dans le premier camion. C'était la règle ; les meilleurs avaient droit au meilleur, ils pouvaient s'installer les premiers, et je n'ai jamais entendu personne s'en plaindre. Les camions suivants transportaient les ouvriers non qualifiés, assis sur les bords des plates-formes ou entassés à l'intérieur de la cabine. Les aides-mécaniciens se tenaient sur le marchepied tandis que les chefs d'équipe étaient sur la banquette, à côté du conducteur. C'était là également une règle acceptée ; un chef d'équipe était hiérarchiquement plus important qu'un aide, c'est pourquoi on lui accordait cette prérogative.

Les mécaniciens, les soudeurs et les chefs d'équipe étaient affamés et épuisés — qui ne l'était pas ? — mais il y avait quelque chose dans leur expression, dans leur attitude, qui les distinguait résolument des simples manœuvres. Ils étaient même sans doute plus fatigués qu'eux, dans la mesure où leur travail leur demandait de donner plus d'eux-mêmes et qu'ils ne pouvaient pas le bâcler comme un artiste de la pelle et de la pioche. Mais malgré ça, ils n'avaient pas l'air aussi fatigués ; ils le laissaient moins paraître. Ils étaient venus de quelque part et ils savaient où ils allaient. Ils vivaient pour quelque chose, et en se retournant sur leur passé, ils y voyaient quelque chose. Et ça suffisait à leur redresser la colonne vertébrale, à leur donner une allure qu'on pouvait regarder sans en éprouver de malaise, sans se demander si on avait soi-même cet air-là, en priant Dieu pour que ça n'arrive jamais.

Quant aux manœuvres...

Tandis qu'ils sautaient des plates-formes, leur fatigue et leur faim se devinaient ; celles de cette journée et de toutes celles, amères, qui l'avaient précédée ; le vide de tous ces jours et de ceux qui les attendaient. Et l'embêtant, c'est qu'ils avaient l'air de l'accepter. Ils avaient bouclé une journée. Ils l'avaient bouclée comme ils l'avaient pu, et leur vie se résumait à ça. Même exténués, ils riaient et plaisantaient beaucoup. Pourquoi pas ? Ils riaient de tout ce qui n'aurait pas dû les faire rire : de leur peu de valeur, de la saleté de leurs vêtements qui leur

collaient au corps, plaqués par une sorte de boue faite de poussière et de sueur.

Leurs vieux habits avaient mal supporté le premier jour de travail. Les pantalons avaient de grandes déchirures au travers desquelles on apercevait une peau sale. Les chemises étaient en lambeaux et beaucoup d'ouvriers s'en étaient débarrassés et se promenaient torse nu. Pour remplacer les chapeaux on voyait beaucoup de foulards noués autour de la tête à la manière des pirates.

La plupart des hommes s'arrêtèrent pour se faire un brin de toilette, mais comme il n'y étaient pas obligés, ils ne se donnèrent pas beaucoup de mal. On avait l'impression qu'ils étalaient la saleté plutôt qu'ils ne s'en débarrassaient.

Je me demandais comment j'avais pu les côtoyer pendant des semaines, en attendant l'ouverture du chantier, sans me rendre compte de leur état lamentable. Comment j'avais pu les supporter, ne serait-ce qu'une journée. Mais je suppose que c'était parce que je n'avais pas eu de travail depuis longtemps, parce que ne voyant qu'eux, je manquais d'éléments de comparaison.

Brelan me donna un petit coup de coude et me montra l'entrée de la cantine, où tous les soudeurs et autres ouvriers qualifiés commençaient déjà à se rassembler.

— On ferait mieux d'y aller, Tommy.

— Ouais, t'as bien raison, dis-je.

Nous y allâmes. Le privilège qui consistait à manger avant les autres ne jouait pas le soir. En fait, ce n'était pas un privilège mais plutôt un moyen d'accélérer le travail. Le soir, c'était plus pratique que tout le monde mange ensemble — c'est-à-dire plus pratique pour la compagnie — alors on y allait en chœur.

Il y avait foule derrière nous quand on commença à servir le repas. Poussés par le mouvement, nous arrivâmes presque jusqu'au bout de la tente puis les choses se calmèrent et nous pûmes nous asseoir.

On mangeait généralement bien dans les compagnies de pipe-line et ce chantier ne ferait pas exception à la règle. Le mot d'ordre était l'abondance. Il y avait de la quantité et de la variété. On servait une cuisine familiale, et il y avait deux sortes de tout : deux sortes de viande, des pommes de terre et des haricots blancs, trois sortes de légumes verts ; de la tarte, du gâteau, des biscuits et des beignets ; des pichets de thé, de café et de lait. Des quarts nous tenaient lieu de tasse et les «assiettes» étaient de grands plateaux métalliques.

Pendant tout le repas, des larbins faisaient l'aller-retour entre la tente et la cuisine, apportant de quoi manger et emmenant les plats vides. A la fin du repas, des caisses de pommes et d'oranges étaient déposées à l'entrée de la tente et tout le monde avait le droit de prendre un fruit de chaque sorte.

Brelan et moi, nous sortîmes ensemble et nous nous servîmes. Je fis remarquer que la bouffe était correcte, alors que ceux qui finançaient le pipe-line ne se montreraient peut-être pas si empoisonnants. Brelan haussa les épaules.

— Il faut bien qu'ils nourrissent les gens correctement. Sinon, ils se lèveraient et s'en iraient.

— Y en a beaucoup qui partiront de toute façon, dis-je. Certains fileront demain matin après la graille, et à la fin de la semaine, on sera probablement cinquante de moins. Je me demande à quoi ça tient.

— Tu te le demandes ?

— Ben ouais. Ils ont finalement réussi à avoir du boulot et ils ont tant besoin de fric qu'ils en ont mal aux tripes. Mais ils envoient tout promener à cause d'une tasse de mauvais café ou même à cause de rien de spécial.

— Hum, c'est bizarre, hein ? Parce que moi, bien entendu, je n'ai jamais rien fait de tel, et toi, Tommy ? dit Brelan d'une voix traînante. Nous sommes d'ailleurs connus dans tout le pays pour notre assiduité sur les champs de pétrole.

Je me mis à rire d'un air penaud.

— Bon, d'accord, dis-je. Mais cette fois, ça va être différent.

— C'est possible, Tommy, dit-il doucement. C'est possible. Nous ne sommes qu'à deux pas du ciel, tu te rappelles, et à condition de faire de gros efforts et de tendre la main assez haut, tu peux arriver à le toucher.

— C'est ce que je vais faire, dis-je. Tu verras. Je vais garder ce boulot, je ne vais pas avoir d'histoires, je vais distribuer les cartes au blackjack pour toi et...

Il bâilla ostensiblement et je m'interrompis. C'était son moyen de me dire quelque chose. De me dire qu'il m'aimait bien, mais qu'il fallait en rester là. Que ce que faisait Tommy Burwell était strictement les affaires de Tommy Burwell, ce que faisait Brelan ne regardait que lui et qu'il voulait que ça continue comme ça.

Je ne m'en offusquai pas mais j'étais peut-être quand même un tout petit peu peiné. Il avait déjà agi de cette manière avec moi en d'autres occasions, quand il commençait à se sentir trop impliqué. Mais j'avais remarqué qu'un changement s'était produit aujourd'hui, qu'un lien venait de se casser entre nous, et sa rebuffade me faisait un petit peu de peine.

— Bon, eh bien... — je baillai encore plus que lui — je crois que je vais aller me pieuter, Brelan.

— A demain, dit-il en me faisant un signe de tête.

Je me dirigeai vers ma tente en relevant les bords de mon chapeau devant et derrière avant qu'il n'ait le temps de le faire lui-même. J'avançais comme si je n'avais rien de plus pressé que d'aller me mettre au lit.

— Tommy...

— Ouais ? dis-je en me retournant. Qu'est-ce qu'il y a, Brelan ?

— Tommy... commença-t-il en se mordant la lèvre et en faisant un pas hésitant vers moi. Je voulais seulement te dire que... que... Rien, dit-il sèchement. Je veux dire, n'oublie pas de demander qu'on te réveille. Il ne faudrait pas recommencer à merder demain.

— Compris.

Je me dirigeai vers ma tente et lui vers la sienne.

Le vieux à qui j'avais parlé la veille, le maître-poux,

était assis sur mon lit de camp pour me le garder. Je le remerciai, je lui demandai de me réveiller le lendemain, puis je m'assis et je commençai à me déshabiller. Tous les autres lits étaient occupés, avec des types assis ou allongés dessus, en train de fumer, de dormir ou de se préparer à se coucher. Presque personne ne se parlait. Ceux qui étaient éveillés étaient étendus les yeux ouverts, fixant le toit de toile, ou assis, regardant sans le voir le sol de terre. Je crois qu'ils voyaient tout et rien à la fois.

A l'avant de la tente, un type grattait une guimbarde, jouant toujours la même chose, les premières mesures de *Home, Sweet Home*. Il devait les avoir jouées au moins cent fois et j'allais lui crier de s'arrêter quand un autre type me battit d'une longueur.

— Fous-nous la paix, enculé !

Puis une dizaine d'autres gars se mirent à hurler et à le menacer de lui faire avaler son instrument s'il jouait encore une seule fois. Il cessa donc et se glissa bien vite sous les couvertures. Tout le monde se coucha aussi. Le maître-poux baissa la flamme de la lanterne suspendue à un piquet de tente. Dix minutes plus tard, il l'éteignit. J'attendis encore un peu, comptant cinq fois jusqu'à cent pour avoir une idée du temps qui s'était écoulé. Puis, quand tout le monde me sembla endormi et que l'obscurité fut totale, je m'habillai et je sortis par l'ouverture arrière de la tente.

Des nuages masquaient la lune et on y voyait à peine. C'était dur d'avancer, et même dangereux avec tous les serpents et autres animaux venimeux du coin. Mais j'arrivai jusqu'à elle sans autre problème que me prendre les jambes dans les buissons de sauge. Je descendis vers sa camionnette aménagée.

Carol était assise sur une caisse devant sa voiture et elle me tournait le dos. Elle avait allumé un petit feu à l'intérieur d'un rempart de pierres. Plutôt pour mieux voir que pour avoir chaud, je suppose, car la nuit n'était pas vraiment froide, seulement agréablement fraîche.

Je sifflai doucement pour ne pas l'effrayer. Elle ne

parut pas m'avoir entendu et j'allais recommencer quand j'entendis de faibles pleurs. Ce bruit donnait une telle impression de solitude, de désarroi et de frayeur que les larmes me montèrent aux yeux et que ma gorge se noua, m'obligeant à déglutir. Puis, l'appelant et tendant les bras, je dévalai la pente. Je lui fis sans doute une peur bleue jusqu'à ce qu'elle reconnaisse ma voix. Elle accourut alors vers moi comme une enfant.

Je la pris dans mes bras, je la caressai pour esssayer de la réconforter.

— Mince alors ! Dis-moi, chérie, pourquoi tu pleures ? Qui est-ce qui t'a fait du mal ? Tu n'as qu'à me le dire et...

— Rien, personne, dit-elle, tremblante, en s'accrochant à moi et en poussant un grand soupir. Serre-moi fort, Tommy. Serre-moi bien fort.

— Bien sûr, dis-je en lui caressant les cheveux, en ne cessant de lui embrasser la tête. Mais écoute, Carol...

— Ne dis rien, Tommy. Serre-moi, c'est tout.

Je la serrai dans mes bras. Nous restâmes un bon moment enlacés, et puis elle leva la tête et me regarda.

— Ça y est, Tommy. Ça va, maintenant, chéri.

— Pourquoi est-ce que tu pleurais ? demandai-je.

— Pour rien. C'est vrai. Je me sentais juste un petit peu seule et je me disais que je ne te reverrais jamais. Que tu ne voudrais plus me voir après... tu sais bien... après ce qui s'est passé la nuit dernière. Alors...

— Mais pourquoi ? Pourquoi est-ce que je ne voudrais pas te revoir, nom de Dieu ? Je...

Je m'interrompis, scrutant son visage. Elle essaya de se dégager mais j'avais déjà vu. Un gros bleu recouvert de sang coagulé lui tuméfiait le visage, de la joue gauche à l'œil.

— Qui est-ce qui t'a fait ça ? demandai-je. Qui t'a frappée, Carol ?

— Personne. Non, c'est vrai, Tommy, dit-elle fermement. Je... eh bien, j'étais en train de me faire à manger, je me suis retournée et je me suis cognée contre la portière de la voiture. Elle était ouverte, tu sais, et j'ai heurté le coin.

— Bon... dis-je en l'examinant soigneusement. Si tu es sûre...

— C'est vraiment horrible, Tommy ? Hein ?

— Eh bien, ça a l'air assez grave, dis-je. Je crois que tu vas avoir un œil au beurre noir.

— Alors, je parie que tu ne voudras plus m'embrasser, hein ? Juste parce que je me suis cognée dans une portière et que je me suis fait un bleu sur la figure et... et tout ! Tu ne m'aimes plus !

Elle s'écarta brusquement de moi, et, en prenant une mine boudeuse, elle me tourna le dos. Je me mis à rire et je commençai à l'attirer vers moi. Mais un infime soupçon me fit changer d'avis.

Je levai la main et lui donnai une grande claque dans le dos.

Elle hurla, puis se retourna et me gifla.

— J'ai un coup de soleil, espèce de salaud ! Je suis sortie sans chemisier aujourd'hui et j'ai attrapé un sacré coup de soleil !

— Excuse-moi, dis-je. Je pensais que...

— Je sais ce que tu pensais et je t'ai déjà dit au moins quinze fois que tu te trompais ! Et maintenant, si tu as envie de continuer à faire l'imbécile, tu n'as qu'à retourner dans ton imbécile de camp et y rester !

Bon...

Je lui demandai pardon. Je lui promis de ne plus la soupçonner. Je l'assurai que son bleu la rendait plus belle que jamais et que je pensais qu'avec un œil au beurre noir, et même avec deux, elle serait merveilleuse. Je lui dis... à vrai dire, je ne me rappelle pas tout mais je crois que je lui en dis pas mal parce qu'elle retomba dans mes bras. Peu de temps après, je lui murmurai à l'oreille, elle hésita une fraction de seconde, puis murmura dans la mienne que, oui, il faisait un peu froid dehors.

Je la soulevai et la portai dans la camionnette. Une fois à l'intérieur, je tendis la main pour refermer les portières. Juste avant qu'elles ne se rabattent, la lune perça un instant les nuages. Sa faible et brève lueur me permit de voir une ombre haute au sommet de la pente. Elle avait presque disparu avant que je la voie bien, disparu en un clin d'œil, si vite que je ne pouvais pas être absolument sûr de l'avoir vraiment vue, ni qu'un effet de lumière, ou mon imagination, n'en avait pas exagéré la taille.

Je fermai les portières et les verrouillai en me disant qu'il devait s'agir d'un lièvre. Après tout, en se dressant sur leurs pattes de derrière, ces lièvres de l'ouest font presque un mètre de haut, et quand on les aperçoit à la faible clarté de la lune...

Dans l'obscurité, Carol me demanda d'une voix pressante ce que je fabriquais. Je me dépêchai de me déshabiller, je la rejoignis, et pendant un bon moment, je ne pensai à rien d'autre.

11.

— Non, Tommy, non ! Ecoute, tu m'avais promis !

— Tu veux dire que tu ne veux même pas me dire ton nom ? Ton nom de famille ?

— Oh, bon ! C'est Long. Carol Long.

— Qu'est-ce que... Où sont tes parents, Carol ?

— Mes parents ? demanda-t-elle en secouant la tête. Je n'en ai pas.

— Pas de parents proches du tout ?

Ses cheveux m'effleurèrent la main tandis qu'elle secouait à nouveau la tête.

— Du moins, j'espère qu'ils ne sont pas de ma famille.

— Qu'est-ce que tu veux dire par là ?

— Je parlais des gens qui se sont occupés de moi quand

j'étais petite. Des seuls dont je me souvienne.

— Tu n'as pas l'air de les aimer beaucoup.

— Il y a beaucoup de choses que je n'aime pas ! Par exemple les gens qui n'arrêtent pas de poser des questions après avoir promis de ne pas le faire !

— Pourquoi est-ce que tu suis un chantier de pipe-line, Carol ?

Silence.

— Il y a une seule raison à ça. Une seule raison pour qu'une femme le fasse.

Silence.

— C'est comme ça que... Est-ce que quelqu'un du camp est venu ici et t'a battue ?

Silence.

— Non, ce n'est pas possible. Même s'ils avaient su que tu étais là. Le jour de la paye, peut-être, sûrement, même. Mais personne ne viendrait voir une femme avant.

Silence.

— Pourquoi, Carol ? Mince, chérie, dis-moi pourquoi. Comment est-ce que tu as pu faire ça ? Je t'aime ! Tu es la seule fille que j'ai jamais aimée et que j'aimerai jamais ! Alors comment... pourquoi...

Silence, encore et toujours. Et sous les miennes, ses lèvres serrées inexorablement. Mais je sentais ses joues mouillées de larmes.

— Je ne te laisserai pas faire ça, Carol. Nom de Dieu, si je prends quelqu'un à seulement t'approcher...

Je l'attrapai et la secouai dans un accès de rage impuissante. Je lui dis que je devrais la retourner sur mes genoux et lui arracher la peau des fesses.

— Enfin, merde, bordel ! Rien qu'à l'idée qu'une gentille fille comme toi devienne une sale putain ! Enfin... enfin, merde de merde, je...

Elle roula sur le côté et se cacha la figure dans les mains. Je levai le bras pour lui donner un bon coup sur le derrière. Mais elle se mit à pleurer et je fus incapable de le supporter. Alors je me retrouvai en train de l'embrasser et de la caresser.

Elle se blottit contre moi, toute heureuse, et soupira d'un air somnolent.

— Mmm, c'est bon, hein Tommy ? Tu voudrais pas qu'on reste toujours comme ça ?

— Y a pas de danger, grommelai-je. Mince, Carol, comment est-ce que tu peux...

— Arrête, Tommy. S'il te plaît, arrête. De toute façon, j'ai encore le temps et...

— Tu parles, tu as le temps ! La paye, c'est dans moins de quinze jours et...

— Mais... mais quelque chose peut arriver d'ici là. Peut-être que ça sera plus long que ça et... En tout cas, n'en parlons plus. Pas maintenant, chéri. Pas maintenant.

— Qu'est-ce que ça veut dire, ça, quelque chose peut arriver d'ici là ? La paye arrive tous les quinze jours et quand elle arrive...

— Tu ne peux donc pas te taire ? explosa-t-elle. Pourquoi est-ce que tu ne retournes pas te coucher au camp ?

— D'accord, j'y vais ! dis-je en me levant et en commençant à m'habiller. Et je ne reviendrai pas ! Des putains, j'en ai rien à faire, et ça vaut aussi pour toi !

Elle recommença à pleurer. Je lui dis qu'elle ferait mieux d'arrêter parce que je partais et que je ne reviendrais pas.

— Je n'ai qu'une seule chose à ajouter, dis-je en sautant sur un pied pour enfiler ma chaussette. Si je pouvais faire ce que je voulais, je... aïe !

Je m'assis brusquement par terre en serrant mon gros orteil. Carol se leva immédiatement et réussit tant bien que mal à me trouver dans l'obscurité. Elle m'entoura de ses bras d'un air protecteur.

— T...Tommy... qu'est-ce que tu as, chéri ?

— Rien, dis-je. Je me suis simplement cogné le gros orteil.

— Oh, pauvre petit ! fit-elle en serrant ma tête contre sa poitrine. Tu veux que je te fasse un bisou dessus pour que t'aies plus mal ?

— Oh, allons, ça va ! dis-je, parce que vous comprenez, je me sentais un peu gêné.

— Je crois que je ferais mieux de l'embrasser, dit-elle fermement. C'est dangereux de se cogner les orteils, il faut faire très attention avec ça.

— Non, écoute, arrête. Merde, Carol ! De toutes les filles cinglées...

— Laisse-moi te faire un bisou, Tommy. Je te chatouille si tu m'en empêches.

J'essayai de me dégager. Je lui dis qu'elle ferait mieux d'arrêter de faire la folle parce que j'étais déjà rudement en colère après elle et que ça n'allait rien changer.

Elle commença à me chatouiller. Je la chatouillai.

Nous nous débattîmes par terre, riant, faisant les imbéciles et renversant tout jusqu'à ce que nous ayons réussi à presque tout saccager. Au bout d'un moment, nous retournâmes au lit.

Je m'en allai une heure plus tard, après lui avoir promis de revenir la nuit suivante. Elle ne voulait pas me laisser partir avant, et moi, bien sûr, j'avais aussi envie de la revoir.

Le camp était obscur. Il n'y avait que deux lampes, l'une près du tonneau d'eau potable, et l'autre près des camions. Après m'être autant dépensé, j'avais soif. Je me glissai donc entre ma tente et celle d'à côté et je plongeai la louche dans la barrique d'eau.

Je me rinçai la bouche avec un peu d'eau que je recrachai dans l'herbe. J'avalai alors une première gorgée, puis une deuxième, buvant lentement parce que j'avais chaud et qu'on pouvait être malade en buvant quand on avait chaud. Je vidai la louche, gorgée après gorgée, je la suspendis à la barrique et je me dirigeai vers ma tente.

Et je me trouvai en face de Bud Lassen. Je faillis lui rentrer dedans.

Je m'immobilisai une seconde, puis je fis un écart en mettant les poings en avant. Il fit un geste forcené pour m'inciter au calme, les paumes de ses mains tournées vers moi.

— Ne fais pas ça, Tommy ! Je voulais seulement...

D'où tu viens, à propos ?

— C'est pas tes oignons, dis-je.

— Ben non, non, effectivement. C'est que j'étais justement en train de te chercher, et comme tu n'étais pas au pieu, et ben... euh... tout naturellement, je t'ai demandé d'où tu venais.

Je commençai à me détendre. Il n'avait pas du tout l'air de chercher des histoires. Rien qu'à voir son œil et sa bouche enflés, les pansements qu'il avait sur le nez et sur le front, on se disait qu'en fait d'histoires, il avait eu son compte.

— Je n'arrivais pas à dormir, alors j'ai fait un petit tour, dis-je. Et toi, qu'est-ce que tu fais debout ?

— Ben, c'est un peu mon travail, tu sais, Tommy. Me balader un peu partout et avoir l'œil à tout.

Je lui fis remarquer que la nuit, il n 'y avait rien à surveiller au camp et qu'en plus, un garde armé faisait sa ronde. Il acquiesça, la bouche en cœur.

— Mais tu me connais, Tommy. J'aime bien être en état d'alerte. Il faut que je garde le pied à l'étrier, tu sais.

— Oui, je sais, dis-je. Tu aimes fourrer ton nez partout, que ça te regarde ou non. Alors, qu'est-ce que tu me veux ?

Son visage se durcit ; pendant une fraction de seconde, une lueur meurtrière brilla dans ses yeux. Puis il réussit à me refaire son grand sourire.

— Ben, tu sais, Tommy, je voulais juste te dire que je n't'en voulais pas et m'assurer que toi non plus... J'veux dire, on est tous ici, à travailler et à vivre ensemble et...

— Oh que non, dis-je. Je ne vis pas avec toi et je ne travaille pas avec toi. Je ne vois vraiment pas pourquoi on devrait se côtoyer dans un camp de cette taille.

— Allons, Tommy, dit-il en se tortillant. J'essaie de faire ce qu'il faut ici, et tu ne me facilites vraiment pas la tâche. On dirait que tu ne veux à aucun prix faire la paix.

Il avait raison, bien entendu. Mais j'avais promis à Brelan de ne pas me fourrer dans des histoires et ce n'est jamais malin d'acculer un bonhomme quand il veut essayer de s'en sortir. Je hochai donc la tête et je radoucis un peu le ton.

— D'accord, Bud, dis-je. Si ce que t'essaies de me dire, c'est que tu ne veux pas d'histoires avec moi, je te promets que tu n'en auras pas à moins que tu ne les cherches. Et maintenant, pourquoi ne pas s'en tenir là et aller se pieuter ?

— Epatant, Tommy, épatant, s'empressa-t-il de marmonner. Tu sais, j'ai peut-être eu certains torts, et toi aussi. Mais maintenant on est quitte et... si on se serrait la pince, hein !

Il me tendit la main. Je lui fis un signe de tête et je m'éloignai. Quand je me retournai, à l'entrée de ma tente, il était toujours au même endroit, la main à moitié tendue. Il la fit retomber, la frotta contre son pantalon et s'en alla. J'entrai dans ma tente et je me mis au lit en me demandant ce qui arrivait à ce type.

Il avait peut-être peur d'être viré, après avoir vu Depew s'écraser devant Higby. Ou il voulait peut-être m'empêcher d'être sur mes gardes pour pouvoir m'avoir au tournant. Ou ça pouvait être les deux. A mon avis, je pouvais cependant être sûr de deux choses : que l'amabilité de Bud Lassen n'était que du cinéma, et qu'il allait me causer des tas d'histoires.

J'avais raison.

Ou du moins, à moitié. Ou peut-être même un peu plus, mais ça, je ne peux toujours pas en être vraiment sûr.

12.

On ne pouvait pas installer le camp n'importe où : il fallait planter les tentes dans une zone vaste et relativement plane, à proximité du chantier. Ces conditions étaient absolument nécessaires, et si le sol était rocailleux, on devait s'en accommoder. Le parcours du pipe-line, lui, avait cependant été étudié pour éviter le roc autant que possible. On creusait dans ce que les géologues appellent une faille, un endroit où le terrain s'est fracturé et a glissé. Il y avait deux corniches enserrant une vallée comblée de terre ; et c'était dans cette vallée que devait passer le pipe-line.

Il y avait des affleurements de roche dans la vallée et il y avait des endroits où les deux corniches se rejoignaient. Quand on rencontrait de la roche, Brelan et moi, et, bien entendu, ceux qui maniaient les marteaux piqueurs, devaient se mettre à l'ouvrage.

Pour notre premier jour de chantier, il n'y avait pas assez de roc pour justifier la présence d'un dynamiteur et de son assistant. En tout cas, c'est ce que nous dit Higby au moment où nous allions tous les deux monter dans le premier camion qui partait.

— Je pense que vous pourrez vous en sortir tout seul, Brelan. Dans un jour ou deux, bien entendu, vous aurez à nouveau besoin de Tommy.

Je voulais savoir ce que j'allais faire pendant ces un ou deux jours, mais Brelan me devança.

— Je vais vous dire, Frank, Tommy est un peu rouillé sur le plan explosifs. Vous savez, on perd vite la main quand on s'arrête. J'aimerais en profiter pour bien le former maintenant qu'on a commencé à travailler tous les deux.

— Et moi, j'aimerais des tas de choses, dit sèchement Higby. Mais... bon, d'accord, je peux vous le laisser ce matin. Mais pas plus.

Brelan répondit qu'une demi-journée, ce n'était pas suffisant et Higby lui dit qu'il faudrait qu'il s'en contente.

— Tu sais faire marcher un marteau piqueur, Tommy ? Il nous manque des hommes pour tout le boulot qu'il y a à faire.

— Eh bien... dis-je en hésitant, peu enthousiaste. Je ne dirais pas que je suis un spécialiste du marteau piqueur, mais...

— Hum. Et tu dirais que tu es un spécialiste de la planche à rétamer ? Ou du goudron ?

— Hein ? fis-je. Qu'est-ce que vous voulez dire par là ?

— Je veux dire que tu as le choix. La planche, le goudron ou le marteau piqueur.

— En y réfléchissant, je me rends compte que dans tout le Texas, il n'y a pas grand monde qui me vaille au marteau piqueur, dis-je.

Higby fit un sourire forcé et Brelan eut un rire étouffé. Nous montâmes alors dans le camion.

Nous sortîmes du camp et en cahotant, nous traversâmes la prairie, nous dirigeant vers le Sud. Après avoir parcouru environ un kilomètre et demi, nous atteignîmes le début de la tranchée et à partir de là, nous nous arrêtâmes à plusieurs reprises pour débarquer des hommes et du matériel. Tandis que nous avancions le long de la tranchée, la goudronneuse, derrière nous, fut mise en marche et elle envoya une fumée âcre dans le ciel ensoleillé. Puis les génératrices commencèrent à tousser et à ronfler tandis que les lampes des soudeurs faisaient jaillir des gerbes d'étincelles aux endroits où les conduites devaient être raccordées. Finalement, on entendit le gémissement, la trépidation, le bruit de ferraille de la pelleteuse.

Il fallait un homme à plein temps pour surveiller ses milliers d'écrous et de boulons. Autrement, elle serait partie en pièces détachées à force de vibrer.

Il ne restait plus dans le camion que les types qui travaillaient au marteau piqueur quand nous descendîmes, Brelan et moi. Pendant que nous nous apprêtions à nous mettre au travail, on les emmenait plus loin, au-delà de la tranchée, à environ huit cents mètres de là. Ils mirent les compresseurs en route et leurs marteaux piqueurs commencèrent à ébranler bruyamment le roc. Brelan me lança un regard compatissant.

— C'est pas de chance qu'on t'ait collé à ça, Tommy. Mais bien sûr, t'en auras que pour un jour ou deux.

— Ouais, dis-je. De toute façon, je préfère de loin faire ça plutôt que de goudronner ou de manier la planche.

— Tu n'es pas le seul ! C'est peut-être aussi bien comme ça, Tommy. Après le marteau piqueur, tu seras content de retrouver les explosifs.

— Ouais, dis-je, bien que rien ne pourra jamais me faire aimer la dynamite. Ça, y a pas de danger.

Creuser une tranchée à la dynamite n'avait rien à voir avec le boulot que nous avions fait au camp. Comme la distance entre les endroits qu'on faisait sauter pouvait être très grande, il n'était plus question de couper les mèches à la même longueur et de les attacher ensemble ; ça aurait pris trop de temps et de matériel. Au lieu de quoi, on plaçait une mèche très longue en début de course (sa longueur dépendant du nombre d'endroits à faire sauter) et on en mettait une courte à la fin. Ensuite, on se déplaçait sur tout le parcours en allumant toutes les mèches, jusqu'à la dernière, avec un mégot de cigare (les cigares étaient fournis par la compagnie). Et puis on détalait à toutes jambes.

Si on calculait bien, toutes les explosions se produisaient en même temps et à ce moment-là, on était déjà loin. Sinon, on pouvait avoir de sérieux ennuis. Des charges qui n'avaient pas explosé pouvaient être enterrées. Il n'y avait d'ailleurs pas qu'elles qui pouvaient sauter, si vous voyez ce que je veux dire.

Naturellement, aujourd'hui, il y a des moyens plus pratiques pour faire exploser de la dynamite. Il y en avait même probablement déjà à l'époque. Mais cette technique était la plus rapide et la moins chère, alors c'était comme ça qu'on procédait.

La matinée ne fut pas trop dure pour moi. En tout cas, le boulot était assez facile. Il n'y avait pas trop d'endroits à faire sauter en même temps. Même en faisant tout le travail, avec Brelan pour superviser, je n'en attrapai pas une suée — ni nerveusement, ni physiquement.

Pourtant, je ne me sentais pas spécialement bien sur le plan moral ou physique. Je n'avais pas beaucoup dormi cette nuit-là, et celle d'avant, je ne m'étais presque pas couché. Je commençais à ressentir le manque de sommeil. Et comme j'étais fatigué, je ne pouvais pas lutter contre les idées noires qui ne cessaient de me tourner dans la tête. Ça me rendait malade de penser à ce que Carol allait faire — ou à ce qu'elle avait dit qu'elle allait faire. *Pourquoi l'aurait-elle dit si ce n'était pas vrai ?* Je revoyais son visage affreusement contusionné. *Comment avait-elle pu se faire ça en se cognant dans une portière ?* Je me disais qu'elle était seule et impuissante dans cet horrible désert. Je pensais à l'ombre haute que j'avais vue de sa camionnette... et je me disais que c'était peut-être un lièvre. Mais si c'en n'était pas un ?

Juste avant midi, un camion s'arrêta près d'un groupe de travailleurs qui étaient derrière nous. Le chauffeur et son aide leur distribuèrent leur repas. Au moment où le camion nous dépassait pour aller apporter leur pitance aux ouvriers qui travaillaient avec des marteaux piqueurs, je fis exploser mes dernières charges et Brelan vérifia que tout allait bien.

Il était alors midi et nous nous dirigeâmes tranquillement vers l'endroit où le groupe d'ouvriers était en train de manger.

— Tu te débrouilles bien, Tommy, me dit Brelan. On dirait un vrai professionnel. T'arrives à surmonter ta peur ?

— Ouais, je crois.

— Je suis ravi de l'entendre, dit-il. Par moments, j'avais l'impression que si tu n'avais pas peur, c'était uniquement parce que tu n'avais pas la tête à ce que tu faisais. Ce qui voudrait dire que tu as eu beaucoup de chance ce matin mais qu'il vaudrait mieux ne pas trop compter dessus la prochaine fois.

Je dus marmonner que j'étais fatigué, c'était tout. Brelan répondit sèchement que je ferais mieux de surmonter ma fatigue, et vite.

— Je ne plaisante pas, Tommy. Je t'aime bien, mais pas assez pour te laisser me faire sauter. Et maintenant, si tu as quelque chose sur le cœur, c'est le moment de le sortir.

— Ben...

— Oui ?

— Ben, à vrai dire, répondis-je — et ce n'était pas entièrement vrai — j'ai repensé à ce type, Osselet. Tu sais, celui qui est tombé du camion, sauf que t'as dit qu'il n'était peut-être pas tombé mais que quelqu'un l'avait assassiné...

— Oh, pour l'amour du ciel ! s'exclama Brelan en se figeant sur place. Tu ne vas pas me dire que tu y penses toujours ? Puisque je t'ai dit que c'était juste histoire de parler ! C'était juste pour passer le temps.

— Ouais, je sais, dis-je. Mais je n'arrive quand même pas à me sortir ça de l'esprit. C'est si logique, tu sais, quand on y réfléchit. Ça a pu se passer exactement comme tu as dit...

— Il y a beaucoup de choses qui pourraient se passer et qui ne se passent pas. N'y pense plus, nom de Dieu. Osselet est tombé du camion, c'est tout. Alors tu ferais mieux d'oublier ce que je t'ai dit.

Je le lui promis et nous allâmes manger.

Tout ce qu'on servait était brûlant pour que ça se conserve mieux. Parfois, on vous donnait un peu de glace dans votre eau potable et le lait en boîte était généralement mélangé à de l'eau glacée. Mais il n'y avait pas de glace pour la nourriture. Le seul moment où on avait de la bouffe froide sur un chantier de pipe-line, c'était en hiver, quand on s'en serait bien passé.

Tout ce qu'on mangeait était servi sans fioritures ; je veux dire sans sauce, sans jus. Sur un chantier de pipe-line, aucun ouvrier n'aurait touché à un plat en sauce, et aucun n'aurait non plus mangé de la viande hachée, du *chili con carne* ou quelque chose comme ça. Il leur fallait voir ce qu'ils mangeaient et savoir exactement ce que c'était. Quiconque a déjà eu une bonne dysenterie comprendra aisément pourquoi.

Brelan et moi, nous nous remplîmes des écuelles et nous versâmes des gobelets de café bouillant. Nous emportâmes tout ça à l'endroit où des types étaient en train de manger et nous nous assîmes près d'eux, sur le remblai de la tranchée. Je venais d'enfourner une grosse bouchée de haricots rouges quand l'un d'eux m'interpella :

— Hé Tommy ! T'as déjà vu la poule ?

La poule ?

Je m'étouffai, toussai, m'étranglant presque. Brelan me lança un regard insistant mais je continuai à tousser en faisant semblant de ne rien remarquer. Je fis également semblant d'être incapable de répondre au type qui m'avait adressé la parole et il reprit en me montrant quelque chose du doigt.

— Elle campe dans le coin, par là, Tommy. Ce matin, j'étais debout sur le camion et je l'ai bien vue. Mes amis, c'est une sacrée petite !

— Moi aussi, je l'ai vue, dit un autre type, tandis que d'autres affirmaient en chœur qu'ils l'avaient vue eux aussi. Le jour de la paye, je vais me l'offrir, c'est moi qui vous le dis !

Je continuai à manger, à contrecœur. J'avais le visage en feu, de honte et de colère. Je voulais les écrabouiller, tous autant qu'ils étaient, et je ne pouvais même pas trouver à redire à ce qu'ils étaient en train de raconter. Si j'avais tenu Carol à ce moment-là, je l'aurais secouée jusqu'à ce que ses dents jouent des castagnettes.

— J'vais vous dire c'que j'vais faire, disait le premier type qui avait pris la parole. J'm'en vais aller trouver cette petite pépée ce soir. J'parie que si je lui cause bien, elle pourrait me faire crédit jusqu'à la paye. Pourquoi...

— Pas la peine d'aller jusque là-bas, dit Brelan.

T'auras rien à crédit. Elle t'en donnera même pas pour un sou.

— Ah ouais ? Tu m'as l'air d'être sacrément au courant.

— Je le suis. Je suis allé la voir hier soir.

C'était faux, bien entendu, mais ils n'étaient pas forcés de le savoir. Je ne crois pas qu'une seule personne au monde, à part moi, ait su que Brelan était impuissant.

— Non, m'sieur, poursuivit Brelan. Cette petite ne donne rien pour rien. J'avais un peu de blé ; je pensais que c'était bien assez. Mais ça ne lui suffisait pas et elle n'aurait pas accepté de me faire crédit, même s'il n'avait manqué qu'un malheureux dollar.

— Ah ouais ? Et combien qu'elle voulait ?

Brelan répondit qu'elle voulait vingt dollars. Il avança la main pour arrêter les grognements de surprise et d'incrédulité.

— Je sais, je sais, les gars. Le prix, en général, c'est de trois à cinq dollars, mais ça ne lui va pas. Avec elle, ou bien on en allonge vingt ou bien on se contente d'en rêver dans son lit de camp.

— Pas sûr, dit un type lippu. Peut-être que moi, j'aurai pas besoin de payer.

Brelan lui lança un sourire de commisération.

— Tu veux dire que tu la forcerais ?

— Elle serait pas la première !

— Sûrement pas, dit tranquillement Brelan en hochant la tête. Mais toi, tu serais probablement le premier à avoir le nombril collé au trou de balle. La petite dame a un calibre douze à canon scié et elle sait s'en servir.

Il se leva en emportant son écuelle et son gobelet. Je me levai également tandis que Brelan lançait au type un sourire qui vous aurait refroidi un ours polaire.

— Tu peux peut-être essayer, dit-il. Ou tu ferais peut-être mieux de te grouiller pour ficher le camp d'ici ce soir même. Parce que si je te retrouve sur mon chemin, je te file un coup de foret.

— Et je lui en balancerai un aussi, dis-je.

Le type baissa les yeux. Personne ne dit un mot et finalement, il fit un petit mouvement de la tête. Il quitterait le camp. Il savait que c'était ce qu'il avait de mieux à faire.

Brelan et moi, nous retournâmes à l'endroit où nous avions fait exploser la dynamite. Il s'arrêta, et je fis de même. Je voulais le remercier, lui expliquer ; lui dire un mot, faire quelque chose... je ne savais pas au juste.

— Dis donc, Tommy, me fit-il en enfilant ses gants. Tu ferais mieux d'aller voir du côté des marteaux piqueurs, tu ne crois pas ?

— J'y vais. Je... J'ai quelque chose à te dire, Brelan. Je sais ce que tu penses, mais...

— Ce que je pense, Tommy, c'est qu'un gosse qui a beaucoup de possibilités est sur le point de foutre sa vie en l'air. Mais après tout, c'est son affaire, du moins tant qu'il n'embête personne. Mais s'il recommence à me casser les pieds, comme ce matin...

— Brelan, c'était vrai quand je te disais que je pensais à la mort d'Osselet. Ça m'a vraiment fait quelque chose.

— Ah bon ? dit-il en me jetant un regard ironique. T'as passé de longues nuits à réfléchir à ça, hein ? Pas à cette poule de chantier, mais au pauvre vieil Osselet anonyme.

— Bon, dis-je d'un air maussade. J'essayais de t'expliquer, mais si tu ne veux pas, c'est ton affaire.

— Je ferais peut-être mieux de t'expliquer quelque chose à mon tour, Tommy. Sur un chantier de pipe-line, le taux de mortalité s'élève à environ un mort tous les quinze kilomètres. La mort ayant déjà frappé, notre ami étant enterré — qu'est-ce que t'en dis, de mes vers, Tommy ?— alors qu'on n'a même pas encore atteint huit kilomètres de pipe-line, je dirais que tu n'as pas à craindre la faucheuse avant un jour ou deux.

Il se pencha et se mit à chercher les trous percés par les marteaux piqueurs.

Je tournai les talons et commençai à avancer lourdements vers l'extrémité du chantier.

Dans la chaleur torride de la mi-journée, tout sommeillait, sauf les hommes. Des cailles et des faisans se cachaient derrière la sauge et les ronces, les ailes écartées du corps, vautrés dans la poussière. Des familles entières de lapins de garenne faisaient la sieste dans l'herbe rafraîchie par le vent. Des lièvres géants, tels des sentinelles ensommeillées, se dressaient sous les yuccas aux feuilles acérées. Les chiens des prairies rêvaient sur leurs tertres parcimonieusement ombragés.

Toute la vie de ce pays sauvage et solitaire était là... et ceux qui avaient des yeux pouvaient la voir. Rien ne se camouflait. Rien ne se sauvait. N'ayant encore jamais vu d'hommes, les animaux n'éprouvaient pas le besoin de se cacher ou de s'enfuir.

Je m'arrêtai pour allumer une cigarette. Une longue forme d'un bon diamètre glissa furieusement sur la terre brûlante et commença à s'enrouler autour de ma jambe, qui offrait une relative fraîcheur. C'était un serpent non venimeux d'un mètre cinquante de long, aussi gros que mon biceps en son milieu. Je le laissai se reposer un instant, puis je le déroulai doucement. Il me frappa de la tête, la seule arme qu'il possédait. Mais ses coups étaient indolents, affaiblis par la chaleur ; voyant que je ne lui faisais pas de mal, le serpent cessa aussitôt de m'attaquer. Je le glissai à l'intérieur de ma chemise, bien au frais grâce à ma sueur en évaporation. Quand je le sortis pour le déposer dans une conduite de pipe-line, il dormait comme un bienheureux.

13.

Il y avait deux marteaux piqueurs. Deux hommes se relayaient sur chacun d'eux. Je pris la place d'un type qui en avait tellement assez que même une planche à rétamer lui semblait préférable. Il ne savait pas ce que c'était, je suppose, ou alors, il ne pouvait peut-être simplement pas supporter les marteaux piqueurs. Ce qui peut facilement se comprendre.

Vous avez probablement déjà vu des marteaux piqueurs — ou marteaux pneumatiques, pour employer le terme exact. On les utilise pour défoncer les rues, par exemple. Ils ont deux poignées sur le dessus qui forment une espèce d'ovale et le corps est un lourd cylindre d'air. Un foret est fixé en bas et quand l'air comprimé est envoyé dans le cylindre, le foret commence à vibrer et à tressauter plusieurs fois par seconde.

Il n'y a pas que l'engin qui vibre, comme vous l'avez sans doute remarqué. Quand vous tenez un marteau piqueur, c'est comme si vous vous accrochiez à un félin d'acier atteint de la danse de Saint-Guy. Ça vous ébranle de la plante des pieds jusqu'aux yeux, des débris de roche vous sautent dessus en vous écorchant la peau comme du petit plomb et je suppose que le bon Dieu doit avoir les oreilles bouchées parce que s'il entendait le bruit que ça fait, il serait incapable de le supporter.

Dans une rue, on ne fait marcher le marteau piqueur que pendant quelques minutes et puis on s'arrête un peu ; sur un chantier de pipe-line, il est presque tout le temps en action. Quand il n'y a plus de roc à percer, on avance jusqu'à ce qu'on en trouve. Et si on ne se dépêche pas d'avancer, si l'engin cesse de pétarader pendant plus d'une ou deux minutes, on se retrouve avec les exploiteurs sur le dos.

Deux chefs d'équipe nous surveillaient cet après-midi-là ; l'un des hommes de Depew vint également pointer nos heures de travail et inscrire mon changement de boulot. Puis, un peu après quatre heures, Higby arriva en camionnette.

Mon coéquipier et moi, nous nous relayions toutes les quinze minutes. C'était mon tour de me reposer et j'étais assis sur le remblai quand Higby arriva. Il me lança un regard sévère et je pense qu'il allait me dire quelque chose ; puis il comprit ce qui se passait, vit que je n'étais pas en train de baguenauder, et il vint s'asseoir à côté de moi.

— Comment ça va, Tommy ?

Je secouai la tête et haussai les épaules.

— Ça te plairait de travailler tout le temps au marteau piqueur ?

Je me mis à rire, toujours sans rien dire. Higby fit la grimace, puis employa la persuasion.

— Tu travailles sur un beau marteau piqueur, Tommy. Et c'est bien moins risqué que la dynamite. Essaie un peu de chercher dans tes souvenirs et dis-moi si tu as déjà vu un vieux dynamiteur.

Je lui dis que je n'avais jamais vu non plus de vieux qui faisait marcher un marteau piqueur. Puis je le regardai en fronçant les sourcils, trouvant bizarre qu'il insiste autant pour me faire changer de boulot.

— Je travaille avec Brelan, dis-je. C'était convenu quand j'ai été embauché. Je l'aide et je donnerai les cartes pour lui dès que...

— Ça marche toujours, tant que tu ne fais pas d'histoires et que Brelan est d'accord. Mais j'avais l'impression que tu ne tenais pas énormément à la dynamite.

— Ça ne me déplaît pas, dis-je. Ça ne me déplaît pas du tout. Et à moins que Brelan ne soit pas content de moi...

— Si c'était le cas, il nous l'aurait dit à tous les deux, dit Higby en secouant la tête. Mais je suis sûr qu'il voudrait bien changer d'assistant si je le lui demandais. Et il n'y aurait aucun problème pour trouver quelqu'un. Il y a toujours des gens qui sont prêts à travailler avec de la dynamite. Des gens qui n'ont pas assez d'imagination pour se voir morts ou estropiés, ou qui veulent justement se faire tuer. C'est d'ailleurs le cas dans ce genre de chantiers.

— Brelan a beaucoup d'imagination, dis-je. Je vous fiche mon billet qu'il veut pas se faire tuer, et moi non plus.

— J'aimerais te voir rester au marteau piqueur, Tommy. Tu pourrais faire des tas d'heures supplémentaires.

— Ouais. Et en crever.

— Le travail, c'est bon pour un homme. Ça l'empêche de s'attirer des histoires. Quelqu'un qui a bossé dur sur un marteau piqueur toute la journée ne pense à rien d'autre qu'à aller se coucher.

Je lui dis que je n'avais pas attendu de bosser sur un marteau piqueur pour ne pas m'attirer d'histoires et que j'étais encore capable de le faire. Il hocha la tête et se leva, s'époussetant les fesses. Je me levai également car il était temps que je retourne au boulot ; je me demandais pourquoi il avait parlé de ne pas s'attirer d'histoires. Ça pouvait vouloir dire qu'il avait découvert quelque chose au sujet de Carol, mais je ne voyais pas comment. Brelan ne se serait certainement jamais mêlé de mes affaires en lui demandant de me parler.

Je me remis au travail et je me dis que ce n'était pas à cause de moi que la conversation avait roulé là-dessus. Il s'était arrêté pour se reposer cinq minutes et il en avait profité pour essayer de placer ses marteaux piqueurs. Il avait tellement besoin de main-d'œuvre qu'il s'arrêtait partout en essayant de se montrer moins impersonnel qu'un chef de chantier ne l'était généralement.

Il s'adressa brièvement aux autres hommes mais le bruit de mon marteau piqueur m'empêcha d'entendre ce qu'il leur disait. Puis il avança sur le chantier à pied, s'arrêtant de temps à autre pour faire des petits tas de pierres qui devaient servir de points de repère. Il en fit environ une vingtaine sur une distance de cinq cents mètres, puis il revint vers sa camionnette et repartit au camp.

Ces repères étaient les endroits où nous avions à travailler. Il me semblait qu'il y en avait assez pour nous occuper jusqu'à midi le lendemain, et peut-être même davantage. Je le fis remarquer à mon coéquipier quand il vint me relayer et il me lança un regard mauvais.

— Arrête un peu, mec. J'suis pas d'humeur à plaisanter.

— Plaisanter ? Qu'est-ce que tu racontes ?

— Le boss t'a pas dit, hein ? dit-il en secouant la tête d'un air sinistre. Il faut finir ce soir. Il faut percer tous ces foutus trous avant de boucler.

— *Ce soir ?* Mais... mais merde alors...

— Tu crois que c'est pas possible, hein ? Tu t'sens pas d'attaque ? Ben, c'est pas la peine d'aller dire ça au chef parce que je viens de le faire et qu'il ne m'a pas cru. Il a répondu que j'avais sûrement envie de traînasser et que si c'était pas le cas, je ferais mieux de me mettre sérieusement au boulot.

— Mince alors ! dis-je. Moi qui allais lui demander si je pouvais pas faire des heures supplémentaires !

Il sourit d'un air las, recracha la poussière qu'il avait dans la bouche et s'essuya les mains sur son pantalon. Je lui tendis le marteau piqueur. Il le souleva d'un coup de genou, posa le foret sur de la pierre et envoya l'air comprimé.

L'engin commença à trembler et à rugir. Il pesait dessus, bras tendus, tandis que le marteau piqueur gémissait et essayait de lui échapper des mains. Les dents serrées par l'effort qu'il faisait pour le maintenir, il avait tout le corps qui tressautait et qui vibrait.

Je m'éloignai du bruit et je me réinstallai sur le remblai. Je me mis à me masser les jambes et les bras, gémissant quand je touchais un muscle contracté et me demandant ce que penserait Carol en ne me voyant pas arriver.

Je me disais qu'elle serait probablement furieuse. Elle penserait peut-être que je lui en voulais et que je ne retournerais pas la voir. Je regardai ce qui restait à faire et j'en conclus qu'on aurait peut-être fini assez tôt pour que je puisse lui rendre une petite visite. Une sacrément courte, juste le temps de lui dire bonjour et de lui faire savoir que je n'étais pas fâché contre elle. Parce que je n'avais pas envie d'autre chose ce soir-là.

Comme Higby l'avait dit, tout ce qu'on voulait après une dure journée de marteau piqueur, c'était aller se coucher. Juste aller se coucher, avec personne pour vous embêter.

A cinq heures, un aide-cuisinier nous apporta notre dîner dans une camionnette de la compagnie. Il était conditionné dans cinq gamelles de quatre litres : une pour le café, une autre pour le boeuf, le poulet et le jambon, une autre pour les tartines beurrées, les petits gâteaux et les beignets, et les deux dernières pour les pommes de terre et les légumes. Nous mangeâmes tout ce que nous pûmes et nous fourrâmes quelques gâteaux et beignets dans nos poches. L'aide-cuisinier déversa tout ce qui restait dans la prairie, puis retourna au camp.

Nous avions une ou deux cigarettes... à rouler seulement, parce que personne n'avait de paquet de cigarettes. Puis nous nous mîmes d'accord pour former les équipes, augmentâmes la vitesse des compresseurs et retournâmes au travail.

Il était presque dix heures quand tout fut fini. De longues lignes de lumière déchiquetées zébraient le ciel noir. On aurait dit un rideau qu'on déchirait et qui se refermait ensuite. Le tonnerre grondait.

Je montai dans la camionnette à côté de Higby. Il roulait vers le camp en sortant constamment la main par la vitre ouverte pour voir s'il pleuvait. Il avait l'air aussi fatigué que moi et chaque éclair semblait le rendre plus vieux. S'il pleuvait fort cette nuit et demain, il faudrait interrompre le travail. Même une bonne pluie pendant la nuit retarderait la construction du pipe-line, mais de quelques heures seulement si on avait de la chance. Le soleil brûlant et le vent incessant auraient vite fait d'assécher la terre. Dans ce coin-là, si on renversait une gourde

d'eau, tout s'évaporait presque avant d'avoir atteint le sol.

Jurant à mi-voix, Higby coula un regard inquiet vers moi.

— Alors, Tommy, qu'est-ce que t'en penses ?

— C'est rien, dis-je en haussant les épaules. Un petit orage passager, c'est tout.

Il répondit qu'il espérait drôlement que j'avais raison. Je mentis en lui annonçant que j'étais même prêt à parier quelques dollars là-dessus. Je suppose qu'il savait déjà que seul un imbécile ou un étranger se risquerait à prévoir le temps dans l'ouest du Texas ; en tout cas, ce n'était pas la peine de le lui rappeler.

Le camp était obscur. Il n'y avait que deux lanternes qui brûlaient, l'une près de l'eau potable, l'autre dans la zone où étaient garés les camions. Higby arrêta la camionnette et pendant que je descendais, il me dit calmement :

— C'était une rude journée, hein Tommy ? Je suppose que tu n'as qu'une envie, c'est d'aller te coucher.

— Eh bien... commençai-je en hésitant. S'il y a quelque chose que vous voulez me dire, M. Higby...

— Non. Le mieux, c'est que tu ailles te coucher. Je voudrais que tu reprennes le marteau piqueur demain, tu le sais, je pense ?

— Je m'en doutais, dis-je. Mais ça sera le dernier jour, hein ? J'ai été embauché pour aider à dynamiter et j'y retournerai après-demain

— Reste au marteau piqueur, Tommy, dit-il doucement. Plus tard, tu seras content de l'avoir fait. Restes-y, fais des heures supplémentaires, ne t'attire pas d'histoires et...

Et il ne put pas continuer. Parce que j'étais aussi fatigué qu'on peut l'être, que j'avais les nerfs à vif et que le fait qu'on me dise pour la deuxième fois de ne pas m'attirer d'histoires... eh bien, ça dépassait vraiment les bornes. Je me trouvais déjà dans une situation qui n'avait rien d'enviable, et tout ça parce qu'on m'avait mis à ces foutus marteaux piqueurs.

— Ecoutez ! explosai-je. Qu'est-ce que c'est que cette merde, M. Higby ? Pourquoi un chef de chantier s'occuperait de savoir ce que fout un ouvrier quelconque ? Pourquoi est-ce que vous vous embêtez avec moi ? Qu'est-ce que je suis pour vous ? Je vous suis reconnaissant d'avoir pris ma défense avec Depew, mais...

— Tu ne me dois rien, Burwell. J'ai fait ce que j'avais à faire, ce que je pensais juste. Et tu ferais mieux de dire Monsieur Depew.

Sa voix était glaciale. Je tombai de haut et ma fureur s'envola instantanément ; je me rendis compte que j'avais fait ce qu'il ne fallait pas faire en lui parlant sur ce ton.

— Je suis désolé, M. Higby, vraiment désolé, dis-je. Si vous voulez me mettre au marteau piqueur...

— Ce n'est pas que j'y tienne. Tu retourneras à la dynamite demain.

— Mais... alors, vous n'allez pas me virer ?

Il secoua la tête.

— Si un blanc-bec s'est permis de me répondre, c'est tant pis pour moi. Je me suis trompé, je le prenais pour un homme. Non, ajouta-t-il pour m'empêcher de l'interrompre. Non, je ne vais pas te virer, Burwell. Pas pour ça. Si je le faisais, je perdrais probablement Brelan par la même occasion. Et il a des amis qui pourraient se tirer s'il partait, et ses amis ont des amis qui à leur tour... Alors tu vois, tu ne risques rien, Burwell. Du moins pour l'instant.

— Je regrette, dis-je d'un air malheureux. Je mériterais un bon coup de pied au cul.

— Tu n'en vaux même pas la peine. J'ai déjà perdu trop de temps avec toi, dit-il en ouvrant sa portière et en descendant de la camionnette.

Il me fit un bref signe de tête et se dirigea vers la tente des exploiteurs. Je descendis à mon tour et j'allai vers la table de toilette.

J'aurais du mal à vous dire comment je me sentais : minable, honteux, et pire encore. Ça pour la frime, je m'y connaissais, mais le reste, zéro. Un type bien avait essayé d'être gentil avec moi, et je l'avais traîné dans la boue. C'était vraiment dégueulasse de faire ça, c'était un truc de tocard, quoi, et je me sentais au trente-sixième dessous.

Je me débarbouillai vaguement. Je pris l'allée qui se trouvait entre les tentes et traversai la prairie pour rejoindre l'endroit où Carol campait. Je n'étais pas tellement d'humeur à la voir ce soir-là. J'étais même un peu embêté en pensant à elle, ce qui était injuste mais compréhensible.

Si elle n'avait pas été là, si j'avais été moins susceptible à cause d'elle, je ne serais pas sorti de mes gonds avec Higby. Je serais toujours en bons termes avec Brelan et il ne serait pas en train de se méfier un peu de moi.

Je m'étais considéré comme un homme, comme un type enfin adulte, qui sait ce qu'il veut. Mais une petite bonne femme d'à peine un mètre cinquante m'avait fait oublier que j'étais un homme.

A l'époque, je ne savais pas qu'une fille que vous aimez peut vous faire ça, et que c'est justement la preuve la plus sûre que vous êtes un homme. Je me sentais trop mal, j'avais trop envie de faire retomber la faute sur quelqu'un d'autre.

Je trébuchai en avançant dans la prairie plongée dans une obscurité totale et je ressassai des idées noires en parlant tout seul. Je me pris le pied dans un trou creusé par un chien des prairies et je m'étalai. Je restai un moment par terre, répétant le petit discours que j'avais l'intention de tenir.

— Ecoute-moi bien, ma petite. Tu vas te secouer et arrêter toutes ces âneries ou tu t'en mordras les doigts. J'en ai plus que ma dose, alors à partir de maintenant...

Il y eut un énorme coup de tonnerre — j'espère que je n'en entendrai jamais de pareil. Une grande lance déchira le ciel au-dessus de ma tête et une boule de feu blanche monta du sol à sa rencontre. Il y eut un éclair aveuglant, littéralement aveuglant. La prairie fut soudain aussi lumineuse qu'en plein jour. Je fermai les yeux. Je les rouvris sur un monde qui était brusquement si noir que je pensais avoir perdu la vue.

Et puis il commença à pleuvoir. Pas des gouttes, mais des torrents, des océans d'eau.

Il peut s'écouler beaucoup de temps entre deux averses dans le Far-West du Texas. Un an, parfois deux ans. La nature ne se déplace pas jusque-là très souvent et quand elle le fait, elle doit rattraper le temps perdu. Et ce soir-là, elle avait sûrement beaucoup de temps à rattraper.

Je ne voyais rien. Je pouvais à peine respirer à fond sans risquer de me noyer. Je me mis à courir, tombant et trébuchant à chaque pas. Je perdis tout sens de l'orientation ; je ne savais plus où était la camionnette de Carol ni le camp et j'ignorais où je me trouvais.

Je commençai à me déplacer en décrivant ce que j'espérais être un cercle, mais je dus mal me débrouiller parce que je mis des heures à atteindre le parcours du pipe-line. Je commençai à le longer et je me retrouvai du mauvais côté, à son extrémité. Je rebroussai chemin. A ce moment-là, la pluie s'arrêta aussi soudainement qu'elle avait commencé.

Il ne tomba plus une seule goutte. Ça s'arrêta aussi brusquement que si on avait fermé un robinet.

C'était déjà l'aube. Quand j'arrivai finalement au camp, le soleil se profilait à l'horizon.

La journée allait à nouveau être torride. Pour l'instant, ça ne m'avançait pas à grand-chose : j'étais complètement transi et je voulais me réchauffer un peu dans les cuisines en avalant quinze ou vingt litres de café bouillant.

J'y allai par le chemin le plus court, en traversant la cantine. Je pressai le pas, tête baissée, et je faillis trébucher sur une botte qui se balançait nonchalamment devant mes pieds.

— Hé là ! Ralentis un peu, fiston.

— Qu'est-ce que... m'exclamai-je en sursautant et en relevant la tête. Qu'est-ce qui se passe ?

Quatre hommes étaient assis au bout de la table, un quart rempli de café devant chacun d'eux. Higby et Depew étaient en face, près de la toile de tente. L'homme qui avait avancé la jambe et un autre homme se tenaient du côté de l'allée.

Ils pouvaient avoir la trentaine, la quarantaine, ou même la cinquantaine. C'était difficile à dire vu leur type. Ils avaient le visage tanné et fortement marqué par le soleil et leurs fronts avaient l'air brûlés sous les larges bords de leurs chapeaux repoussés en arrière. Ils avaient les épaules larges mais les hanches étroites et leurs pieds chaussés de bottes semblaient absurdement petits. Tous deux portaient des revolvers sur la hanche, des armes qui paraissaient se fondre dans leurs corps secs pour en faire partie intégrante.

L'homme qui m'avait adressé la parole sortit un petit calepin de la poche de sa chemise à carreaux. Il humecta son pouce, tourna une ou deux pages, puis hocha la tête et releva les yeux.

— Burwell. Thomas Burwell. Tu as passé la nuit dehors, Tom ?

— Oui, je veux dire, oui, monsieur, dis-je.

— Bon, dit-il en hochant la tête d'un air approbateur et en faisant un clin d'œil à son compagnon. En voilà un gentil jeunot, hein Hank ? Il a de bonnes manières. Je crois qu'il devrait tout de suite avaler du café bien chaud et prendre son petit déjeuner, c'est pas ton avis ?

— Ça me paraît la moindre des choses, dit l'autre homme d'une voix traînante. Moi, j'en aurais sûrement envie si j'venais de passer la nuit dehors sous la pluie. Ça, j'en aurais envie, c'est un fait, Pete. Tu peux l'inscrire dans ton petit calepin, et je suis prêt à le jurer.

Mon regard passa de l'un à l'autre et je sentais la peur se mêler à la fatigue. Une boule glacée me pesait sur le cœur et je frissonnai. Un rire nerveux, à demi hystérique s'étrangla dans ma gorge. Les yeux pétillants de Pete se plissèrent et, d'un air de regret, il dit à Hank :

— Il a l'air de trouver ça drôle, ce Thomas Burwell.

P'être que c'est pas un si gentil jeunot que ça, après tout.

— Allons, allons, protesta Hank. Il a pas encore retrouvé ses manières. Il a besoin de café et de bouffe pour avoir les idées claires. J'crois qu'on devrait lui donner à bouffer, lui dire ce qui l'attend, et alors, mince, je parie qu'il rira plus du tout !

Me dire ce qui m'attend ? La boule que j'avais au cœur devint plus grosse et plus glacée. Je regardai Higby. Il se mordit la lèvre et détourna les yeux. Je regardai Depew et je remarquai qu'il avait l'air content de lui. Pete se gratta le menton d'un air pensif, le regard fixé sur un point au-dessus de ma tête. Il soupira, croisa les jambes et approuva ce que venait de dire Hank.

— On dirait que t'as bien vu les choses, collègue. Le patron est de cet avis, la loi aussi, et d'ailleurs, ça me semble plutôt sensé. Thomas Burwell, je vous arrête ; vous êtes soupçonné d'avoir assassiné un certain Albert «Bud» Lassen. Tout ce que vous direz pourra être utilisé contre vous. Et maintenant, qu'est-ce que tu veux pour ton petit déjeuner ?

14.

L'excavateur était garé à environ quatre cents mètres du camp, à quelques centaines de mètres du début du pipe-line. A ce stade des travaux, on ne s'en servait pas, et la configuration de la région rendait son déplacement difficile. On l'avait donc laissé là, à l'écart, jusqu'au moment où on en aurait besoin.

Juste avant que la pluie ne commence, le veilleur de nuit avait entendu un énorme craquement qui l'avait fait penser à une benne qui se détache. Il s'était dépêché d'aller vérifier et il avait trouvé le corps de Bud. La benne était retombée sur lui, ouverte, le coupant presque en deux en s'écrasant dans la terre. Les longues dents métalliques pointues l'avaient transpercé en une dizaine d'endroits.

Le veilleur de nuit avait prévenu Higby. Malgré la pluie, Higby avait réussi à aller en ville, jusqu'au bureau du shérif. Apparemment, l'orage ne sévissait pas partout et les deux adjoints du shérif avaient fait presque tout le chemin avant de devoir s'arrêter. Ils avaient repris la route ce matin et étaient arrivés au camp dans leur grosse Stearns-Knight tout terrain environ une heure avant moi.

— ... euh, hum, je vois, dit Pete en hochant la tête d'un air encourageant. Tu as quitté le camp juste après avoir fini ton travail et tu es allé voir ta petite amie. Alors, naturellement, tu pouvais pas être au machin, je veux dire, à l'excavateur, en train de tuer Bud.

— Je ne l'aurais pas tué de toute façon, dis-je. Mais...

— Cette petite dit que tu n'es pas venu la voir hier soir. Que tu devais, mais que t'es pas venu.

— Bon, dis-je. C'est ce que j'essayais de vous expliquer. Je voulais y aller mais...

— Oh, tu voulais mais tu l'as pas fait. Ce qui veut dire que tu devais être ailleurs. C'est pas c'que tu dirais, Hank ?

— Ça m'en a tout l'air, dit Hank de sa voix traînante. Sûr que ça en a l'air, ça, on peut pas dire le contraire.

— Tu sais faire marcher un... euh... un excavateur, Thomas ?

— Non. C'est-à-dire, je sais comment ça marche, je connais le principe. Mais...

— T'as déjà été arrêté, Thomas ? T'es déjà passé en jugement ? T'as été condamné ?

— Ben, oui, dis-je. Je parie que tout le monde au camp a fait un peu de taule à un moment ou à un autre. Vous savez, pour état d'ivresse ou vagabondage ou... bon, des trucs comme ça.

— Juste des trucs comme ça, hein ? Rien d'autre ?

— Je vais te dire, déclara Hank. Je te parie cinq *cents* que ce jeune gars-là a fait de la taule pour c. et b., Pete. Je te parie une pièce de cinq *cents* et je ne veux pas qu'on me rende de la monnaie dessus.

— Thomas, tu sais ce que ça veut dire, c. et b. ?

— Coups et blessures, dis-je. Mais, mince alors, c'est exactement comme si on disait légitime défense. En tout cas, pour moi, c'est ce qui s'est passé. Les autres ont commencé, et moi, j'y ai mis fin.

— Hum. Et hier matin, quand tu as sauté sur Bud ? D'après ce que j'ai cru comprendre, il t'avait pas embêté, lui.

— Oui, d'accord, mais...

— T'as dit que t'allais le tuer, pas vrai ? T'aurais pu le faire tout de suite si on t'avait pas arraché de là.

— C'est la vérité, monsieur l'adjoint, intervint Depew. Et je suis sûr que c'est lui qui a tué Lassen hier soir. Il avait un motif, l'occasion s'est présentée et...

— Vous me l'avez déjà dit. Allons, Thomas...

— Monsieur l'adjoint, je ne comprends pas votre attitude. Pourquoi persistez-vous à tergiverser quand...

— Vous le lui avez déjà dit, remarqua Hank. Il te l'a déjà dit, hein, Pete ?

— Peut-être que j'ai pas bien compris, dit Pete. M. Depew, est-ce que vous voulez dire que vous êtes absolument sûr, sans l'ombre d'un doute, que Thomas a tué Bud Lassen ?

— Oui, je suis sûr ! N'importe qui, même un idiot le serait !

— Ah, voilà qui est différent, dit Pete. Maintenant, on sait où on va. Vous avez une voiture, M. Depew ?

— Une voiture ? Eh bien, oui. Elle est chez moi, c'est ma femme qui l'a gardée, mais...

— Quel est le numéro d'immatriculation ? — Pete attendit un instant — Et l'anniversaire de votre femme, c'est quand ? — Il attendit à nouveau — Et la date de votre anniversaire de mariage ? — Nouvelle pause — Vous voulez dire que vous ne le savez pas, M. Depew ?

Vous voulez dire qu'un type aussi sûr de ce qu'il avance que vous, un type qui est absolument sûr de quelque chose qui ne le regarde fichtrement pas, ne se rappelle même pas le numéro de sa bagnole, la date de l'anniversaire de sa femme ou le jour où il a commencé à la baiser ? Eh ben, mince alors, en voilà une sacrée surprise, hein Hank ?

— C'est incroyable, dit Hank, en jetant un regard soutenu à Depew. Un type comme ça doit sûrement pas savoir avec quel bout de son machin il faut pisser. C'est pas vrai, M. Depew ? J'ai dit, c'est pas vrai, M. Depew ?

Depew regarda alternativement les deux adjoints, le visage en feu. Il se leva brusquement et sortit presque en courant de la tente. Higby prit la parole pour la première fois :

— Messieurs, il va falloir qu'on serve le petit déjeuner aux hommes ici tout de suite. Si vous voulez bien aller dans une autre tente...

Pete dit nonchalamment que ce ne serait pas nécessaire.

— On a tout ce qui nous faut pour l'instant, tu crois pas, Hank ? On a déjà tout ce qu'il faut, hein ?

— On en a bien assez, acquiesça Hank. Ça, c'est un fait.

— Thomas, tu veux autre chose en plus de ce café ? Tu veux aussi emporter quelque chose ?

— Emporter ? Emporter où ça ?

Il me le dit. A Matacora, la prison du comté.

— Si tu as quelque chose à toi, tu ferais mieux de l'emmener. Tu peux être absent pendant un bon bout de temps.

— Ça, c'est sûr, Thomas, insista Hank avec un signe de tête solennel. Oui, ça on peut dire que ça pourra durer un bon bout de temps. Je parierais cinq *cents* là-dessus, et j'veux pas qu'on me rende la monnaie.

15.

Matacora, le chef-lieu du comté, se composait en fait de deux villes. Il y avait l'ancienne, construite autour de la place du palais de justice, plongeant ses racines dans l'élevage du bétail, faite de solides bâtiments en briques et en grès, avec des auvents en tôle pour abriter les trottoirs. Tout autour s'étendait la ville nouvelle, celle qui avait poussé quand on avait découvert du pétrole. On y remarquait les caractéristiques habituelles des cités en pleine expansion : magasins de voitures, cabarets de bas étage, hôtels miteux et tout ce qui s'ensuit. En outre, dans la mesure où la fortune liée au pétrole était déjà ancienne, il y avait là un nombre considérable de constructions qui n'auraient pas fait mauvaise figure même dans une ville plus importante.

Ma cellule se trouvait au sommet de la tour du palais de justice, une sorte de dôme élevé surplombant un toit d'ardoises en pente. Il y avait des fenêtres sur les quatre côtés et je voyais tous les coins de la ville à des lieues à la ronde. Les ranches éloignés, les derricks, les voitures et les camions rampant sur les routes — tout était étalé là, sous mes yeux. Il y avait également des trains, transportant marchandises ou passagers, les premiers trains que je voyais depuis un bon moment. J'en observai quelques-uns tandis qu'ils se formaient puis sortaient de la ville, haletants, prenant lentement de la vitesse en roulant dans la prairie, puis s'évanouissant finalement dans l'éclatante lumière du soleil. J'observai ces trains et quand je me rassis sur ma couchette, j'avais les yeux qui pleuraient tant, que j'en étais presque aveuglé.

Je finis par y voir clair et je me roulai une cigarette. Je recommençai à réfléchir, l'esprit tournant en rond, essayant de me raccrocher à quelque chose.

Bud Lassen était presque unanimement détesté au bureau du shérif de Matacora. Sans aller jusqu'à le dire, les deux adjoints qui m'avaient arrêté l'avaient clairement laissé entendre. Néanmoins, Bud était l'un des leurs ; il était dans le même camp, celui des flics. Et un type qui cognait un flic était automatiquement leur ennemi.

On ne pouvait pas se battre contre des flics. On ne pouvait pas menacer de les tuer. Pour eux, faire l'un ou l'autre constituait déjà en soi un motif suffisant pour que Bud ait eu envie de me tuer, et sa seule erreur, c'était de ne pas l'avoir fait. Pour eux, j'étais coupable et ils ne voyaient pas pourquoi ils auraient dû essayer de prouver mon innocence.

J'avais été mis en prison un peu avant midi et je ne vis personne pendant le reste de la journée, sauf le gardien âgé qui m'apportait mes repas. Tôt le lendemain matin, juste après le petit déjeuner, il me fit sortir de ma cellule et m'emmena devant le bureau du shérif. Là, il me confia à un adjoint que je n'avais encore jamais vu. Celui-ci fit un geste nonchalant de la main pour me signifier d'entrer dans une petite antichambre. J'y entrai et je vis Brelan Whitey.

— Comment ça va, trimardeur ? me dit-il avec un clin d'œil et en me tendant la main. On dirait que tu tiens le bon bout avec eux.

— Brelan... Oh, mince, Brelan ! dis-je, et puis je me mordis la langue et me repris. Comment ça va, toi ?

— Ça ira dès que j'arrêterai d'avoir les intérieurs tout secoués. Je suis dans un camion de ravitaillement depuis trois heures du matin. Il faut que je reparte dans une heure environ, alors...

Il secoua la tête pour me faire signe d'approcher. Quand je fus tout près de lui, il baissa la voix.

— Tu vas sortir d'ici, Tommy. Ils vont te laisser partir.

— *Hein ?* fis-je, avec un coup au cœur. Mince !

— Doucement ! Ils ne le savent pas encore. Et tu n'es pas censé le savoir non plus, alors ne dis rien. Ça foutrait tout en l'air.

— Mais... mais... dis-je en faisant un geste d'impuissance. Pourquoi... je veux dire comment...

— Ne t'occupe pas du pourquoi ni du comment. Je n'ai pas le temps de t'expliquer. Crois-moi sur parole, c'est bien ce qui va se passer. Tout ce que tu as à faire, c'est de te taire et d'attendre.

— C'est ce que je vais faire, ça, c'est sûr, dis-je. Combien de temps ça va prendre, Brelan ?

— Pas longtemps. Y a quelque chose qui te manque ? Comment est la bouffe ?

Je lui dis que la bouffe était bonne mais que j'aimerais bien avoir des cigarettes et peut-être aussi quelque chose à lire.

— Je demanderais bien un crayon et du papier si je devais rester là un moment. Mais...

— Je vais m'en occuper. Tu auras tout ce qu'il te faut, des cigarettes, de la lecture, tout. Et maintenant, j'ai autre chose à te dire. Plusieurs choses, ajouta-t-il en tirant longuement sur sa cigarette et en rejetant la fumée par les narines. Tu te souviens de la bringue qu'on a faite à Dallas ? Quand tu t'es retrouvé avec le delirium tremens ?

— Ça, j'suis pas près de l'oublier, dis-je. J'y ai claqué presque six mille dollars.

— Non, Tommy. Tu as claqué mille cinq cents dollars.

— Ça me ferait mal ! J'avais presque six mille au départ et...

— Et j'ai prélevé quatre mille cinq cents dollars làdessus. Je savais que ça partirait en fumée sinon, alors je les ai pris. Je les ai déposés à ton nom dans le coin, à la First State Bank de Matacora.

Je restai sans parole, les yeux écarquillés, la bouche ouverte. Brelan hocha calmement la tête.

— J'allais te le dire une fois qu'on aurait eu fini ce boulot. Je me disais qu'à ce moment-là, tu serais assez raisonnable pour savoir l'utiliser, ou alors c'était désespéré. Mais après ce qui s'est passé...

— Mince alors ! dis-je. Je n'arrive pas à y croire, Brelan. J'me vois pas avec quatre mille cinq cents dollars... J'sais vraiment pas quoi dire !

Brelan répliqua que je n'avais rien besoin de dire ; je

n'avais qu'à arrêter de mener ce genre de putain de vie et à aller à l'université puisque j'avais toujours parlé de le faire.

— Je compte sur toi pour faire ça, Tommy. J'espère pour toi que je ne me trompe pas.

— Ben, ça fait un bon paquet de fric, dis-je en détournant le regard. J'pourrai pas dire que j'ai pas les moyens d'aller à l'université et...

— Et ?

— Et je te suis vraiment reconnaissant, dis-je, toujours sans le regarder. Je me croyais complètement fauché, et pendant tout ce temps j'avais...

— Ne fais pas ça, Tommy. Je te préviens, ne le fais pas.

— Hein ? Qu'est-ce qu'il faut pas que je fasse ?

— Tu n'as plus de boulot au camp. Avec moi, c'est terminé, et avec Higby aussi. Il n'y a plus rien à attendre du chantier. Et quand je dis rien, je pense aussi à cette petite pute que tu vois.

— C'est pas une pute ! J'me fous des apparences... de c'que les gens racontent... mais elle n'est pas...

— Elle n'en est pas une, hein ? dit-il avant de rire d'un air sinistre. Alors je me demande bien pourquoi y a presque une dizaine de soudeurs qui sont allés la voir après la bouffe hier soir. Je me demande pourquoi ils ont dit qu'ils n'en avaient jamais eu de meilleure.

Je déglutis péniblement. J'avais l'impression d'avoir reçu un bon coup de poing dans l'estomac. Je me sentais devenir livide.

Des soudeurs. Ils étaient tous bourrés de fric. Ils n'avaient pas eu besoin d'attendre la paye.

— Tommy... dit Brelan avec une pointe de compassion dans la voix. Je regrette, Tommy. J'aurais préféré ne pas avoir à te le dire.

— Ça ira, dis-je. Qu'est-ce que j'en ai à foutre, après tout ?

— Exactement. Qu'est-ce que t'en as à foutre ? Pour l'instant, ça te paraît difficile à avaler, mais c'est pourtant le mieux qui pouvait t'arriver. Plus tard, tu rencontreras une gentille fille et...

— Ça te ferait rien de ne pas parler de ça ? dis-je. Pour l'amour du ciel, pourquoi est-ce que tu te crois obligé d'insister ? Je veux dire, si c'est vraiment comme ça, pourquoi... pourquoi...

— Bien sûr, dit doucement Brelan. Tout ce que tu voudras, petit.

Après ça, nous ne parlâmes pas beaucoup. Je promis de lui écrire une fois que je serais installé et il promit de m'écrire. Il me dit qu'il viendrait peut-être me voir quand il aurait terminé de bosser pour ce pipe-line, et je lui répondis que j'y comptais bien. Puis le shérif adjoint ouvrit la porte et annonça que le temps était écoulé. Brelan et moi, nous nous serrâmes donc la main et je retournai dans ma cellule.

Pendant un moment, je me sentis aussi mal que possible. Même le fait de sortir bientôt de prison n'arrivait pas à me remonter le moral. Après ce que Brelan m'avait dit de Carol, je ne pensais pas que je pourrais me sentir bien un jour. J'avais tellement le cafard que je ne jetai même pas un coup d'œil sur le paquet de magazines et d'autres choses que le gardien poussa à travers les barreaux. Et puis, juste au moment où j'étais au plus bas, je me mis soudain à éclater de rire. Je riais de fureur, et j'étais tellement en colère que si Brelan avait été là, je lui aurais donné un bon coup de poing.

Parce qu'il avait menti au sujet de Carol. Je n'avais qu'à réfléchir un instant pour voir qu'il avait menti.

Ces soudeurs n'auraient pas fait la queue pour aller voir une putain de chantier. La plupart d'entre eux avaient des femmes et des enfants et ils venaient tout droit de chez eux. Ils n'étaient pas suffisamment en manque pour faire ça et de toute façon, ils ne se seraient pas intéressés à une prostituée. Ils avaient trop à perdre à ce petit jeu.

Bon, bien sûr, il y avait peut-être un dingue parmi eux. Il y a toujours quelqu'un qui ne se rend pas compte de sa chance. Mais une dizaine, ça, jamais ! Brelan y était allé un peu fort.

Je me couchai aussitôt après avoir mangé, la lumière étant trop faible pour lire ou écrire. En plus, j'avais trop de projets dans la tête pour Carol, moi, et ces quatre mille cinq cents dollars, pour pouvoir faire quoi que ce soit. Je restai donc allongé dans la pénombre, écoutant les bruits lointains de la rue, fumant et rêvassant, échafaudant toutes sortes d'hypothèses.

Brelan n'avait pas dit quand on me libérerait. Mais je me disais que ça serait sûrement le lendemain soir, ou au plus tard dans deux jours, après le petit déjeuner. D'ici là, j'aurais fait mes soixante-douze heures de détention préventive et c'était le maximum. Ensuite, il leur faudrait ou bien m'accuser de meurtre ou bien me relâcher. Et comme apparemment, ils n'avaient pas de preuves, ou qu'ils avaient un suspect plus convaincant...

Bon, en tout cas, j'allais sortir. Brelan ne m'aurait pas raconté d'histoires à ce sujet. Il ne pouvait pas me dire exactement quand, probablement parce qu'il savait que les autorités n'aimaient pas tellement qu'un type soit insolent et malmène un flic. Il savait qu'ils allaient me rendre la vie dure tant qu'ils pourraient le faire sans s'attirer des ennuis. Mais j'allais sortir, et c'était le principal.

Je finis par m'endormir, par rêver de Carol, de l'université et de Dieu sait quoi. Je souriais en pensant à sa surprise quand je lui montrerais les quatre mille cinq cents dollars et que je lui dirais qu'on s'en allait et qu'on ne serait pas près de remettre les pieds sur un chantier de pipe-line.

Je dormis rudement bien cette nuit-là. C'est-à-dire, presque toute la nuit. Sauf à un moment donné, vers trois heures du matin, quand le visage sardonique de Brelan surgit devant moi, un visage amer, méprisant, avec un regard glacial. Je me crispai pendant qu'il me fixait, et je marmonnai mentalement : mais pourquoi me regarde-t-il donc comme ça ? Et la réponse me parvint presque aussi nettement que s'il me l'avait fournie, que s'il avait été bien réel, juste là, dans la cellule, avec moi, et non dans un rêve :

— *Je le sais bien, qu'elle n'est pas une putain. Allez, raconte-moi le reste de l'histoire.*

— *Le reste de l'histoire ?*

— *T'as parfaitement compris, espèce de sale gamin ! Donne-moi la raison véritable pour laquelle tu veux revenir !*

— *De quoi est-ce que t'es en train de parler ?* dis-je ; puis : aïe ! parce que je venais de me dresser sur mon lit et que je m'étais cogné la tête contre la couchette supérieure.

Tout ensommeillé, je me frottai le crâne en me demandant ce qui m'avait réveillé. Pendant un instant, j'avais oublié mon rêve. Puis je me blottis sous les couvertures et je me rendormis. Je dormais encore quand le gardien m'appela pour le petit déjeuner.

Environ une heure plus tard, il m'emmena prendre une douche et je me lavai et me rasai sous sa surveillance.

Après ça, on me fit comparaître devant un juge et on m'inculpa de meurtre avec préméditation.

16.

Comme la plupart de ceux qui détenaient une charge publique, le county attorney faisait ce boulot en plus de ses occupations professionnelles. C'était un homme qui s'était enrichi avec le bétail et le pétrole et il passait le plus clair de son temps à gérer sa fortune. Sa responsabilité de county attorney n'était qu'un geste en faveur du service public, un témoignage de son sens civique ou de quelque chose de ce genre — quel que soit le nom que quelqu'un peut donner à ça quand il s'attribue le mérite d'un travail que d'autres accomplissent à sa place. De là, il passerait sans doute à un poste clé au niveau de l'Etat du Texas, puis deviendrait peut-être gouverneur ou siègerait au Congrès. Pour l'instant, les devoirs de sa charge étaient exécutés par deux jeunes adjoints et il était très irrité contre moi parce que j'avais insisté pour le voir.

— Nom de Dieu, qu'est-ce qui vous prend, Burwell ? Les gars ont quelque chose de clair et net à vous reprocher, et naturellement, ils vous ont inculpé. Je n'y peux absolument rien.

— Mais ce n'est pas aussi clair et net que ça ! Il a très bien pu s'agir d'un accident...

— Nous ne sommes pas de cet avis. Franchement, j'aurais moi-même tué ce salaud s'il avait traîné trop longtemps dans cette ville. Je l'ai surpris un jour à donner un coup de pied à un cheval. Mais la manière dont vous vous y êtes pris... ça, c'est une autre affaire. Si vous l'aviez tué dans un combat régulier, j'aurais fait la queue pour venir vous serrer la main, mais...

— Je ne l'ai pas tué ! D'ailleurs, on s'était réconciliés !

— Ah bon ? dit-il en jetant un coup d'œil à une feuille de papier posée sur son bureau. Nous avons un témoin qui jure que vous n'avez pas voulu vous réconcilier avec lui. Un type qui s'appelle Manchot Warfield. Il prétend que Lassen vous a proposé de vous serrer la main et que vous avez refusé.

— Manchot a une grande gueule, c'est tout ! Il dirait n'importe quoi pour s'écouter parler ! En fait, ce qui s'est passé, c'est que... c'est que...

— Oui ? dit-il en posant sur moi un regard songeur, semblant avoir remarqué quelque chose dans mon attitude. Qu'est-ce qui vous arrive, Burwell ?

— Comment ça, qu'est-ce qui m'arrive ? dis-je.

— Nous avons des tas de raisons de vous garder en prison. Même moi, je le sais, alors que j'ignore tout de ce qu'on peut avoir comme preuves. Mais vous vous comportez comme si vous étiez sûr d'être libéré.

Il s'interrompit, tout en continuant à loucher de mon

côté.

— Quelqu'un vous a promis quelque chose, mon garçon ? reprit-il. Dites-moi qui c'est et je lui arrache la peau des fesses !

J'étais bien entendu certain de sortir, mais je ne pouvais rien dire après l'avertissement de Brelan. Je me contentai donc de tourner autour du pot en disant que je ne pensais pas qu'on puisse garder un innocent, parce que, mince alors, j'étais vraiment innocent ! Il cessa de me dévisager et il recommença à s'agiter.

— Pour l'amour de Dieu, mon garçon ! m'interrompit-il soudain. C'est comme ça et pas autrement ! Vous avez déjà un avocat ?

— Je crois, dis-je. Je crois qu'il y en avait un quand je suis passé devant le juge ce matin, mais...

— Oh, ce merdeux ! Je voulais parler d'un véritable avocat, dit-il avant de jeter un coup d'œil à sa montre et de se lever brusquement, se balançant d'avant en arrière sur la semelle de ses bottes. Bon, je suppose qu'il n'y a pas le feu. Vous ne passerez pas en jugement avant presque sept semaines.

Il s'enfonça un chapeau de cow-boy sur la tête et contourna son bureau. Je me levai à mon tour. Il me passa un bras sur les épaules et me raccompagna jusqu'à la porte.

— Bon, allez, dites-moi, mon garçon, dit-il en s'arrêtant sur le seuil et en me faisant pivoter pour lui faire face. Vous avez tué cet enfant de salaud, oui ou non ?

— Non, monsieur, répondis-je. Je ne l'ai absolument pas tué.

— Vous en êtes bien sûr ? Vous n'êtes pas en train de me raconter des histoires ?

— J'en suis sûr, dis-je. Je ne vous raconte pas d'histoires.

Ses yeux plongèrent dans les miens. Son regard semblait me transpercer et ressortir de l'autre côté. Finalement, il soupira et fronça les sourcils en se frottant la figure avec une main noueuse.

— C'est vraiment pas de veine, grommela-t-il. Si vous étiez coupable, vous pourriez invoquer des circonstances atténuantes ou plaider l'homicide involontaire ; je ne m'y opposerais certainement pas. Est-ce que je vous ai dit qu'un jour, je l'avais vu donner un coup de pied à un cheval ?

— Oui, monsieur, dis-je. Il me semble que vous en avez parlé.

— Mais bien sûr, si vous êtes vraiment innocent... dit-il en secouant la tête, les sourcils froncés, avant que son visage ne s'éclaire un peu. Eh bien, il faut seulement vous trouver un bon avocat. Je vous aiderai si nécessaire. Quelqu'un de bon devrait pouvoir battre mes gars à plates coutures.

Je lui dis que j'espérais qu'il ne se trompait pas. Puis, malgré le pétrin dans lequel je me trouvais, je me mis à éclater d'un rire sonore. Je ne pus tout simplement pas m'en empêcher.

Il me jeta un regard stupéfait, un peu outragé, même. Et puis il se mit à rire lui aussi et me donna une grande claque dans le dos qui me fit presque perdre l'équilibre.

— Ça fait plaisir d'entendre ça, tonna-t-il. Montrez-moi quelque chose qui ne guérisse pas en riant un bon coup ou en buvant sec, et on en reparlera ! Et puis merde, à quoi ça sert de pleurer quand on peut rire ?

— Oui, monsieur, dis-je. A quoi ça sert ?

— Vous avez de l'argent à la banque, hein ? Un joli petit paquet ? Bon, alors tout va bien. Même si vous êtes reconnu coupable, vous n'aurez pas de problème. Vous n'aurez qu'à mettre un gros billet vert sous le nez des Parker, et vous rentrerez chez vous en tête du cortège des jurés !

Je lui dis à nouveau oui, monsieur, et il me donna une autre claque dans le dos en me disant de ne pas me laisser abattre. Puis il se dépêcha de sortir, pour aller s'occuper de ses affaires privées, je suppose, et je retournai dans ma cellule.

Bien des années plus tard, je parlai à un éditeur éventuel de ce county attorney et d'autres gens sur lesquels j'étais tombé au Texas à ce moment-là. Et avant même que j'en aie terminé, il secoua la tête. Les gens ne se comportaient pas comme ça dans la vie, m'assura-t-il catégoriquement. Des gens comme ça, ça n'existait pas. C'est ce qu'il prétendait et je n'essayai pas de le sortir de son ignorance. Mais il se trompait complètement.

Ça existait, les gens comme ça ; il y en avait des tas. Certains ont transformé l'histoire et au moins deux d'entre eux, Bud et Sis Parker, sont devenus gouverneurs du Texas.

Ils étaient frère et sœur. C'étaient des ignorants, de sales escrocs, mais ils avaient une compréhension innée du peuple et un bagou qui ralliait toujours les voix des électeurs. Bud fut gouverneur le premier. Quand il fut révoqué, Sis Parker se fit élire à sa place à une majorité écrasante.

Ils étaient tous les deux à la tête de l'Etat. Le plus drôle dans l'histoire, c'est qu'ils se relayaient, l'un se faisant payer pour amnistier des condamnés pendant que l'autre n'était pas là. Bien sûr, ce n'était pas si grave que ça, mais au Texas, personne ne faisait de la prison s'il avait quelques milliers de dollars pour les Parker. Il paraît même que certains hors-la-loi achetaient leur grâce avant de faire un coup, et ils ajoutaient cette dépense aux autres frais de l'opération.

Eh oui...

C'était comme ça en ce temps-là. La perspective de payer ma libération après avoir été condamné ne m'enchantait guère. Au mieux, je resterais en taule pendant plusieurs semaines et quand je pensais à ce qui pouvait arriver à Carol pendant ce temps... Je fus incapable de manger à midi, et le soir et je me contentai d'avaler quelques gorgées de café qui me soulevèrent presque le cœur. Je fumai trois paquets de cigarettes ; dès que j'en avais terminé une, j'en allumai une nouvelle. Je me rongeai les sangs et je me demandai ce qui avait bien pu accrocher.

Brelan avait paru si certain de ma libération. Mais comment pouvait-il l'être ? Qu'est-ce qu'il pouvait bien savoir qu'on ignorait encore ici ? Pourquoi ne pouvait-il donc pas leur dire ce qu'il savait et me faire sortir tout de suite ?

Plus je réfléchissais et plus je m'embrouillais. Ma tête commença tellement à me faire souffrir que j'avais l'impression qu'elle allait se fendre. Je savais que ça n'allait pas s'arranger si je ne me mettais pas à penser à autre chose. Mais c'était plus facile à dire qu'à faire. Ce n'était pas la peine d'essayer de lire ; j'aurais parcouru une dizaine de pages sans avoir la moindre idée de ce qu'il y avait dedans.

Je commençai à marcher de long en large ; du mur du fond à la porte, du mur latéral à ma couchette. Finalement, je m'arrêtai, les jambes en coton après tous ces demi-tours. Je m'appuyai à nouveau au mur, les yeux fermés, sentant le vent me baigner la figure comme de l'eau.

Ça faisait du bien, ce vent. C'était quelque chose que je connaissais, quelque chose qui était familier, amical. C'était ce fameux vent du Texas, qui ne cesse jamais et qui m'avait accompagné partout. Le souvenir de tous les endroits dans lesquels j'étais allé me revint à l'esprit : McCamey où on plaçait des pylônes et où mon pantalon était si raide à cause de l'eau alcaline, qu'il aurait pu tenir tout seul. Un travail de câblage près de la ville de Chalk ; je me souvenais d'un type qui avait eu la tête arrachée par un câble qui pendait et s'était enroulé autour de son cou. Un derrick qu'on avait démonté dans un champ de pétrole à l'ouest de Big Springs ; on se balançait au sommet d'un mât de trente-cinq mètres de hauteur pour arracher l'entretoise qui se mettait à gigoter comme un danseur ivre. Un caboulot à Four Sands, avec un type qui s'asseyait tous les jours à la même table ; un type avec des cheveux blancs comme neige et un visage d'une jeunesse indécente — un visage qui faisait penser à une photo obscène.

Il ne parlait à personne. Il bougeait à peine, se contentant de lever un verre à moutarde contenant du whisky de maïs ou un autre verre à moutarde rempli de bière pour faire passer le whisky. Il était simplement assis là, à fixer le sol et à écouter. A écouter le vent, peut-être. A l'écouter sans qu'il lui apporte ce qu'il aurait voulu entendre...

Je me rassis sur ma couchette. Je pris le papier et le crayon et je me mis à écrire. Quand j'eus terminé, mon mal de tête avait disparu et j'étais en mesure de m'endormir. C'était tout ce que je cherchais. Ce que j'avais écrit n'avait absolument aucune importance. J'en fis donc une boulette que je jetai par terre. Mon texte donnait à peu près ça :

J'étais en train de compter les
fissures du plancher,
Essayant de rayer l'avenir, d'oublier
le passé
Quand j'ai entendu un enfant pleurer, vu un visage
Que j'avais connu.
Mais le gosse était mort et le visage
pleurait tout seul.
Gémissant, désespéré, suçant
son pouce
Jusqu'à ce qu'il ne reste plus que la moelle
et les lèvres faiblement crispées.
(Mais c'est peut-être la faute du vent, mon p'tit.
C'est peut-être la faute du vent.)

Du pas de la porte, le diable et un saint barbu
m'observaient.
Le diable dégageait une odeur âcre, le saint
avait une clé dorée.
Le diable se mit à rire et dit au saint :
Celui que j'attrape, je ne le lâche plus.
Et il m'attacha à ma chaise
avec un serpent à sonnettes de trois mètres.
(Mais c'est peut-être la faute du vent, mon p'tit.
C'est peut-être la faute du vent.)

Ouais, c'est peut-être la faute du vent, de ces bourrasques avides, affamées
Qui déchaînent l'enfer
de leur éternuement communicatif
Ou c'est peut-être le hurlement d'une femme
au moment où la matraque s'abat sur son dos
Ou les chiens affamés sur les tertres herbeux
quand les morts repoussent leur attaque
Ou le halètement des corps calcinés
que la corde interrompt
Ou ces salauds, ces fous, ces hommes tristes
et heureux qui sèment le viol, le meurtre,
le pillage
Là où les bombes explosent et les
obus érodent
Là où les malheureux ont péché.
(Mais c'est peut-être la faute du vent, mon p'tit.
C'est peut-être la faute du vent.)

17.

Je me réveillai au milieu de la matinée. Je restai un certain temps allongé, les yeux mi-clos, laissant le soleil filtrer peu à peu sous mes paupières, retardant le début de la journée autant que je pouvais. Finalement, je bâillai, m'étirai, jetai un coup d'œil autour de moi, et puis je m'assis brusquement.

La porte de ma cellule était ouverte. Un homme en costume de serge bleue et en bottes s'appuyait au mur et lisait le poème que j'avais écrit la veille. Il poursuivit sa lecture et sans même lever les yeux, il me fit un petit signe de tête. Quand il eut enfin terminé (et il prenait son temps) il secoua la tête d'un air dubitatif et il lança le bout de papier par terre.

Il n'aurait pas dû faire ça. Personne ne devrait traiter l'œuvre d'un écrivain avec irrévérence. Si l'auteur le fait lui-même, très bien. Mais vous, ne le faites jamais. Il ne vous en voudrait pas plus si vous lui crachiez à la figure.

— Comment ça va, Burwell ? dit-il. Je m'appelle Darrow, Ben Darrow. Je suis le shérif du coin.

— Je vais bien, dis-je, et je sais qui vous êtes. J'ai déjà beaucoup entendu parler de vous, shérif.

Je me retournai vers le lavabo et je commençai à me débarbouiller. Il me fit un sourire dans la glace, ses yeux bleus étincelant dans son visage bronzé. C'était un homme au bon caractère, à l'air intelligent, âgé d'une trentaine d'années, et, dans des circonstances différentes, j'aurais pu le trouver sympathique. Je lui lançai un regard froid. Il se mit à rire tout doucement et il me fit un clin d'œil.

— J'ai une bonne nouvelle, Burwell. On vous a mis hors de cause.

— Qu... Quoi ! m'exclamai-je en pivotant tandis que mon cœur faisait un chambard de tous les diables. Vous... vous parlez sérieusement ? Vous n'êtes pas en train de vous foutre de moi ?

— Bien sûr que non, voyons. Les gars avaient tous les éléments pour vous faire sortir hier soir, mais je n'étais pas en ville et ils ont voulu faire les malins. Dieu seul sait pourquoi... ajouta-t-il en secouant la tête et en fronçant les sourcils. Parce qu'ils n'avaient certainement pas un faible pour Lassen. Mais je vous promets qu'ils ne recommenceront pas.

— Mais on m'a vraiment mis hors de cause ? insistai-je. Il n'y a plus aucun doute ?

— Aucun. Trois témoins ont juré que Lassen faisait l'imbécile avec l'excavateur quand la benne lui est tombée dessus. Il a dû toucher à quelque chose, je suppose, ou...

— Alors pourquoi ils n'ont pas été foutus de le dire

plus tôt ?

— Oh, c'est quelque chose qui arrive très souvent. Pourquoi ? Parce que les gens ont peur de se voir mêlés à une histoire, ou qu'à ce moment-là, ils faisaient quelque chose qu'ils n'auraient pas dû faire. Ces trois zèbres-là, par exemple, venaient de voler du tord-boyaux dans la tente du cuisinier et ils étaient en train de se soûler.

Ça se tenait mais ça me laissait pas mal de questions bougrement importantes sans réponse. Par exemple, pourquoi Brelan était-il au courant de ce que ces trois bonshommes allaient faire et pourquoi avait-il voulu que je n'en parle pas ? Mais ce n'était ni le moment ni le lieu de poser ce genre de questions.

— Eh bien, Burwell... fit-il en me montrant la porte. Vous avez raté le petit déjeuner. Allez, venez, je vais vous en offrir un.

— Merci, répondis-je. Mais je tiens à le payer moi-même.

Je mis mon chapeau et je ramassai mon baluchon. Darrow fronça les sourcils et eut un petit rire hésitant.

— Oh, allez, voyons ! Pourquoi être aussi susceptible ? Je suis désolé qu'on vous ait gardé plus longtemps que vous n'auriez dû l'être. Mais...

— Je sais me débrouiller tout seul, dis-je. Je travaille et quand je dépense de l'argent, il est à moi. Alors, au revoir et donnez le bonjour à votre multimillionnaire de beau-père.

Je franchis la porte et commençai à descendre les marches. Brusquement, je pivotai et retournai près de lui.

— Je regrette, dis-je. Vous avez fait quelque chose qui m'a irrité mais je suis sûr que vous ne l'avez pas fait exprès. Et de toute manière, je n'avais pas le droit de vous dire ça.

Il hocha calmement la tête et sa voix glaciale dépassa à peine le murmure :

— En effet, vous n'aviez pas le droit. Et en général, quand on me dit ce genre de choses, je réponds d'une certaine manière. Mais personne ne reçoit de coup de poing dans cette prison à moins qu'il n'ait frappé le premier et je ne suis pas près d'enfreindre mes propres lois. Alors laissez-moi simplement vous dire quelque chose...

— Non, dis-je. Vous n'êtes absolument pas obligé...

Mais visiblement, il se sentait obligé de le faire. Je l'avais touché à l'endroit sensible, et ce n'était pas la première fois que ça lui arrivait. Mais il était incapable de laisser glisser.

— Je suis un juriste diplômé, Burwell. Je sors aussi de l'école de police. On est dans l'un des comtés les plus riches du Texas et ici, les gens peuvent se payer le meilleur shérif de l'Etat. C'est comme ça que j'ai eu mon boulot. Parce que j'étais le meilleur et qu'ils étaient prêts à payer. J'étais shérif avant de me marier, Burwell. Avant, vous pigez ? Et la première fois que mon beau-père me donnera un sou, ça sera aussi la dernière !

Il s'interrompit, haletant. Je répétai que je regrettais et il désigna les marches d'un geste péremptoire. Je commençai à les descendre et après un petit moment, je l'entendis me suivre. Nous les descendîmes ensemble, sans dire un mot ni l'un ni l'autre, et nous fûmes bientôt sur le trottoir, devant le palais de justice. Le shérif me tapa alors légèrement sur le bras et me montra un restaurant qui se trouvait de l'autre côté de la rue.

— Ça vous va, Burwell ? demanda-t-il calmement. Je mange souvent ici.

— Comme vous voudrez, dis-je. C'est vous qui invitez.

Je crois que c'était exactement ce qu'il fallait dire parce que le sourire lui revint tandis que nous traversions la rue.

Je pris un petit déjeuner copieux : des œufs, du bacon, des galettes chaudes. Il se contenta de café, le sirotant d'un air pensif en face de moi.

— Vous m'avez dit que je vous avais irrité, Burwell. Ça ne vous ferait rien de me dire comment ?

Je le lui dis, en reconnaissant que ce n'était pas malin de me fâcher pour ça. Il était d'accord, d'autant plus que mon caractère m'avait déjà entraîné en prison et fait suspecter de meurtre.

— D'un autre côté, je suis content, pour ainsi dire, que vous ayez explosé, poursuivit-il. Quelqu'un qui aurait eu quelque chose à se reprocher ne l'aurait pas fait. Les malfaiteurs ne peuvent pas se payer le luxe d'être susceptibles ; du moins, pas devant les flics. Ils sont trop sur la défensive pour attaquer eux-mêmes.

— Ben... dis-je en hésitant, beurrant une bouchée de galette chaude. Si c'est un compliment, je ne sais pas quoi répondre.

Il haussa les épaules pour abandonner le sujet.

— J'ai appris que vous aviez touché un beau petit paquet. Plus de quatre mille dollars, c'est bien ça ?

— C'est ça.

— Alors, vous n'aurez pas besoin de retourner travailler au pipe-line. Vous ne l'auriez de toute façon pas fait, parce que, d'après ce que je comprends, on n'y tient pas là-bas.

— J'ai été blanchi, dis-je d'un ton sec. Je sais faire des tas de choses et je ne vois pas pourquoi je n'aurais pas le droit de travailler.

— Vous avez des antécédents, Burwell. Vous avez vingt et un ans et un casier judiciaire long comme mon bras. Oui... — il avança la main — je connais aussi les côtés positifs, votre éducation et tout le reste. Mais l'homme le meilleur du monde peut mal tourner dans un sale milieu, et le pipe-line en est un. Ça fait bien longtemps que vous ne vivez que dans des endroits pourris. Pourquoi ne pas essayer de vous en sortir ?

Je lui répondis que je le remerciais de son conseil et que je ne manquerai pas d'y réfléchir sérieusement. Il secoua la tête d'un air irrité.

— Je ne pige pas, Burwell. C'est la fille ? C'est elle qui vous tient et qui vous fait foutre votre vie en l'air ?

— Je ne la fous pas en l'air, dis-je en repoussant mon assiette. Le petit déjeuner était très bon, shérif. C'était très aimable à vous.

Devant le restaurant, j'allais lui dire au revoir, mais il ne lâcha pas prise aussi facilement. Il réussit à m'accompagner dans la rue, et tout en parlant, à attirer mon attention sur la banque où mon argent était placé, à s'arrêter devant les vitrines d'un ou deux magasins de vêtements pour hommes, me forçant plus ou moins à regarder ce qui était exposé à l'intérieur. Des vêtements de ville. Puis il marcha à mes côtés jusqu'à ce qu'on aperçoive la gare.

— Voilà, Burwell... Tom, dit-il. Il y a un train pour l'est à quatre heures. Je veux que vous soyez dedans.

Je lui demandai s'il me fichait à la porte du comté. Il hésita, puis secoua la tête d'un air embêté.

— J'aimerais bien que ce soit le cas, mais je n'ai jamais cru qu'on pouvait enfreindre la loi pour la faire respecter. Alors vous voyez, non, ce n'est pas un ordre que je vous donne. Mais c'est le meilleur conseil qu'on ne vous ait jamais donné, Tom. Le meilleur, nom de Dieu !

— Et je vais le suivre, dis-je. Mais auparavant, il y a quelque chose que je dois faire.

— Vous voulez dire, demander à la fille de partir avec vous ? dit-il avant de soupirer et de me lancer un regard exaspéré. Ecoutez, vous n'êtes tout de même pas aussi naïf ! Si elle cherchait vraiment à vivre honnêtement, elle ne serait pas là où elle est.

— Je ne suis pas naïf, dis-je. De toute façon, il faut que je le lui demande.

Il me regarda avec lassitude, commença à dire quelque chose, puis haussa les épaules et jeta un coup d'œil à sa montre.

— Bon, dit-il. J'aurais fait mon possible. Mais je suppose qu'on ne peut pas empêcher un rat de retourner dans son trou.

Il tourna les talons et remonta la rue. Je lui criai qu'il allait voir, que je m'en sortirais, ça, il pouvait y compter. Il me répondit sans se retourner, pas par des mots mais par un rire.

C'était le rire le plus affreux, le plus lugubre que j'avais jamais entendu.

18.

La diligence quitta Matacora vers deux heures de l'après-midi et il lui fallut presque quatre heures pour parcourir les cent quarante kilomètres. Le chauffeur me laissa devant le restaurant du Grec puis, dans l'obscurité naissante, il fit faire demi-tour à sa grosse Hudson et se dirigea vers Fort Stockton, au sud.

Je m'étais pomponné à Matacora ; j'avais acheté un nouveau pantalon kaki, des sous-vêtements et tout ce que le barbier avait à vendre. Mais pour le Grec, ça ne changeait rien. Il m'accueillit à la porte et exigea de l'argent presque avant de me laisser m'asseoir ; et puis il me regarda manger pour s'assurer que je ne volais rien.

La bouffe était dégueulasse. Comment aurait-il pu en être autrement ? Je repensai à ma conversation avec Darrow. Pendant un moment, j'étais tellement écœuré de moi-même que je regrettai presque de n'avoir pas suivi son conseil. J'en avais soupé de Tommy Burwell, ce trimardeur, cet ouvrier qui se trimbalait de campement en campement, ce joueur professionnel, ce pochard, et j'en passe. Je ne pouvais plus le supporter et le seul moyen de m'en débarrasser, c'était de foutre le camp d'ici !

Tous les vêtements et les barbiers du monde n'y feraient rien tant que je vivrais de cette façon. La seule chose qu'il me fallait, c'était un changement de vie radical.

Le Grec me lança ma monnaie sans un remerciement. Il se contenta de me la jeter, si bien que je dus faire des efforts dingues pour l'attraper avant qu'elle ne retombe par terre. A un autre moment, je l'aurais engueulé ou je lui aurais sauté dessus. Mais ce soir-là, je me contentai de lui sourire et de laisser une pièce sur le comptoir.

Elle vint me frapper dans le dos tandis que je me dirigeais vers la porte mais je continuai à avancer. J'étais tellement décidé à ne pas avoir d'histoires que s'il m'avait botté les fesses, je lui aurais probablement embrassé le pied.

En quittant la ville, j'apercevais les lumières du camp qui était pourtant à une huitaine de kilomètres. Je marchai dans cette direction, suivant les ornières creusées par les camions ; mes lourdes chaussures écrasaient l'herbe maigre, semblant chuchoter des secrets.

Au loin, derrière les chênes, une lune parcimonieuse s'élevait lentement dans le ciel comme une bougie arquée. Le vent nocturne s'activait dans la prairie et les premières petites étoiles clignotaient, paraissant sur le point de s'éteindre. Rendu brave par l'obscurité, un coyote hurlait étrangement. Un chœur de chiens-loups commença à aboyer et on aurait vraiment dit qu'ils grondaient quelqu'un.

Brelan m'avait un jour solennellement assuré que c'était exactement ce qu'ils faisaient. Ils grondaient la lune parce que leur derrière était trop près du sol. J'avais poussé la plaisanterie en lui demandant pourquoi ils s'en prenaient à la lune ; elle n'y pouvait rien. Et il m'avait répondu : exactement, c'est là tout le problème.

A ce moment-là, il s'était endormi. La bouteille était vide et on n'avait plus reparlé de ce sujet. En y repensant des années plus tard, je me rendis compte qu'il n'y avait rien d'autre à ajouter. Il avait tout dit et sa remarque était vraiment profonde.

Je fis une petite pause, toussant et recrachant la poussière de ma bouche. La salive avait à peine touché terre qu'elle grouillait de scarabées noirs — des bousiers — qui la mêlèrent à la poussière et firent des boules qu'ils roulèrent vers leurs nids presque invisibles, cachés dans l'herbe.

Les bousiers sont les grands éboueurs de la prairie. Ils veillent à sa propreté en faisant des boules de tous les déchets qui traînent et en les emportant. On trouve beaucoup de ces insectes là où il y a des bovins et des chevaux. Dans cette région particulière, je me disais qu'ils ne devaient pas avoir la vie bien belle avec seulement des hommes et des machines à proximité. L'industrialisation leur sabotait le boulot. J'avais d'ailleurs écrit un poème farfelu là-dessus, alors que j'aurais dû utiliser mon temps à quelque chose de mieux :

Un pauvre bousier, tout noir et tout en haillons,
Avançait, trébuchant, portant son paqueton.
Il avait travaillé jour et nuit, ça c'est sûr,
Pour faire une belle boule de crottin bien dure,
Car avec les voitures, c'était bien difficile
De pourvoir aux besoins de sa petite famille.
Mais voilà que sur la route de son labeur
Se trouvait une fosse creusée par des campeurs.
Notre bousier, aveugle de transpiration,
Se retrouva au fond de cette excavation.
Il se moucha, se frotta les yeux, ébahi,
Tandis qu'il regardait autour de lui, ravi.
Puis il s'exclama : «Je dois rêver, sûrement !
Je vois là un festin abondant et fumant !
D'après une bien modeste estimation,
Il y a là de quoi nourrir une nation !»
Il...

Bon, je m'arrête là. Après, ça devient un peu salace.

Je continuai à marcher jusqu'à ce que j'arrive à quelques centaines de mètres du camp. Là, je tournai à droite, me dirigeant vers la légère déclivité après laquelle la camionnette de Carol était garée. Il me fallut environ vingt minutes pour y arriver, pour arriver à l'endroit où elle campait, je veux dire. Je m'arrêtai en haut de la pente, regardai dans la petite dépression que formait le terrain, et j'allais presque appeler Carol quand je me rendis compte qu'elle n'était pas là. C'était bien le bon endroit ; ça, je ne pouvais pas me tromper. Mais la camionnette avait disparu.

Pendant un instant, je ne sus que penser. Mince, je ne pouvais même pas penser du tout tellement j'étais abasourdi. Puis il me vint à l'esprit qu'elle pouvait avoir choisi un coin plus en hauteur, à cause de la pluie torrentielle. Soulagé, je repartis à sa recherche.

La nuit était trop noire pour voir distinctement à une certaine distance. Si on ne savait pas exactement où quelque chose se trouvait, on pouvait passer devant, à même pas cent mètres, et ne pas le voir. Carol s'était obligatoirement garée dans une zone pas trop éloignée de là. Je cherchai donc à la circonscrire mentalement ; je fis une cinquantaine de mètres, je tournai en formant un angle aigu et j'avançai de quelques centaines de mètres, puis je tournai à nouveau et parcourus une autre centaine de mètres. Je traversai et retraversai le terrain.

J'avais beaucoup marché, sans toutefois vraiment m'éloigner de l'endroit où elle campait à l'origine, quand j'entendis une voiture. Même si les bruits les plus faibles s'entendent généralement dans la prairie, je faillis ne pas la remarquer tellement elle avançait calmement, le ronronnement de son moteur puissant se confondant presque avec le frémissement du vent.

Je n'avais jamais entendu une voiture tourner comme ça. Ses phares étaient éteints. Presque silencieusement, elle traversait le terrain inégal, oscillant mais sans secousse, se jouant doucement des buttes et des tertres, ombre noire filant dans la nuit. Puis elle glissa dans la dépression du terrain et disparut.

Il y eut alors un silence absolu pendant un instant, et je me demandais si je n'avais pas rêvé. Brusquement, il prit fin avec un bruit de portières ouvertes... et de voix. Celle de Carol et d'autres personnes. Des voix d'hommes.

Il y en avait trois. Trois hommes. Et ils ne s'attardèrent pas. Je m'élançai en me disant que peut-être, vous comprenez, Carol pouvait avoir besoin d'aide — bien que sa voix ne l'ait pas laissé penser — quand les trois types surgirent brusquement du creux. Ils se déplacaient rapidement et disparurent tout de suite dans l'obscurité. Accroupi derrière un buisson, j'essayai de bien les observer. Mais je n'avais pas beaucoup de chance.

Ils avaient une taille et une corpulence moyennes. Ils étaient barbus. Ils portaient des vêtements grossiers.

Autrement dit, il pouvait s'agir de presque n'importe lequel des hommes du chantier. Et bien entendu, ils travaillaient sur le chantier, parce qu'ils se dirigeaient vers le camp — où seraient-ils allés sinon ? Et s'ils y campaient, il fallait bien qu'ils y travaillent.

Je restai caché derrière le buisson pendant plusieurs minutes pour m'assurer qu'ils n'allaient pas revenir.

Et puis je descendis vers la camionnette.

19.

C'était bien la camionnette de Carol. Je montai dedans et je la mis en marche. Elle faisait un bruit d'enfer. Je coupai le moteur et je descendis. Carol accourut et m'arracha les clés de la main d'un air furieux.

— Alors, petit malin ? dit-elle. Qu'est-ce que tu vas encore me sortir pour te justifier maintenant ?

Je ne savais pas quoi dire. La voiture tournait comme toutes les vieilles bagnoles, toussant, et en faisant autant de ratés que les plus mal en point que j'avais entendues.

— Tout à l'heure, elle ne faisait pas ce bruit-là, dis-je, (mais maintenant, je n'étais plus aussi sûr de moi). Je le sais bien, et personne ne pourra venir me dire le contraire !

— Oh, toi alors ! dit-elle en tapant du pied. Pour commencer, si tu savais tant de choses, tu ne serais jamais revenu ! Mince, c'était vraiment pas la peine ! Ton ami, M. Whiteside, m'a dit qu'il t'avait remis beaucoup d'argent, de l'argent qu'il avait gardé pour toi. Et tu aurais pu...

— Brelan ? Comment ça se fait que tu aies vu Brelan ? lui demandai-je.

— Ce n'est pas le moment d'essayer de faire des histoires, Tommy Burwell ! Il... eh bien, il était au courant, pour nous, et il avait peur que je m'inquiète, alors, naturellement...

— Et ces trois types qui sont venus ce soir ! Eux aussi, ils avaient peur que tu t'inquiètes à mon sujet ?

Elle me regarda, les lèvres pincées.

— Je n'ai pas à répondre à tes questions, M. Burwell ! Non mais, pour qui tu te prends ?

— Ça, c'est pas sûr, que tu n'aies pas à répondre, parce que c'est comme si on était mariés et qu'on va se marier plus tard. Alors n'essaie pas de discuter !

Elle détourna le regard et baissa les yeux. Elle donna un coup de pied dans un gravier.

— Tu... tu ne m'as même pas embrassée, Tommy. Ça fait une éternité que je ne t'ai pas vu, et tu ne m'as même pas embrassée.

— Et ces trois types ?

— Tu m'embrasseras si je te le dis ?

— Ben... euh... ouais, sûrement, dis-je. C'est-à-dire...

— Et tu me serreras bien fort ? Hein ? murmura-t-elle d'une voix de petite coquette en se rapprochant de moi. Et... et... quand tu m'auras bien serrée dans tes bras et bien embrassée, tu me... ajouta-t-elle en me soufflant le reste à l'oreille, les bras passés autour de mon cou. Hein, Tommy, tu me le feras ? Juste un petit moment ?

A vrai dire...

Ça dura plus d'un petit moment. Plus d'une heure s'écoula avant que nous ne sortions de la camionnette. Elle aurait eu largement le temps d'imaginer une bonne raison à la présence des trois types, si elle en avait eu besoin. Mais la raison qu'elle me donna était si plausible que je me dis qu'elle n'était pas allée l'inventer.

Elle avait dû se rendre en ville pour se ravitailler en vivres et en eau. Les trois hommes traînaient autour du bazar. L'un d'eux avait apparemment quelques dollars et les autres étaient venus l'aider à les claquer. Ce qui voulait dire qu'ils avaient fait une longue marche pour peu de chose, mais au moins, ça rompait la monotonie du camp. Bref, ils avaient aidé Carol à charger ses provisions et à remplir son tonneau d'eau. Elle pouvait donc difficilement leur dire non quand ils lui avaient demandé de les ramener au camp en voiture.

— Je ne risquais rien, tu ne crois pas, Tommy ? Je veux dire, le marchand du bazar nous a vus partir ensemble. Il les connaissait et s'il m'était arrivé quelque chose...

— Pourquoi est-ce que tu conduisais sans phares ?

— Ils se sont éteints tout seuls. L'un des hommes pensait qu'un fil électrique avait dû se détacher dans un cahot. C'est la vérité, Tommy, ajouta-t-elle contre ma poitrine, d'une toute petite voix, m'entourant de ses bras. Demande-leur, tu verras si c'est pas vrai.

Je ne voyais aucune raison de le faire. Pas après avoir testé le moteur de la camionnette.

— Tommy, tu n'aurais pas dû revenir ici, dit-elle. Tu n'aurais vraiment pas dû, chéri. Je pensais que mon cœur allait se briser quand je croyais que tu n'allais pas revenir. Mais... mais... Pars, Tommy ! ajouta-t-elle d'une voix ferme, tout à coup. Dès ce soir. Ne va pas au camp. Retourne directement en ville et continue ta route.

— C'est vraiment ce que tu veux que je fasse ?

— C'est ce que tu devrais faire, chéri. C'est ce qu'il faut que tu fasses. M. Whiteside me l'a fait comprendre. Plus tu tardes, et plus ça sera difficile. Tu as déjà eu beaucoup d'histoires et si tu t'en attires d'autres...

— Bon, dis-je. Bon, je m'en vais.

— Tu... tu t'en vas ?

— Oui. Mais il faut que tu partes avec moi.

— M... Mais... mais je ne peux pas, chéri. Pas tout de suite. Je vais te dire une chose, dit-elle en me faisant un grand beau sourire. Vas-y le premier. Trouve-nous un endroit pour vivre, commence à étudier et... et tout... et puis je viendrai te rejoindre. Qu'est-ce que t'en dis, hein ? Ça te va, chéri ?

Je lui répondis que non, ça ne m'allait fichtrement pas. Ou bien elle partait avec moi ce soir, ou bien aucun de nous deux ne partirait.

— Laisse-moi te dire quelque chose, ma fille. Peut-être bien qu'il va y avoir la queue devant ta camionnette le jour de la paye, mais moi, je serai en tête. Et le premier bonhomme qui essaiera de grimper dans cette bagnole va recevoir une raclée maison !

Je n'aurais pas pu être plus en rogne, et si elle m'avait sorti quelque chose, je crois que c'est à elle que j'aurais immédiatement donné une bonne raclée, ou plutôt une fessée. D'ailleurs, ça ne l'aurait sûrement pas calmée à cet endroit, si vous voyez ce que je veux dire.

Mais elle ne répliqua pas. Elle leva les yeux vers moi, l'air hésitant, semblant sur le point de dire quelque chose, puis elle jeta un rapide coup d'œil autour d'elle, comme pour s'assurer que personne n'écoutait.

— Tommy ! dit-elle doucement, très, très doucement. Il n'y aura pas la queue le jour de la paye. Personne ne sera là, à part moi.

— Tu parles ! dis-je. Six cents bonshommes avec la paye de quinze jours dans la poche et...

— Il n'y en aura pas.

— Comment ça ? Il n'y aura pas quoi ? Alors ? dis-je avant de m'interrompre pour attendre sa réponse, les sourcils froncés. Il y a six cents types sur le chantier. Ça, c'est un fait, personne n'y changera rien. Et ils auront travaillé deux semaines dans six à sept jours. Alors... alors... Attends un peu ! Est-ce que tu es en train de me dire qu'ils ne vont pas toucher leur paye ?

— Chut ! dit-elle en jetant un regard terrorisé dans l'obscurité environnante. Non, je ne te dis rien du tout ! Je ne t'ai absolument rien dit !

Elle voulut s'éloigner, le visage très blanc dans la nuit. Je l'attrapai par les épaules mais elle se dégagea.

— Pars, Tommy ! Tu m'entends, va-t-en !

— Mais... mais...

— Je te rejoindrai plus tard. Je te le jure ! Je t'écrirai poste restante à Fort Worth, ou à Dallas, ou... Mais maintenant, il faut que tu t'en ailles. S'il te plaît, chéri !

S'il te plaît !

— Non, dis-je. Je reste.

— Mais tu peux pas ! Tu peux pas faire ça !

Je lui répondis qu'elle allait bien voir, si je ne pouvais pas. Et quand je partirais, elle serait avec moi. Elle me supplia encore un petit moment, et puis elle me traita d'imbécile buté et me dit que je pouvais faire ce que je voulais, mais que je n'avais pas intérêt à revenir l'embêter.

— Je ne t'aime pas, Tommy Burwell ! Je ne t'ai jamais aimé ! Même en faisant des efforts, tu ne pourrais pas être plus méchant que tu ne l'es. Je n'voudrais même pas faire un seul pas en ta compagnie ! Et... et tu ferais mieux de ne plus t'approcher de moi si tu ne veux pas recevoir une bonne paire de claques !

— Je n'attends que ça, dis-je. A demain soir.

Je lui tournai le dos et je m'en allai. Elle me courut après pendant un instant, criant, suppliant, puis finalement pleurant. Mais je continuai à me diriger droit sur le camp, n'osant pas me retourner de peur de faiblir et de lui céder. Trois à quatre minutes plus tard, j'entendis claquer les portières de la camionnette ; elle s'était enfermée pour la nuit.

Ce bruit avait quelque chose de définitif et de sinistre. On aurait dit qu'elle me disait : «Tu ne pourras pas dire que je ne t'ai pas prévenu». Pendant un instant, ça me fit ralentir et m'obligea à me demander dans quel guêpier j'étais en train de me fourrer. Si je n'avais pas commencé à lui parler sur ce ton et si je n'avais pas été atteint d'un entêtement chronique, j'aurais peut-être fait ce qu'elle me demandait. Mais voilà, c'était comme ça, et au lieu de revenir sur mes pas, je continuai à avancer vers le camp.

Une lampe brûlait dans la tente des exploiteurs et sur la toile, j'apercevais une ombre qui se déplaçait. En dehors de ça, tout le monde semblait couché. Ou tout le monde sauf Manchot Warfield. Il était en train de traîner autour du coin de toilette. J'imagine qu'il essayait de trouver quelque chose qui clochait pour avoir le plaisir de gueuler.

Je me rappelai qu'il m'avait démoli auprès de la police, en faisant croire que j'avais une haine mortelle contre Bud Lassen, tout ça uniquement parce que je ne lui avais pas serré la main. C'était vraiment un chic type, Manchot — il m'avait fait risquer ma peau juste pour avoir le plaisir d'ouvrir sa grande gueule ! Apparemment, il n'avait pas oublié, lui non plus ; il devait sûrement croire que j'étais en pétard parce qu'au moment où je m'approchai de lui, je lui trouvai l'air bien nerveux pour un chef de camp.

Je lui fis un grand sourire et je lui donnai une tape dans le dos.

— Comment ça va, l'ami ? lui dis-je. Comment ça se passe, mon pote ?

— C... Comment... l'*ami* ? Mon... mon *pote* ?

— Allons, tu sais bien, Manchot. On ne peut pas me la faire. La police m'a répété toutes les choses gentilles que tu as dites sur moi. D'ailleurs, sans ça, je parie que je serais toujours en taule.

Je lui glissai un billet de cinq dollars dans la main ; je lui dis que j'allais me fâcher s'il ne le prenait pas. Après tout, il m'avait sauvé la vie et les amis, c'était fait pour s'entraider.

— Ben... ben... Nom de Dieu, Tommy ! fit-il avant de pousser un profond soupir, réussissant quand même à bomber le torse et à faire l'important. Seigneur, c'est rudement chic de ta part, mon garçon ! D'ailleurs, je dis toujours que rien ne vaut un véritable ami. En tout cas, si tu as besoin de quoi que ce soit, dis-le à Manchot Warfield !

— Ça, c'est un bon copain ! dis-je en lui donnant une autre tape dans le dos. A propos, l'ami, trois types sont arrivés de la ville il y a une heure et demie à deux heures. Trois types barbus. Je me demande si par hasard tu...

— Tu veux dire ceux qui ont témoigné en ta faveur ? m'interrompit-il. Tu parles de ces trois-là ?

— Témoi... quoi ? dis-je.

— Tu sais bien, les types qui t'ont blanchi. Les trois qui ont vu Bud Lassen se faire tuer.

Et les trois qui étaient avec Carol !

— Oui, dis-je. C'est bien eux. Tu sais dans quelle tente ils se trouvent ?

Il me répondit que bien sûr, il savait. Il y avait bougrement peu de choses dans le camp que Manchot Warfield ignorait !

— Longden est dans la tente numéro trois, Bigger dans la quatre et Goss dans la sept. Je suppose qu'ils doivent tous dormir à l'heure qu'il est mais...

— Burwell !

C'était Higby. Il avançait à grands pas vers moi, les mâchoires serrées, balançant un manche de pioche. Manchot Warfield jeta un bref coup d'œil vers lui, puis vers moi, et planta là son copain Tommy Burwell, détalant aussi vite que ses grands pieds plats le lui permettaient.

J'allumai une cigarette et je jetai négligemment l'allumette tandis que Higby s'approchait de moi.

— Ouais ? dis-je. Vous voulez quelque chose ?

— On t'a dit de ne pas revenir ici, Burwell. Alors, file !

— Mais j'ai été blanchi, dis-je. Vous le savez. Pourquoi est-ce que je ne pourrais pas avoir du boulot ?

— On n'a pas de boulot à donner à des zigotos comme toi ! Tu n'as fait que des histoires depuis ton arrivée au camp et nom de Dieu, tu ne vas pas continuer à en faire !

— Je n'ai pas l'intention de faire des histoires. Je n'en fais jamais quand je peux gagner de l'argent.

— Fiche-moi le camp ! dit-il en agitant son manche de pioche. Tire tes fesses d'ici ou tu vas te les faire embrocher !

Je lui dis nonchalamment que j'attendais la paye. Il secoua son manche de pioche comme une batte de baseball et je répétai doucement :

— J'attends la paye. La paye, M. Higby. J'ai entendu dire que ça allait être quelque chose d'assez spécial.

Je me contentais de faire une supposition. La seule

chose sur laquelle je pouvais me baser, c'était ce que Brelan m'avait dit : Higby n'aurait pas de travail s'il partait d'ici. Et ce gazoduc serait probablement le dernier grand pipe-line qu'on construirait.

Ma supposition risquait de me rapporter une bonne raclée. Mais apparemment, je ne m'étais pas trompé. Il baissa sa pioche et s'humecta les lèvres d'un air hésitant.

— Ne fais pas le malin, Tommy. Je ne sais pas ce que tu trafiques, mais ce que tu as de mieux à faire, c'est de laisser tomber et de ficher le camp.

— Je veux du boulot, dis-je. Qu'est-ce qui vous reste ?

— Tommy, pour l'amour du ciel, fiston...

— Ouais ? dis-je. Qu'est-ce que vous avez dit que vous pouviez me donner ?

Il allait dire quelque chose mais se ravisa en fermant la bouche avec un bruit sec.

— Ça t'ira, une planche à rétamer, blanc-bec ?

— Une planche... m'exclamai-je, la gorge nouée, essayant de parler d'un air nonchalant. Très bien. Y a rien que j'ai plus envie de faire que de manier une planche.

— Sans blague ? fit-il, les yeux sévèrement plissés. Et le goudron, tu aimes ça aussi ?

— Pourquoi pas ?

— Bon, grogna-t-il. Tu vas faire les deux.

C'étaient les deux plus sales boulots sur un chantier de pipe-line. Les plus sales boulots du monde. La planche vous tuait et le goudron vous faisait cuire.

Je me demandais si j'aurais pu lui soutirer quelque chose de mieux et je me dis que j'y serais probablement arrivé si je n'avais pas fait son jeu. Il avait utilisé mes grands airs contre moi et m'avait contraint à jouer au dur. Maintenant je ne pouvais pas faire machine arrière sans passer pour un blanc-bec, comme il m'appelait. Et ce n'était pas mon genre.

J'avais parié sans savoir ce que les cartes me réservaient et maintenant, je ne pouvais pas reprendre mes jetons.

20.

Mon coéquipier et moi, nous hissâmes la planche à rétamer derrière le talus de déblai. Nous la fîmes brutalement retomber dans la terre, forçant sa lame à l'horizontale. Puis, les bras tendus, pesant de toutes nos forces sur les poignées, nous fîmes signe au conducteur du tracteur qui se trouvait de l'autre côté de la tranchée.

Il se mit à reculer lentement pour bien tendre le lourd câble qui reliait la planche à son engin. Ensuite, il mit la gomme, le tracteur bondit en arrière et notre planche avança, déversant tout doucement notre chargement de terre dans la tranchée. Une fois la planche vide, le tracteur avança, nous permettant ainsi de la préparer à recevoir une autre fournée.

Elle faisait à peu près un mètre quatre-vingts de long, cette planche. Un mètre quatre-vingts de long et peut-être quatre-vingt-dix centimètres de large. Mettez un mancheron de charrue à chaque bout d'une table de cuisine, et vous aurez une assez bonne idée de ce à quoi elle ressemblait. Mais bien sûr, elle était bougrement plus lourde qu'aucun plateau de table. On n'était pas trop de deux hommes pour la soulever. Et encore, la soulever était le plus facile. Le vrai boulot, c'était de l'orienter vers la tranchée.

A certains endroits, la tranchée avait une profondeur équivalant à la hauteur d'un arbre. Un homme qui se tenait debout, au fond, arrivait tout juste à nettoyer le haut avec un rateau à long manche. Evidemment, quand on travaillait avec la planche, on ne poussait jamais un chargement précisément léger. On faisait toujours de grosses fournées, d'au moins trois à quatre cents kilos de roc et de terre. Et il fallait vous battre pour la pousser centimètre par centimètre.

La planche gigotait, se cabrait et essayait de passer par-dessus le remblai. Elle pouvait pousser du roc d'un côté et seulement de la terre meuble de l'autre. Résultat, une extrémité avançait plus vite que l'autre et elle entraînait celui qui s'y accrochait. Je faillis avoir l'épaule démise le premier jour. Une heure plus tard, le type qui était venu me relayer recevait un coup de poignée dans le corps et s'en tirait avec deux côtes cassées.

Après le premier jour, on ne se relayait plus. Il n'y avait pas assez d'hommes qui voulaient faire ça. Ils ne duraient pas longtemps. C'était mon troisième jour de planche et j'avais eu cinq coéquipiers différents. En regardant celui que j'avais maintenant, je me disais que je n'allais pas tarder à en avoir un nouveau.

Il était torse nu, les cheveux attachés sur la nuque avec un foulard, à la manière des pirates. Il avait le visage grêlé par les graviers qui lui avaient sauté à la figure et autour de la bouche, il avait du sang coagulé recouvert de poussière à cause des coups de planche qu'il avait reçus. Sa poitrine se soulevait de façon pitoyable tandis qu'il luttait vainement pour reprendre son souffle. Ce tremblement convulsif était à vous rendre malade. C'était un rude tremblement, pourtant trop faible pour rompre la croûte de boue qui, comme un moule, lui enserrait son torse nu.

— Va pioncer, mec, lui dis-je. Ça en vaut vraiment pas la peine.

Il tourna un regard absent vers moi ; il me fixait sans me voir.

— Hein ?

— Laisse tomber. Tire-toi d'ici vite fait.

— Hein ?

Je hurlai pour arriver à me faire comprendre. Le conducteur du tracteur crut que je lui faisais le signe convenu. Le câble se tendit et la planche commença à avancer. Il n'y avait rien d'autre à faire que d'attraper les poignées pour la mettre dans le bon sens.

Je ne le fis pas longtemps ; pas plus de deux secondes.

Après ça, j'arrêtai et je m'envolai.

Je fus projeté en l'air et j'allais tomber la tête la première dans la tranchée, mais je réussis à faire un rétablissement. Je ne pouvais toutefois pas échapper à la tranchée. Et c'était une bonne chose, à cause de cette planche. Elle m'aurait coupé en deux si je n'avais pas été envoyé dans le décor.

J'étais vraiment secoué quand mes pieds heurtèrent la canalisation. Mais j'avais eu plus de peur que de mal. Quelqu'un me tendit la main et je remontai de la tranchée, recrachant de la terre et m'essuyant les yeux pour retirer la poussière. Je me hissai jusqu'au sommet du remblai et je redescendis de l'autre côté.

Toute activité avait cessé. Un rassemblement s'était constitué autour du corps de mon ancien coéquipier, étendu à terre. Les hommes s'appuyaient sur leurs pelles et leurs pioches tandis que le chef d'équipe se penchait sur lui.

Le gars était mort, bien entendu. Il avait trop besoin de ce boulot pour abandonner et la planche l'avait tué. Le chef d'équipe se redressa et tourna la tête pour lâcher un bon jet de jus de chique. Il s'essuya la bouche du revers de la main qu'il passa ensuite sur sa jambe de pantalon.

— Foutue planche, dit-il avec l'accent traînant du sud-ouest. Elle a proprement arraché le cœur à un type qui s'appelle Otto Cooper, et je vous parie n'importe quoi que personne ne sait rien à son sujet.

Il avait raison.

Higby arriva en voiture et voulut savoir pourquoi on avait arrêté le travail. Il ignorait tout du mort, lui aussi. Cooper s'était fait embaucher tardivement, et comme il était complètement à sec, il avait tout de suite accepté de travailler à la planche. C'était tout ce qu'on savait de lui.

Higby prit le chef d'équipe à part pour lui dire quelques mots. Puis il s'éloigna le long du pipe-line et le chef d'équipe me fit un signe de tête.

— On est à court avec l'équipe du goudron, Tommy,

alors on va laisser la planche se reposer un peu. On a juste un petit détail à régler, et on s'arrêtera pour déjeuner.

— Je m'en doutais, dis-je. Allez, on s'y met, comme ça on n'en parlera plus.

Il attrapa la tête du mort et moi les pieds. Nous le descendîmes dans la tranchée et nous l'étendîmes sur le ventre, le visage contre le pipe-line. Nous remontâmes, nous nous accrochâmes à la planche et nous fîmes signe au conducteur du tracteur.

La planche avança, poussant son énorme chargement de terre dans la tranchée sur le corps d'Otto Cooper.

Le chef d'équipe cracha son jus de chique dans la direction du vent. Il plissa les yeux vers le soleil qui était au zénith, s'essuya la bouche et se frotta la main sur son pantalon.

— Saloperie, dit-il avec son accent traînant. Bordel de merde ! Eh ben, au moins, il aura la plus longue tombe du monde, pas vrai ?

— Et il aura de la compagnie avant qu'on arrive au golfe du Mexique, dis-je. Plein de compagnie.

— Ça, c'est bien vrai ! dit-il en hochant solennellement la tête. Ça, c'est la pure vérité ! Bon, eh ben, trève de foutre et de foutaises, voilà le camion de la bouffe.

21.

Le camion qui apportait le déjeuner se gara un peu plus loin, là où il y avait le plus grand nombre de travailleurs. Je pris mon temps pour y aller, tout d'abord parce que j'avais besoin de me détendre un peu les muscles des bras et du dos tout autant que j'avais besoin de manger, et aussi parce que je voulais éviter d'être bousculé dans l'affluence.

Le larbin me remplit mon plateau et me versa du café. Je cherchai un endroit pour m'installer confortablement et je finis par m'asseoir à l'écart, sur un bout de conduite. Ce n'était pas l'endroit idéal pour manger, comme je devais bientôt m'en apercevoir. La goudronneuse était un peu trop près et sa mince fumée pâle me piquait comme une nuée de fourmis.

Je continuai à manger, essayant de rester stoïque ; j'étais trop fatigué, trop éprouvé pour bouger. Mais à la fin, je n'y tins plus et je m'apprêtai à me lever.

— Bouge pas ! — Un pied s'était écrasé sur le mien — Bouge surtout pas, p'tit gars.

— Qu'est-ce que... dis-je en essayant de me mettre debout.

Je ne pouvais pas y arriver, bien sûr, avec mon pied cloué par terre, et je retombai brutalement sur la conduite.

— Voilà qui est mieux, p'tit gars. C'est pas un endroit terrible pour discuter, on dirait, mais ça prendra pas longtemps.

C'était l'un des barbus que j'avais vus la veille. Il s'accroupit devant moi, une lueur de malveillance amusée dans les yeux. Pendant ce temps, ses deux compagnons s'asseyaient sur la conduite avec moi, un de chaque côté, me serrant de près.

— Je suis Longden, dit le premier homme en pointant le pouce vers sa poitrine. Ces deux messieurs sont Bigger et Goss, et si tu nous l'avais demandé à nous au lieu d'aller trouver Manchot Warfield, on te l'aurait dit. On est toujours très polis quand il s'agit de répondre à des questions, pas vrai les gars ?

— Pour ça oui. Y a pas mieux que nous pour répondre à des questions.

— C'est parfait, dis-je en essayant de supprimer le tremblement que je sentais dans ma voix. Alors, je crois que vous ne verrez pas d'inconvénient à me dire pourquoi il a fallu vous forcer à reconnaître que vous aviez vu Lassen se faire tuer.

— Qu'est-ce qui te fait dire qu'on y a été forcés, p'tit gars ?

— Un de mes amis me l'a laissé entendre, dis-je, et je leur racontai que Brelan savait d'avance qu'on allait me relâcher. Il a découvert que vous étiez sortis du camp cette nuit-là et il vous a menacés de parler si vous ne le faisiez pas vous-mêmes.

Longden fit la moue, échangea un regard avec les deux autres — c'était un signal — et il me dit que je me trompais complètement.

— Bon, je vais te dire ce qui s'est passé, p'tit gars. Voilà exactement ce qui s'est passé : d'abord, Bud Lassen n'a pas été tué accidentellement. On l'a tué...

— Quoi ! m'exclamai-je en le dévisageant. Et vous... vous le reconnaissez !

— Pourquoi pas ? Parler, ça ne fait de tort à personne tant qu'il n'y a pas de preuves, dit-il en s'esclaffant doucement. Etant sains de corps et d'esprit, comme on dit, on a naturellement pensé qu'il était temps de tuer Bud. C'était un sale clodo qui pouvait nous attirer des histoires, et toi, tu commençais à nous gêner. Alors on a décidé de le tuer et de te faire porter le chapeau. Nous, on aime bien faire les choses comme ça, p'tit gars. Quand on tue quelqu'un, on s'arrange pour que ça ait l'air d'un accident ou que quelqu'un d'autre se fasse alpaguer.

— C'est comme ça qu'on a fait, approuva Goss. On a maquillé le meurtre de ce fouineur d'Osselet en accident, donc il fallait qu'on t'épingle pour celui de Bud.

— Exactement, dit Bigger. Il faut changer un peu de temps en temps, tu comprends, parce que, trop d'accidents, c'est pas mieux qu'un meurtre sans assassin.

Longden leur lança un regard rayonnant de père admiratif.

— Braves petits. Ce sont pas des braves petits, Tommy ? Bon, de toute façon, c'est Carol qui nous a forcé la main, pas Brelan. Il lui avait dit ce qui t'était arrivé et elle a fait le reste. Elle a juré qu'elle voulait rien entendre de nos petits plans jusqu'à ce qu'on t'ait sorti de taule.

Il parlait aussi négligemment que si on était en train de discuter du temps qu'il faisait. On était à quinze mètres de centaines de gens, et eux, ces trois... tueurs...

— Vous allez attaquer le fourgon de la paye, dis-je. Carol conduira la camionnette dans laquelle vous vous enfuirez.

— Et elle aura une bonne part du fric, p'tit gars. Bien assez pour vous permettre de démarrer votre ménage. C'est c'que tu veux, non ? dit-il en haussant les sourcils d'un air railleur. Mes gars et moi, on n'a vraiment rien contre ça, pas vrai, les enfants ?

Goss répondit qu'il n'y voyait rien à redire et Bigger déclara qu'il trouvait ça très bien. A son avis, tout compte fait, j'étais un type réglo et pour ce qui était de Carol, y avait pas mieux comme fille !

— Tu vois, p'tit gars ? dit Longden en écartant les bras d'un geste expressif. On est entièrement d'accord pour que vous viviez heureux toute votre vie et ainsi de suite. Mais pour l'instant, il faudra que tu la laisses tranquille. On a un plan à mettre en place et du travail à faire, alors on peut pas se permettre de t'avoir dans les jambes.

Il me donna une petite tape sur le genou pour appuyer ses paroles. J'essayai de me dégager mais les deux autres m'empêchèrent de bouger.

— Non mais... non mais merde alors ! bredouillai-je. Vous me prenez pour un tocard ou quoi ? Vous croyez que vous pouvez venir me dire ce qu'il faut faire et ce qu'il ne faut pas faire, et que je serai d'accord ? Je verrai Carol quand ça me plaira et...

— Oh que non, p'tit gars ! A moins que tu puisses voir une fois mort.

— Ça, ça m'étonnerait ! Qu'est-ce qu'elle dira, Carol, une fois que vous m'aurez tué ? Si vous vous en prenez à moi, elle vous dénoncera.

— Elle pourrait, Tommy. Elle pourrait le faire, à condition d'être au courant. Mais bien sûr, elle ne saura pas ce qui t'est arrivé. Personne ne le saura.

— Merde alors ! Vous croyez que si je disparais, personne ne va se poser de questions ? Voyons, ça rime à rien !

Longden dit que ça se tenait très bien, au contraire. L'air rayonnant, Bigger affirma que je ne mettrais pas longtemps à piger. Il suffisait de me montrer comment les choses se présentaient pour que je comprenne tout en un clin d'œil. Goss dit qu'un garçon aussi brillant que moi était sûrement obligé de se cacher sous son lit le matin pour que les gens aient une chance de voir le soleil se lever.

— Tu vois, voilà ce qui se passe, p'tit gars, reprit Longden. Carol t'a supplié de partir. Presque tous les gens qui s'intéressent à toi l'ont fait eux aussi. C'est pas vrai ? Carol et les autres ont fait tout ce qu'ils ont pu pour te décider à ficher le camp d'ici...

— Mais... bon, peut-être, mais...

— Alors si on ne te voit pas un beau matin, qu'est-ce qu'on va penser ? Ben, on se dira que Tommy Burwell a fini par entendre raison, qu'il a levé le camp et qu'il a disparu de la circulation.

Il hocha vigoureusement la tête et attendit un moment pour voir si j'avais quelque chose à ajouter. J'avais bien quelque chose à dire, mais surtout pas à lui. Il fit donc un signe de tête aux deux autres et ils se levèrent et s'en allèrent tous les trois.

Un coup de sifflet annonça la reprise du travail.

Je rapportai mon plateau au camion et je me dirigeai vers l'équipe du goudron.

22.

Aujourd'hui, et depuis longtemps déjà, c'est en usine qu'on appose un revêtement sur les conduites de pipelines. Mais à l'époque, cette couche protectrice était appliquée dans la tranchée. Comme pour les explosifs, la technique employée était la plus rapide, et surtout, la moins onéreuse. Dans un Etat au système économique différent, on n'aurait jamais toléré ça. Mais au Texas, qui dépendait essentiellement du bétail, du coton et du pétrole, n'importe quoi pouvait se passer.

Le coton réclamait une main-d'œuvre importante, qui acceptait d'être sous-payée pour effectuer un travail éreintant. On ne pouvait pas davantage cultiver le coton en restant en bonne santé qu'élever du bétail sans hommes prêts à rester indéfiniment en selle par tous les temps, à compromettre leur santé et à risquer leur vie pour un salaire dérisoire, des hommes qui vieillissaient avant l'âge. Il en était de même dans l'industrie du pétrole et dans tout ce qui s'y rapportait.

Dans les champs pétrolifères, aucun boulot n'était absolument sans danger. Ils allaient de relativement sûrs à franchement périlleux. Supprimer la part du risque serait revenu trop cher, avançait-on, et l'industrie du pétrole ne pouvait pas se permettre d'être entravée. D'ailleurs, l'Etat la protégeait au contraire férocement.

A un moment donné, les producteurs du Texas se plaignirent du fait que la Standard Oil Company leur faisait une concurrence déloyale. Une loi interdit donc à la Standard de s'implanter dans l'Etat pendant de nombreuses années. Elle avait le droit de travailler partout dans le monde, mais pas au Texas. Quiconque gênait l'industrie du Texas se préparait à être lui-même sérieusement embêté. Et ceci était également valable pour les gens qu'elle employait pour faire les sales boulots, les boulots dangereux, les boulots qui ruinaient la santé des ouvriers.

Ils n'étaient pas forcés de les prendre, pas vrai ? Personne ne les y obligeait. Ils savaient à quoi ils s'engageaient quand ils s'embauchaient et s'ils ne voulaient pas courir le risque, ils n'avaient qu'à ne pas le faire !

Des assurances ? Oui, bien sûr qu'il y avait des assurances. Mais c'était également là une grosse industrie que l'Etat s'attachait à soutenir. On ne pouvait pas attendre d'une compagnie d'assurances qu'elle vende (ni d'un employeur qu'il achète) des polices d'assurances pour des employés qui faisaient certains boulots. Pas à moins que ces polices ne comportent tellement de clauses restrictives qu'elles ne puissent plus servir à grand-chose. Sinon, ça aurait coûté trop cher ; ça aurait réduit les bénéfices. Les coûts devaient rester bas, les profits augmenter.

Ce qui nous ramène à mon expérience avec l'équipe du goudron.

Il y avait trois hommes dans cette équipe, plus un chef qui vérifiait la canalisation une fois qu'elle était goudronnée. Un homme avançait de chaque côté de la tranchée en tenant une extrémité d'une sorte de hamac qui enveloppait la conduite d'un tour complet et formait une espèce de protection lâche par-dessous. Le troisième homme, c'est-à-dire moi, y versait le goudron.

Je me servais d'un arrosoir qui ressemblait assez à celui qu'on utilise dans un jardin, sauf qu'au bout, il n'y avait pas de plaque percée. Tandis que je versais, les deux autres tiraient le hamac d'avant en arrière, comme s'ils maniaient une scie, pour enduire la canalisation d'une fine couche de goudron liquide.

Les types qui s'occupaient du hamac arrivaient assez bien à se tenir à distance des émanations. Moi, j'avais le nez dessus. Ils avançaient. Je devais reculer pour ne pas être dans leurs jambes.

Je portais des lunettes, bien sûr ; j'avais aussi mon chapeau rabattu sur les yeux, mon col remonté et un foulard en travers de la figure, comme un hors-la-loi de l'Ouest. C'était tout ce que je pouvais faire, mais ce n'était même pas à moitié suffisant. Pendant tout le temps où je restais au goudron — cet après-midi-là plus deux autres jours — j'avais le visage si brûlé que ma peau partait en lanières. Mon cou et mon front n'étaient d'ailleurs pas tellement en meilleur état, et je crois que j'aurais perdu la vue au bout de très peu de temps.

C'était dur, le Far-West du Texas, dans les années vingt. Vous risquiez de rester sur le carreau, et, si vous vous en sortiez, vous pouviez ne pas être très beau à voir ; mais alors, on sentait que vous étiez un homme à un kilomètre.

Après deux jours et demi, tous les tubes soudés du pipeline étaient goudronnés et Higby me dit sèchement que je pouvais retourner aux explosifs si Brelan voulait de moi. Tout nerveux, restant sur la défensive, j'essayai de convaincre Whitey. Il ne m'avait même pas adressé la parole depuis que j'étais revenu. Il ne prit d'ailleurs toujours pas la parole.

Il se contenta d'écouter, puis secoua la tête et tourna les talons sans répondre. Je l'agrippai et lui fis faire demi-tour.

— Non mais... n... non mais tu vas m'écouter, oui ! bégayai-je, la voix cassée par la fureur. Tu vas m'é... m'écouter, Brelan Whiteside ! J'ai vingt et un ans et je suis un homme. Tu n'arrêtes pas de me le sortir, que j'en suis un ! Je suis un homme, il faut que je fasse ma vie et tu me le répètes tout le temps. Mais au moment même où je commence à le faire, tu me rabroues. Tu...

— Je le fais pour ton bien !

— Comment tu sais que c'est pour mon bien ? Qu'est-ce que tu as fait de ta vie qui t'ait appris ce qui est bien pour moi ? Non mais, pour qui tu te prends ? Pour le bon Dieu ? Tu es le bon Dieu, M. Brelan Whitey ?

— Allons, écoute-moi, Tommy, dit-il.

Je lui demandai combien de temps je devrais l'écouter. Jusqu'à quand il me dirait ce qu'il fallait faire, tout en se foutant complètement que je le fasse ou non.

— Un jour, une heure, une minute ? Tu joues au père,

au grand frère, mais seulement quand l'envie te prend. Et qu'est-ce qui se passe si je commence à jouer mon rôle, moi ? C'est une autre histoire, hein ? A ce moment-là, tu te refroidis vite et je m'entends dire de rester à ma place. D'aller mon chemin sans t'embêter. Tu es mon père, et la minute d'après, tu ne me connais pas. Tu...

Littéralement au bord des larmes, je m'emportai contre lui. J'avais besoin d'un ami, d'un véritable ami, parce que je ne savais plus où j'en étais avec Carol ni dans quel guêpier je m'étais fourré. J'avais peur, je me faisais du souci, je ne savais pas quoi faire ni à qui m'adresser et lui, il... il...

Son expression s'adoucit. Il baissa les yeux d'un air gêné, coupable, et je crois qu'il dut faire plusieurs tentatives avant de réussir enfin à attirer mon attention.

— Tommy... Je suis désolé, Tommy. Demain, tu reviens travailler avec moi aux explosifs.

— Ça, tu peux être désolé ! dis-je. Tu... Et t'es pas obligé de me reprendre si tu veux pas ! Je suis un homme, j'ai ma fierté et...

— Et j'ai encore un quart de litre dans mon baluchon. Alors toi et moi, on va se le mettre à l'endroit où ça fait le plus de bien !

Nous nous y employâmes, tout en parlant beaucoup. Ou plutôt, il parla et je l'écoutai la plupart du temps.

— ... y a des gens qui ont peur de trop s'engager, Tommy. Ils ont peur de laisser quelqu'un prendre trop d'importance pour eux. Parce que quand ils s'attachent, ils s'attachent trop. Ils mettent tous leurs œufs dans le même panier, comme on dit, et quand quelque chose arrive à ce panier... — Il secoua la tête, les yeux dans le vague — Ça les tue presque, Tommy. Ça m'a presque tué quand j'ai perdu ma femme. Pendant longtemps, j'aurais préféré que ce soit le cas, mais au lieu de ça...

— Je regrette, dis-je. Je n'aurais pas dû te parler sur ce ton.

— Non, tu as bien fait, Tommy. Ça m'a fait comprendre quelque chose pour la première fois de ma vie, et j'en avais bien besoin. On ne peut pas vivre la vie de quelqu'un d'autre à sa place. Si on tient à lui, il faut respecter ce qu'il est et non pas vouloir le changer. A mon avis, tu as eu tort de revenir ici. J'en suis convaincu. Mais...

— Il le fallait, Brelan. Il fallait absolument que je revienne !

— Bon, tu l'as fait, dit-il en hochant la tête. Et qui suis-je, moi, pour faire comme si tu étais un moins que rien à cause de ça ? Quand on aime bien quelqu'un, on doit continuer à le faire quoi qu'il arrive. Si tu perds quelqu'un auquel tu étais très attaché, eh bien, au moins, tu l'as eu pendant quelque temps. Il faut continuer à jouer le jeu, on n'a aucune raison de tout plaquer. Tu as aimé quelqu'un, on t'a aimé totalement, avec les bons côtés, les mauvais côtés et ce qu'il y a entre les deux. C'est la seule façon d'aimer. Parce qu'on est des gens, pas des dieux, et qu'il ne faut pas exiger ce que l'autre n'est pas prêt à donner. Tu t'es enrichi parce que tu as aimé, même si ça n'a duré que peu de temps...

C'est à peu près comme ça que notre conversation prit fin. Nous comprenions tous les deux des choses que nous n'avions encore jamais comprises et nous étions meilleurs amis que jamais.

Je mourais d'envie de lui parler de Longden et de ses deux copains barbus, mais je ne voulais pas exagérer au moment où on était en si bons termes. De toute façon, nous aurions des tas d'occasions de bavarder maintenant que nous devions retravailler ensemble.

En fait, je n'eus pas à lui en parler. Parce que Longden ne plaisantait pas en me prévenant de rester loin de Carol si je ne voulais pas me faire tuer.

Mais voilà que j'anticipe. J'ai déjà anticipé de quelques jours en racontant comment nous nous étions réconciliés, Brelan et moi, alors retournons un peu en arrière.

Revenons à la fin de mon premier après-midi de goudron...

23.

Higby avait bien poussé son monde, le pipe-line avançait bien et le chantier était maintenant presque à une heure de camion du camp. Ce soir-là, sur le chemin du retour, le type qui était assis à côté de moi dans la plate-forme fit remarquer qu'on allait bientôt devoir lever le camp pour l'installer à une quarantaine ou une cinquantaine de kilomètres au sud, parce que le trajet prenait trop de temps. J'approuvai d'un signe de tête, essayant dans la mesure du possible de ménager mes lèvres fendues et boursouflées.

Ce jour-là, je supportai difficilement de me laver à l'eau et au savon, et chaque bouchée de nourriture brûlante m'arracha presque des gémissements. En définitive, ce n'était pas mauvais de faire travailler un peu les muscles sous la peau brûlée. En tout cas, ça valait mieux que de la laisser former un masque tout cloqué. Si on pouvait le supporter, c'était recommandé, et ce qui était bon aussi, c'était de se passer du beurre dessus, comme je le fis après dîner.

Le cuisinier m'observa avec compassion, maudissant les «foutus capitalistes». Il dit que l'enfer était encore trop froid pour eux et que quand viendrait la révolution, on leur réchaufferait les fesses au chalumeau, comme ça, ils sauraient quel effet ça fait d'être brûlé vif. Puis il jeta aux ordures un jambon de quinze kilos et il me donna une bouteille de plus de cent grammes de tord-boyaux aromatisé au gingembre pour me calmer pendant la nuit.

Le vieux maître-poux de ma tente tournicota un bon moment autour de moi ; il voulait m'aider et me faire comprendre qu'il était désolé pour moi. Finalement, je fis semblant de m'endormir et il alla se mettre au pieu lui aussi. Quand tout le monde en eut fait autant et que le camp fut plongé dans l'obscurité, je sortis de la tente par-derrière et je me dirigeai vers la ville.

De toute ma vie, je n'ai jamais eu moins envie de faire huit kilomètres. Mais il n'y avait pas de téléphone plus près et il fallait que j'appelle Darrow, le shérif. J'aurais bien parcouru huit mille kilomètres pour aider Carol et je ne voyais pas d'autre moyen d'essayer d'y arriver.

Je savais que jusqu'à maintenant, elle n'avait pas pu être mêlée à des histoires louches. Elle était tout simplement trop jeune. Elle ne participait au hold-up que parce qu'elle y était forcée, mais ce fait laisserait les flics indifférents. Si vous faites quelque chose de répréhensible, vous êtes un malfaiteur, et vous n'arriverez pas à vous disculper en allant raconter qu'on vous y a forcé. On devait donc empêcher le hold-up et Darrow était le seul à pouvoir le faire.

Il y avait une cabine téléphonique à côté du garage et c'est de là que je l'appelai. Comme il était tard, il n'était plus à son bureau, mais je réussis à le joindre chez lui. En fond sonore, j'entendais un bébé pleurer faiblement et une femme se plaindre des gens qui étaient toujours en retard pour passer à table. Le reste m'échappa parce qu'on avait fermé une porte. Après un petit rire amusé, le shérif me dit de commencer à parler.

Je me lançai dans mon histoire. Après une minute environ, il m'interrompit.

— Ces gars se fichent de vous, Burwell. Il se peut très bien qu'ils n'aient pas envie de vous voir tourner autour de leur petite sœur, ou plutôt, je devrais dire de leur sœur adoptive. Mais tout le reste, c'est de la foutaise.

— De la foutaise ? dis-je. Ils ont déjà tué deux personnes, ils ont menacé de me tuer et...

— Ils n'ont tué personne. Les deux décès se sont produits par accident.

— Vous parlez ! Vous... vous ne les connaissez pas, shérif ! Vous ne savez pas...

— Si, je sais, Burwell, déclara-t-il tranquillement. Je sais tout ce qu'il y a à savoir sur eux. Une grande partie de mon travail consiste à aller aux renseignements et pour ça, je ne me débrouille pas trop mal. D'ailleurs, en ce qui les concerne, je n'ai rien eu à faire. Ils sont venus se présenter aux autorités dès qu'ils sont arrivés dans ma circonscription.

— M... Mais... commençai-je avant de fixer le téléphone, sans un mot. Mais, merde alors...

— Ce sont les frères Long. Les fameux frères Long, vous comprenez ? Je reconnais qu'ils ont dû acheter leur libération ; ce ne serait pas la première fois qu'ils l'auraient fait. Mais ils prétendent qu'ils vont marcher droit à partir de maintenant, et ils ont vraiment l'air d'en avoir l'intention. Je crois qu'ils l'ont prouvé en venant me trouver dès leur arrivée dans la région et en témoignant en votre faveur plus tard.

— C'est ce que vous croyez, hein ? dis-je avec un rire peu assuré. Ce sont les pires tueurs et escrocs du Texas, et vous croyez... — Les mots s'étranglèrent dans ma gorge et je fus incapable de continuer pendant un petit moment — Vous ne comprenez donc pas, shérif ? Ils savaient bien que vous finiriez par apprendre qui ils étaient, alors ils ont habilement manœuvré pour vous devancer. Et ils ne m'ont pas sorti d'affaire avant d'y être forcés. Carol a découvert ce que...

Il soupira et me coupa à nouveau la parole.

— Vous me l'avez dit, Burwell. Vous me l'avez déjà dit. Ce n'est pas que je veuille défendre les Long, que ce soit Longie, c'est-à-dire Longden, Bigger ou Goss. Je n'ai pas besoin d'eux. Je n'aime pas tellement ce qu'ils font faire à une petite qui pourrait être une brave gosse, mais en ce moment, ils sont indésirables partout et puis je ne m'occupe pas d'enfants de chœur. Alors à moins que...

— Et la voiture ? dis-je. Shérif, si seulement vous aviez...

— Qu'est-ce qu'elle a, cette voiture ? C'est pas un endroit où on a intérêt à avoir une panne. Quand on est malin, on entretient bien sa bagnole.

— Mais c'est bien plus que ça ! Cette bagnole, c'est vraiment un truc pour se tirer vite fait ou je ne m'y connais pas !

— Ah, voilà qui est différent, bien sûr ! Parce que vous êtes expert en la matière, Burwell ?

Il attendit avec un rire railleur. Je lui sortis quelques petites choses qui n'avaient rien d'aimable. Il se calma et dit qu'il était désolé.

— Ça n'a pas été rose pour vous, Burwell. Quand quelqu'un se donne du mal pour essayer d'agir honnêtement, il ne mérite pas qu'on se moque de lui. J'avais peur qu'il y ait des histoires si vous retourniez là-bas. Les Long sont connus pour être des pince-sans-rire. Même s'ils ne s'étaient pas amusés à se foutre de votre gueule, vous auriez pu découvrir par hasard qui ils étaient et avoir la frousse à cause de la fille. Alors, je vais vous donner un conseil...

— Attendez ! dis-je. Attendez une seconde, shérif ! Je viens de repenser à quelque chose.

— Ah bon ? dit-il en étouffant un bâillement. Alors ?

— Higby. Il est de mèche avec eux. Vous savez, j'ai juste lâché une petite allusion au fait qu'il allait y avoir quelque chose de louche avec la paye et...

— Burwell ! s'exclama-t-il d'un ton sec. Est-ce que vous êtes allé raconter ça dans tout le camp ?

— Bien sûr que non, voyons, dis-je. Pourquoi est-ce que j'aurais fait une chose pareille ?

— Parce qu'à mon avis, on ne fait pas plus écervelé que vous ! Higby a un pipe-line à construire en respectant un certain délai. Chaque jour de retard coûte une fortune et s'il termine avant, il aura une gratification conséquente. Il doit faire son boulot, et il doit le faire sans anicroche. Et vous savez avec quel genre de bonshommes il doit le faire ?

— Ecoutez, dis-je. Je...

— Il doit le faire avec de la racaille, Burwell ! C'est exactement ce que sont la plupart des types. Des trimardeurs, des clodos, des pochards et des taulards — la racaille habituelle des champs de pétrole. Des hommes qui passent leur temps à trouver de bonnes raisons pour ne pas travailler. Alors qu'est-ce que vous croyez qu'il se passerait si un gosse amoureux à la grande gueule laissait entendre qu'il pourrait arriver quelque chose à leur paye ? Eh bien ? A mon avis, il ne resterait plus assez d'hommes pour construire une malheureuse grange.

— Mais je n'ai pas dit tout ça à Higby ! Je n'ai pas laissé entendre que...

— Il a dû avoir un choc, quel que soit ce que vous lui avez dit. Vous comprenez, il sait parfaitement qui sont les Long. Ils ont été embauchés sur ma suggestion.

— Il... il... sait ? dis-je. C'est vous qui avez suggéré ça ? Mais... mais enfin, c'est complètement dingue !

Darrow soupira et dit que si j'étais à moitié aussi malin que je le croyais, je verrais les choses différemment. Les Long n'avaient aucune qualification honnête et le pipeline était le plus gros demandeur de main-d'œuvre non qualifiée du comté. En veillant à ce qu'ils soient embauchés, on pouvait non seulement surveiller leurs faits et gestes, à tout moment, mais encore on les aidait à travailler pour gagner leur vie au lieu de voler.

— La compagnie du pipe-line et moi, on était plus tranquilles de les savoir là. Mais on n'a pas compté avec le fait que vous tomberiez amoureux de cette fille, ce qui était naturellement difficile à prévoir. Parce que si elle vous a fait des confidences, à vous qui n'êtes qu'une andouille romantique avec le cerveau au niveau de la ceinture...

J'avais le visage en feu, et ce n'était pas seulement dû au goudron. Je lui dis que, très bien, j'étais peut-être une andouille, mais qu'il pouvait au moins faire une chose sans tout chambouler.

— Allez seulement là-bas et emmenez Carol, shérif. Si vous le faites...

— Pas question. C'est pas mon boulot de faire débarrasser le plancher aux putains. D'ailleurs, même si ça l'était, je ne pourrais par intervenir tant qu'elle n'aurait pas commencé à faire des passes.

J'entendis qu'il allait raccrocher. Je hurlai que je

pariais qu'il était dans le coup lui aussi et que s'il ne voulait pas faire son boulot, j'appellerais quelqu'un qui s'en chargerait.

Il répondit d'un ton cassant que la seule chose que j'avais à faire, c'était de retourner au camp et de fermer ma gueule ; que si je n'étais pas d'accord, il ferait une entorse à ses règles et il me ficherait à la porte du comté.

— Une dernière chose, Burwell. Dites aux Long que la plaisanterie, ça me connaît aussi, et que je leur en donnerai un échantillon si j'entends encore parler d'assassinat ou de hold-up !

Il mit fin à la conversation en raccrochant brutalement.

Je vérifiai ce qu'il me restait comme petite monnaie et je trouvai de quoi appeler le county attorney de Matacora. Il s'attendait à mon coup de fil car Darrow venait de lui téléphoner.

— Burwell, hein ? grommela-t-il. Qu'est-ce que vous avez bu, mon garçon ? Répondez, nom d'un chien ! Quand on ne supporte pas l'alcool, il vaut mieux ne pas y toucher.

— Je ne suis pas soûl ! dis-je. Je n'ai rien bu du tout ! Tout ce que...

— Eh bien alors, buvez, que diable ! Essayez d'oublier les filles pendant un moment. C'est ça votre problème, Burwell. Vous pensez aux filles au lieu de picoler. C'est la pire des choses pour un homme.

— Je vous en prie, suppliai-je. Si vous vouliez bien m'écouter, monsieur...

— J'ai pas le temps, mon garçon. J'ai pas le temps. Et maintenant, calmez-vous et vous vous sentirez beaucoup mieux demain matin.

Il raccrocha.

Je raccrochai aussi. Je me sentais floué, frustré, désorienté, ne sachant pas si je devais rire ou hurler.

Je sortis de la cabine téléphonique et je restai dehors un moment, dans la nuit, laissant le vent me rafraîchir le visage.

Darrow avait eu réponse à tout : Higby, les Long,

Carol, tout. Ses réponses étaient logiques. Ce qu'il avait dit était bougrement plus sensé que ce que moi, j'avais dit. Mais en fait, ça ne faisait que paraître sensé, ça ne l'était pas.

Il semblait effectivement difficile de croire que Longden n'avait pas plaisanté, qu'il n'était pas en train de s'amuser aux dépens d'un jeunot. Pourquoi m'aurait-il prévenu qu'il allait faire un hold-up s'il avait vraiment l'intention de le faire ?

En réalité, bien sûr, il me l'avait dit parce qu'il y était obligé.

Ce que j'avais arraché à Carol m'avait mis la puce à l'oreille. La réaction de Higby quand j'avais fait allusion à la paye m'avait aidé à saisir le topo. Tout ce que j'aurais dû faire, c'était réfléchir un tout petit peu avant de me précipiter chez le shérif. Longden avait été forcé d'agir de cette manière. Et moi, j'avais foncé dans le piège tête baissée.

Darrow n'était pas bête. Si seulement je lui avais dit ce que je suspectais et pour quelles raisons, il y aurait eu de fortes chances pour qu'il voie les choses à ma manière. Les Long se seraient retrouvés en prison et Carol aurait été libre. Mais au lieu d'aller lui raconter ce que je suspectais, j'étais allé lui parler de ce que Longden m'avait dit, et quand Darrow avait ri et m'avait asticoté là-dessus...

Bien sûr qu'il avait ri ! Qui ne l'aurait fait ? J'aurais dû rire avec lui, reconnaître que ça avait l'air dingue tout en lui montrant combien c'était malin. Si j'avais fait ça, en me conduisant intelligemment et raisonnablement au lieu de me mettre en colère, de crier et de le traiter d'escroc... mais je ne l'avais pas fait.

Je m'étais conduit comme un imbécile et il m'avait donc traité en imbécile.

Je fis la grimace en me remémorant la conversation. Je me rendis compte que j'avais fichu mes chances en l'air avec les seules personnes qui auraient pu m'aider. Je ne pourrais plus jamais faire appel à elles, quoi qu'il arrive, quoi que fassent les Long. J'avais perdu Carol pour toujours et par ma faute. Je me sentais si malheureux et si furieux contre moi-même que je grommelai tout fort :

— Merde ! Merde de merde ! Comment est-ce qu'on peut être aussi bête ?

— Allons, ne t'en fais pas pour ça, mon p'tit.

Longden sortit tranquillement de l'ombre qui entourait la cabine.

— Allez, viens, je vais te déposer au camp, ajouta-t-il.

24.

La voiture — la camionnette aménagée de Carol — était garée derrière l'un des bâtiments déserts de la ville. Longden coupa à travers champs pour sortir de l'agglomération puis suivit la piste sillonnée d'ornières qui menait au camp. Il n'avait pas allumé les phares et le moteur ronronnait à peine tandis que le véhicule filait. Nous traversions la nuit comme des fantômes dans cette camionnette noire presque invisible, presque silencieuse.

— C'est une bonne petite bagnole, hein, p'tit gars ? dit Longden en gloussant avec fierté. Qu'est-ce que tu crois qu'elle nous a coûté ? Allez, devine.

— Je m'en fiche, dis-je. Où est Carol ?

— Elle va très bien, p'tit gars. Y a des types qui l'ont à l'œil pendant que je teste le parcours. Ne t'avise pas de t'inquiéter à son sujet, Tommy. Y a pas une minute où on sait pas ce qu'elle fait.

— Comment vous vous arrangez ? dis-je. Vous lui avez fait un œil au beurre noir ? Vous lui donnez des gifles ?

— Allons, allons ! Bien sûr que non. C'est pas vraiment nécessaire. Il est bien plus facile et bien plus gentil de s'arranger pour qu'elle soit fauchée et puis de la surveiller, tout simplement. Et c'est même pas la peine de la surveiller constamment : il suffit qu'elle sache qu'on risque de le faire.

— Ouais, évidemment, dis-je. Vous êtes vraiment des petits malins.

Dans mon esprit, ce n'était pas un compliment, même si je le pensais vraiment. Quand il s'agissait de monter des mauvais coups, les Long, et particulièrement Longie, étaient assez uniques en leur genre. L'organisation de la bande elle-même était spéciale.

Au début, avant d'avoir une bande, les Long s'étaient tellement rendus célèbres qu'il leur était impossible de cacher leur identité. Ils n'avaient donc plus vraiment essayé. Au lieu de ça, ils veillaient à ce qu'aucun membre de la bande ne se fasse reconnaître ni arrêter.

La plupart des autres chefs de bande restaient tranquillement à l'écart, ne prenant parfois pas du tout part à l'action, se contentant de monter les coups. Mais les Long étaient toujours sur le devant de la scène et ils mettaient soigneusement leurs hommes à l'arrière-plan. Personne n'a jamais su combien ils en avaient parce qu'on ne pouvait pas toujours savoir qui faisait partie de la bande.

Un de leurs hommes pouvait être sur les lieux d'un cambriolage, déguisé en ouvrier. Ou bien il pouvait jouer au «client» ou au passant. Les Long ne faisaient que des gros coups, de ceux qui rapportaient plus de cinquante mille dollars. C'était toujours une attaque de banque, de fourgon transportant les salaires d'une grosse usine, ou quelque chose de ce genre. Ils opéraient quand il y avait beaucoup de monde. Parmi les gens présents, n'importe qui pouvait appartenir à leur bande. Et vous pouviez être mort au premier mouvement suspect que vous faisiez.

Il y avait d'ailleurs un sacré bout de temps que personne n'avait levé le petit doigt pendant un hold-up. Il se pouvait très bien qu'ils aient abandonné leur technique d'hommes dissimulés dans la foule, mais personne ne voulait courir le risque de le vérifier. Vous n'avez pas besoin d'essayer de convaincre les gens très souvent quand vous le faites avec un revolver.

Les frères Long étaient allés plusieurs fois en prison. Ils pouvaient se le permettre : ils en sortaient aussi vite qu'ils y entraient. Mais le reste de la bande restait dehors, au grand complet. Ses membres étaient terriblement loyaux envers les frères, ils rassemblaient d'énormes sommes pour eux ; après tant d'années de collaboration, le mécanisme était bien huilé.

Et maintenant, les Long avaient fini par faire une bourde. Ça n'aiderait pas Carol, mais ils avaient fait une sacrée gaffe en voulant s'attaquer à la paye du chantier.

— Alors, p'tit gars ?

La voiture ralentit et s'arrêta. Longden pivota sur son siège et me fit un grand sourire.

— Alors ? Y a quelque chose qui t'embête ?

— C'est vous qui allez être embêtés, répondis-je. Vous et tous ceux de votre bande.

— De notre bande ? Qu'est-ce qui te fait dire qu'on a une bande, Tommy ?

— Je ne suis pas complètement stupide. Il y a six cents bonshommes au camp, six cents ! Et ils ne sont pas du genre à rester bien tranquillement assis à se rouler les pouces pendant que quelqu'un se tire avec leur paye. Il faudra au moins une douzaine d'hommes armés pour s'occuper d'eux et ça ne sera pas du gâteau !

— Eh ben mon vieux ! Ça alors ! dit-il d'une voix traînante. Tu as tout deviné, p'tit gars. Mais qu'est-ce que c'est que ces embêtements qu'on est censés avoir ? D'où c'est qu'ils doivent venir ?

Je lui dis que le problème, ce serait de filer. Il haussa les sourcils et prit l'air perplexe. Il dit qu'il pensait avoir tout prévu d'une manière impeccable, mais qu'il valait peut-être mieux revoir ça depuis le début.

— Bon, on a cette bagnole qui peut presque rouler sur ses pattes de derrière et faire des galipettes. Et c'est moi qui la conduirai quand il s'agira de filer. Tu vois comment je conduis, p'tit gars ; quand je fais un coup, je connais toujours tellement bien le coin que je peux conduire dans le noir sans phares. Je fais toujours ça, tu sais, Tommy. Même quand c'est pas nécessaire, parce qu'on ne sait jamais quand on risque de devoir le faire. Mais c'est surtout un test. C'est pour que je sois sûr de bien connaître le trajet que j'ai dans la tête, avec chaque tournant et chaque bosse. C'est le seul moyen. Si je peux conduire dans le noir...

— J'ai compris, dis-je. Continue.

— Eh ben, il y a Carol. On l'a laissée en dehors de tout ça pendant toute sa vie, on l'a envoyée à l'école et tout, on l'a bien traitée, juste pour la réserver pour une occasion spéciale comme celle-ci. Alors personne n'a même jeté les yeux sur elle. Personne ne sait qu'elle n'est pas ce qu'elle paraît, qu'elle n'est pas une prostituée qui se tape un chantier. Elle est là depuis le début et maintenant, tout le monde s'est habitué à la voir. Et personne ne se figure qu'elle trimbale des armes et des munitions, et...

— Continue, dis-je. Arrives-en à quelque chose que je ne sache pas. Vous faites le hold-up et ensuite ?

— Ben ensuite, on se tire. Comme on le fait toujours.

— Mais cette fois, il y a une grosse différence. Cette fois, vous serez tous à découvert. La police vous recherchera tous, et pas seulement toi et tes frères. Quand vous serez pris, il n'y aura plus personne dehors pour travailler pour vous et amasser de l'argent.

Il hocha solennellement la tête. Trop solennellement pour être sincère.

— Ouais, Tommy. Mais tu as dit qu'on aurait des problèmes pour filer.

— C'est bien là le problème. Le fait qu'il faille filer. Je veux dire, que tout le monde réussisse à se tirer. Il faudra que vous quittiez tous le comté si vous ne voulez pas vous faire prendre.

— Alors, où est le problème ? C'te bagnole peut emmener une douzaine d'hommes aussi facilement qu'un kilo de pommes et on est juste à la porte de Mexico.

Il hocha à nouveau la tête, les yeux pétillants. Il avait l'air parfaitement sérieux. Je répliquai qu'il savait fichtrement bien ce que je voulais dire, alors pourquoi faisait-il semblant de ne pas comprendre ?

— Allons, p'tit gars, fit-il de sa voix traînante. Ecoute, c'est pas bien, ce que tu fais là, Tommy. Te voilà presque un membre de la famille et tu t'es comme qui dirait chargé d'aller tout raconter au shérif et... Pourquoi est-ce que je voudrais me payer la tête d'un jeune gars aussi gentil et aussi droit que toi ?

— Laisse tomber. Va te faire voir, dis-je.

— Je vais te dire ce qu'on va faire, Tommy. Tu m'expliques c'que c'est qu'ces embêtements et je te laisse voir Carol. Tu pourras rester avec elle, disons, oh, trois ou quatre heures. D'accord ?

— Ecrase, dis-je. Tu n'oserais pas me laisser l'approcher. Si elle savait que j'étais toujours dans le coin et que j'avais décidé de rester, tu ne serais pas capable de me tuer comme tu m'en as menacé. Et à part ça, tu n'as rien pour nous tenir.

Il dit que ça lui faisait rudement mal au cœur de m'entendre parler comme ça. Mince, on avait vraiment l'impression que je ne lui faisais pas confiance.

— Allez, dis-le-moi, p'tit gars, dit-il d'une voix enjôleuse. De toute façon, qu'est-ce que t'as à perdre ? Je suppose que t'as quelque chose de très important à dire, et je suis prêt à payer le prix pour l'entendre !

— Eh bien...

J'hésitai et je l'observai. J'étais certain qu'il mentait mais j'espérais me tromper. J'avais tellement envie de voir Carol que j'étais prêt à croire n'importe quoi.

— J'te dis la pure vérité, Tommy, fit-il en levant la main, prêt à le jurer. Tu me dis juste où est le problème et je te laisse voir Carol.

Je lui dis, ouais, sûrement. Peut-être bien qu'il me laisserait partir pour aller la voir, mais je serais tué en cours de route. Il me fit négligemment remarquer qu'il ne se donnerait pas tout ce mal alors qu'il pouvait me tuer tout de suite s'il voulait.

— Non pas que je veuille, p'tit gars. Je le ferais s'il le fallait, mais je n'y tiens pas absolument. Le shérif sait que tu es dans le coin, de toute façon, et s'il venait te chercher... — Il écarta les bras pour renforcer ses dires — Allez, dis-le-moi, maintenant, mon garçon. Tu me fais une fleur et je t'en fais une.

Je lui dis où était le problème.

Il ne répondit pas et m'observa d'un air intéressé.

— Ah ouais, Tommy ?

— Qu'est-ce que ça veut dire, ça, ah ouais ? dis-je. C'est ça, le problème.

— Quel problème ?

— Mais je viens de te le dire, mince alors !

— Ah ouais ? Peut-être qu'il faudrait me mettre les points sur les i.

— Mais... Bon, d'accord, dis-je. C'est une grosse paye. Un sacré tas de fric. Mais ce n'est pas tant que ça si ça doit être votre dernier boulot. C'est loin d'être assez pour une douzaine d'hommes qui doivent passer le reste de leur vie à l'étranger.

— Ah ouais ?

— Bien entendu. Vous auriez besoin du double !

— Ah ouais ?

— Va te faire foutre ! dis-je. Je t'ai déjà dit tout ça vingt fois et tu restes bien tranquillement assis à répéter «ah ouais ?» Tu n'es pas sourd, si ? Alors ? Qu'est-ce qui te prend ?

— J'me sens un peu seul, c'est tout, Tommy. Je meurs d'envie d'avoir de la compagnie pour me divertir. Tu sais, c'est une rude vie que la mienne, mon garçon. Travailler jour et nuit, on peut dire, à faire et à refaire la même chose. Alors quand un type aussi marrant que toi se pointe... Qu'est-ce qu'y a, Tommy ? Tu m'en veux juste parce que j'arrive pas à voir où est le problème ?

Je grinçai des dents. Je lui dis, d'accord, je recommence encore une fois.

— Vous, les Long et vos hommes, vous devrez passer le reste de votre vie à Mexico. Vous ne pourrez pas opérer là-bas et vous ne pourrez pas revenir ici. Bon. Les ouvriers seront payés pour quinze jours de boulot, plus les heures supplémentaires. Certains touchent un beau paquet, certains une somme correcte, et les autres, la plupart d'entre eux, le minimum. Si on fait la moyenne, ça se monte à, voyons...

— Disons à un peu plus de cent dollars par tête, Tommy. Ce qui doit faire soixante-cinq mille à soixante-dix mille en tout. Et alors, où est le problème ?

— Le problème, dis-je lentement, comme si je parlais à un môme de quatre ans. Le problème, c'est que ça ne fait pas assez d'argent. Vous aurez au moins besoin du double ! Est-ce que tu vas finir par le comprendre ! Est-ce que ça va finir par traverser ton crâne épais ?

— Ben... dit-il en se grattant la tête. D'accord, je comprends c'truc-là, Tommy. Là, je vois, d'accord. Mais y a encore une petite chose que j'comprends pas.

— Laquelle ? demandai-je. Qu'est-ce que tu ne comprends pas ?

— Où est le problème...

...Il était encore écroulé de rire quand je claquai la portière et commençai à avancer vers le camp.

25.

Comme je le disais, ceci s'était passé après mon premier jour dans l'équipe du goudron. Et deux soirs plus tard, comme je le disais également, Brelan et moi eûmes notre conversation et nous nous rabibochâmes.

Nous étions allés dans la prairie pour discuter et j'y

étais resté un moment une fois qu'il était rentré tranquillement sous sa tente. Il faisait bon. Le vent m'arrivait après avoir traversé des centaines de kilomètres de prairie découverte, et j'avais l'impression qu'il était tout propre et qu'il sentait bon. Après avoir respiré des émanations de goudron toute la journée, je ne m'en lassais pas.

Le soleil se coucha et le soir tomba. Je me relevai et me dirigeai vers ma tente. Je me remis à penser à Carol, ou plutôt, je devrais dire, je continuai à penser à elle, parce qu'elle ne m'avait pas quitté l'esprit. Je m'assis au bord de mon lit de camp, les lueurs de la nuit descendant sur moi. J'aurais bien aimé être à des kilomètres de là, avec Carol à mes côtés.

Il y avait beaucoup de bruit dans la tente. C'était toujours le cas à cette heure-là, mais avec la paye qui allait arriver — le surlendemain — c'était encore pire. Tout le monde s'agitait, braillait, et, plein d'entrain, faisait des projets pour claquer son fric.

Un mec me jeta une poignée de pelures d'oranges. Je me levai d'un bond, prêt à lui flanquer une beigne. Puis je décidai de laisser tomber en le voyant rire et me faire un signe de la main. Il voulait savoir si j'allais me remettre à distribuer les cartes au blackjack. Je lui demandai ce qu'il en pensait et il se remit à rire en disant qu'il était tout prêt à me battre au jeu.

Je retirai mes chaussures et je m'allongeai sur mon lit, à plat ventre pour que tout le monde sache bien que je voulais être tranquille. Les types qui étaient à côté de moi comprirent et allèrent faire leur raffut à l'avant de la tente. Je me remis à penser à Carol.

Il n'y avait qu'une chose à faire, à mon avis. Etant donné que personne ne m'aiderait, que personne ne l'arracherait aux Long, c'était à moi de le faire.

Comment, je n'en savais rien. Je n'en avais pas la moindre idée. Si j'arrivais à la voir, à lui parler, je pourrais peut-être avoir la chance de l'embarquer saine et sauve. Nous pourrions disparaître dans la prairie, parce que si on voulait vraiment se perdre dans la prairie, rien n'était plus facile. D'ailleurs, on se perdait parfois facilement même sans l'avoir cherché et les gens avaient beau fouiller dans tous les coins, ils ne vous retrouvaient pas.

Nous pouvions nous échapper à pied, ou, avec un peu de chance, en camionnette. Nous irions là où les policiers connaissaient leur boulot, contrairement à Darrow, et nous serions heureux tous les deux. J'étais plus ou moins sûr que tout irait bien si seulement je réussissais à l'approcher. Mais comment est-ce que je pouvais me débrouiller pour y arriver ?

Comment est-ce que je pouvais la voir avec les Long qui la surveillaient tout le temps ?

A mon avis, je n'avais pas la moindre chance. Si j'essayais et que je tombais sur eux, l'affaire serait réglée. Je disparaîtrais et personne ne se douterait que je n'avais pas tout simplement décidé de filer.

On se demanderait peut-être ce qui s'était passé ; on poserait quelques questions. Mais personne ne pourrait rien prouver et ça ne m'empêcherait pas d'être mort. Alors...

Par-dessus le raffut de la tente, j'entendis le rugissement soudain d'un camion. Puis d'un autre, et d'un autre encore. De dehors me parvint une clameur de plus en plus forte, avec la voix péremptoire de Higby qui s'élevait au-dessus du tumulte.

Je roulai sur le côté et je m'assis. Higby souleva la toile de tente et jeta un œil à l'intérieur. Il avait le visage dur et son regard froid passait d'un homme à l'autre.

— Bon ! dit-il en commençant à désigner chaque homme pour lui faire sèchement signe de sortir. Allez, débarrassez-moi le plancher ! Remuez-vous, nom de Dieu ! Laissez vos sacs et attrapez vos hardes !

Ils se levèrent en hésitant, étonnés. Il y eut un grondement sourd ; les hommes râlaient, s'interrogeaient : qu'est-ce qu'il pouvait bien se passer ? Higby leur dit de sortir s'ils voulaient le savoir.

— Toi, là-bas, au fond ! dit-il en faisant un geste de la main. Qu'est-ce que t'attends, bordel ? Et toi, et toi, et toi ! Nom de Dieu, si vous m'obligez à vous répéter...

Son regard se posa sur moi, sur ma figure brûlée et boursouflée. Détournant les yeux, Higby pivota et quitta la tente.

Grommelant et jurant, les hommes sortirent en masse. Je mis mes chaussures et j'avançai aussi. Je restai un moment à observer ce qui se passait dans l'obscurité.

Les hommes grimpaient dans les plates-formes. Dès qu'un camion était chargé, il s'éloignait du camp, à grand bruit de moteur, et suivait le pipe-line. En tout, il y en avait quatre — quatre chargements de bonshommes.

Assis côte à côte, dans le dernier camion, se trouvaient les frères Long.

— Tu as réussi à te défiler, Tommy ? dit Manchot Warfield. Ben, t'as eu raison, mon pote, t'as bien eu raison. C'est déjà bien assez de se faire brûler la figure, il faudrait pas qu'en plus, on vous crève le cul.

Je lui demandai ce qui arrivait et il me le raconta sur son ton «je-sais-tout». Il les avait prévenus, dit-il, (de qui voulait-il parler, ça...) il les avait prévenus qu'on ne pouvait pas creuser une tranchée profonde par ici sans étayer. Parce que le premier imbécile venu savait que partout où on trouvait beaucoup de buissons et de chênes nains, on trouvait de l'eau sans avoir à creuser bien profond. Oui, nom de Dieu, le sable était plein d'eau, ce qui voulait dire que l'eau allait s'infiltrer dans votre tranchée. Et si elle n'était pas étayée...

— Elle s'est effondrée sur presque deux kilomètres, Tommy. Ces pauvres diables vont devoir creuser jusqu'à au moins minuit, à mon avis !

Je me dis qu'il exagérait sans doute, mais qu'en tout cas, ils ne reviendraient pas de sitôt. Les Long seraient absents un bon moment et moi, une petite heure, ça me suffisait.

La nuit était parfaite pour ce que j'avais à faire. Assez sombre pour qu'on ne me voie pas, mais avec quand même assez de lumière pour me permettre de trouver mon chemin. Je traversai la prairie à grands pas et le vent soufflait dans mon dos comme s'il voulait m'aider à avancer.

J'aurais pu me passer de ce vent. Il faisait trop de boucan en ratissant l'herbe et les broussailles, me mettant les nerfs à vif et m'obligeant constamment à regarder autour de moi. Il étouffait peut-être les bruits que j'avais besoin d'entendre.

Parce que, bien entendu, les Long n'étaient pas mon unique souci.

Les Long seraient retenus plusieurs heures, de même, peut-être, que les membres de leur bande. Higby pouvait leur avoir demandé de partir avec le reste des hommes et dans ce cas, ils n'avaient pas eu le choix : ou bien ils y allaient, ou bien ils se tiraient.

Il y avait de fortes chances pour qu'on les ait embarqués avec les autres — s'ils étaient dans le camp. C'étaient naturellement des hommes robustes, bien bâtis, et ils avaient dû être embauchés comme ouvriers non qualifiés. Donc, s'ils étaient dans le coin, Higby les avait sûrement embarqués.

Mais s'ils étaient hors du camp... S'ils étaient par là... Eh bien, dans ce cas, j'étais dans un beau pétrin.

Et c'était le cas !

Combien ils étaient, ça, je l'ignore. Mais le premier surgit brusquement devant moi alors que je n'étais même pas à quatre cents mètres du camp. Je me retournai et il y en avait un autre derrière moi. Il avançait et allait presque me sauter dessus. Je m'élançai vers la droite, puis vers la gauche, et d'autres types arrivèrent pour me barrer la route.

Ils m'encerclèrent, bras tendus, resserrant autour de moi l'étau de la mort. Il n'y avait aucun moyen de leur échapper. Mon seul espoir, un espoir bien mince, était de tenter une percée.

Ils avançaient sans bruit, sûrs d'eux. Très sûrs d'eux. Une bande de tueurs professionnels contre un gamin qui a grandi trop vite. Un serpent à sonnettes n'aurait pas pu être plus assuré d'attraper un lapin paralysé de peur, qu'ils l'étaient de m'avoir. J'entendais presque leur rire muet.

Je pliai légèrement les genoux. Je contractai les muscles de mes jambes, enfonçai mes pieds dans la terre et brusquement, je plongeai en avant.

Ma tête alla heurter le ventre de celui qui était devant moi. Il tomba et mon élan me propulsa en avant dans un furieux saut périlleux. J'atterris et me mis à courir. Le type qui était par terre gémissait et se tordait de douleur, gênant les autres et les faisant trébucher et se percuter les uns les autres. Tout à l'heure, ils étaient regroupés et ça leur donnait un sacré avantage. Maintenant, ils n'étaient plus en cercle, mais isolés. Et la route du camp m'était ouverte.

Je me mis à courir. Mince alors, qu'est-ce que je pouvais courir ! Une minute plus tôt, j'étais pour ainsi dire mort, mais maintenant, j'étais libre et je courais. Je savais qu'ils ne pourraient jamais me rattraper.

Ils le savaient aussi et ils n'essayèrent même pas.

Je ne sais pas qui lança le projectile — une pierre, je suppose. Mais il aurait pu entrer dans l'équipe des Dodgers. Il visait une cible filant dans l'obscurité, éloignée de presque trente mètres. Mais il m'eut les doigts dans le nez.

Toute ma tête sembla exploser. J'étais dans les pommes avant de heurter le sol.

Pendant l'heure qui suivit — j'ignore combien de temps ça a duré exactement — je revins plusieurs fois brièvement à moi. C'était une semi-conscience, brumeuse, où tout était confus et s'emmêlait, où rien ne semblait plus avoir d'importance.

La première fois que je revins à moi, ce fut en tombant au fond d'un creux quelconque. Je ne voyais personne ; je n'avais peut-être même pas ouvert les yeux. Mais j'entendais des voix murmurer autour de moi, des voix confuses, brouillées, comme tout ce que je percevais dans ma semi-conscience.

Longie l'a prévenu. La fille. Faut commencer par les arrêter. J'pensais pas qu'ils s'enticheraient l'un de l'autre.

Bon, enterrez cet enfant d'putain.

Quelque chose m'éclaboussa la figure. De la terre. Et encore de la terre. Je commençai à me débattre pour essayer de respirer et de remonter à la surface, mais mollement, vous savez, avec le genre d'indifférence qu'on éprouve dans un rêve. J'entendais un rire lointain et confus. J'avais l'impression que c'était moi qui riais. Puis, brusquement, je perdis connaissance.

Je revins à moi, à moitié, en tout cas, alors que j'étais étendu sur la prairie. Je n'avais plus sur la figure cette terre qui m'étouffait. Le murmure de voix confuses avait pris un autre ton — celui de la dispute. Et une autre voix s'y était ajoutée.

... régler avec Longie... Ecoutez-moi bien. Allez, maintenant, regardez. Allez-y. Regardez bien. Ce calibre 30 est la dernière chose que vous verrez dans votre vie si vous ne foutez pas le camp...

Je retombai dans les pommes.

Je repris pleinement conscience d'un seul coup. Je me relevai brusquement et regardai autour de moi, les yeux hagards.

J'étais seul, à un peu plus de cent mètres de l'arrière de ma tente. Pas loin de l'endroit où Brelan et moi, nous avions bavardé et bu du whisky à peine quelques heures plus tôt. J'aurais presque pu croire que je m'étais endormi et que j'avais fait un cauchemar. Je jure devant Dieu que j'aurais aimé le croire, mais le sort ne m'avait pas réservé ces cartes-là.

D'abord, il y avait ce martèlement dans ma tête ; je ne l'avais pas récolté en rêvant. Ensuite, il y avait cette voix que j'avais entendue — la voix de l'homme qui avait discuté avec les autres et m'avait sans aucun doute sauvé la vie.

«...régler avec Longie».

Il avait dit ça et bien d'autres choses que j'avais oubliées mais qui indiquaient clairement qu'il connaissait les gens avec lesquels il se disputait. Il ne s'adressait pas à eux sur le ton de la conversation banale qu'employaient la plupart des gens du camp, mais sur un ton très familier. Il les connaissait presque aussi bien qu'on se connaissait, lui et moi.

Parce que, bien sûr, on se connaissait bien. J'avais partagé un quart de whisky avec lui ce soir-là et j'avais projeté de lui raconter dans quel pétrin je me trouvais avec la bande des Long. Et il faisait partie de cette bande.

26.

Est-ce qu'il faisait vraiment partie de la bande ?

Etait-il possible qu'il les connaisse tout simplement comme il connaissait des tas de gens, sans être mêlé à leurs histoires ? Quand je l'avais rencontré, il roulait sa bosse depuis longtemps dans des endroits bizarres. C'était un joueur professionnel et quand on joue, on ne s'occupe pas des bonshommes, mais de leur argent. Il ne se mêlait pas des affaires des autres et savait se taire ; il avait donc connu beaucoup de gens qui ne tiennent généralement pas à être connus. Et parmi eux, il y avait peut-être les Long.

C'était peut-être ça. Mais je n'en savais rien et je ne savais pas non plus comment découvrir la vérité.

Je veux dire, comment pouvez-vous demander quelque chose de ce genre à votre meilleur ami ? Je me disais que le mieux, ce serait d'attendre que la question se pose d'elle-même, qu'on arrive à parler de ça par des moyens détournés. Mais je ne savais pas par où commencer. J'étais toujours en train d'y réfléchir le lendemain matin quand nous nous retrouvâmes tous les deux sur le chantier avec nos explosifs. Je suppose que je devais avoir le visage rudement torturé, comme si j'étais en colère, parce qu'il s'adressa à moi sur un ton d'excuse.

— J'ai bien peur d'avoir agi sans beaucoup réfléchir, Tommy. Je t'ai obligé à te creuser la tête sur des trucs que j'aurais dû t'expliquer.

— Ben, dis-je en haussant les épaules. Je... euh... je me disais que tu y viendrais.

— Je savais que tu allais être blanchi du meurtre de Lassen parce que cette fille, Carol, me l'avait dit. Elle n'a pas dit comment, mais elle en était si certaine que je t'ai mis au parfum.

— Je vois, dis-je. Une prostituée de chantier te dit que je vais sortir de taule et... Bon, passons. Je suppose que le plus important, c'est que je sois sorti, et pas la raison pour laquelle on m'a fait sortir.

Il me regarda puis examina la dynamite qu'il amorçait.

— Elle t'a peut-être raconté comment elle y a réussi. A moins que tu ne l'aies pas revue depuis ?

Je lui répondis que j'avais pu me faire une petite idée de la façon dont elle y était arrivée la fois où je l'avais vue.

— Je ne l'ai revue qu'une seule fois, mais je suppose que tu es au courant. Tu sais que je n'ai jamais eu une autre occasion de la voir.

— Je m'en doute, dit-il en hochant négligemment la tête. On n'a pas envie de faire des visites après avoir travaillé avec la planche ou le goudron.

Je lui dis que maintenant, je ne travaillais plus avec la planche ou avec le goudron, alors en principe, il n'y avait rien qui m'empêchait de la voir, pas vrai ? Il me répondit sans me regarder, bourrant lentement la charge de dynamite.

— Comme tu dis, Tommy, je ne vois vraiment aucune raison qui t'en empêcherait. Allez, faisons sauter ça.

Nous allumâmes les mèches et partîmes à toutes jambes nous mettre à l'abri. Puis nous revînmes vers la tranchée et j'essayai de reprendre la conversation. Mais il secoua fermement la tête.

— La dynamite, c'est une fille rudement jalouse, Tommy. Il faut lui consacrer toute ton attention ou tu risques de te retrouver avec la moitié du cul en moins.

— Mais il faut qu'on parle ! dis-je. Tu sais bien qu'on a à parler.

— Ah bon ? dit-il en haussant un sourcil. Et de quoi donc ?

— Ben... je... euh... je veux dire, j'ai envie de discuter. Tu sais, je crois qu'il le faut.

— Moi aussi, acquiesça-t-il. Mais j'ai l'impression que je pourrai résister à la tentation jusqu'à midi. Bien sûr, si tu ne penses pas pouvoir tenir...

Je lui dis que je pensais pouvoir y arriver. Il répondit qu'il était bien content de le savoir et nous continuâmes à travailler. Je ne pouvais pas le forcer, vous comprenez. Je n'avais aucun argument réel et je crois que j'avais probablement peur de ce que je risquais d'apprendre. Je n'insistai donc pas et la matinée se passa. Ce fut bientôt l'heure du déjeuner.

Nous fîmes remplir nos plateaux là où étaient rassemblées la plupart des équipes, puis nous avançâmes le long de la tranchée pour être seuls. Nous commençâmes à manger et pendant ce temps, je cherchais mes mots, j'essayais de trouver une bonne entrée en matière. Je me creusais toujours la tête quand il m'en proposa une de lui-même.

— Tu as écrit en prison, Tommy ? Tu sais... poursuivit-il avant que je puisse lui répondre. Je crois que tu devrais essayer d'écrire un roman un jour. Peut-être un policier. Prenons ce pipe-line, par exemple. Tu trouves pas que ça ferait un sacré décor pour le hold-up du fourgon de la paye ?

— Sûrement, dis-je. Mais ça ne fait pas nécessairement une histoire. Je veux dire, c'est trop simple. Il suffit que tu te pointes au camp avec une douzaine d'hommes armés — des types que tu as amenés là bien avant, et tu cueilles l'oseille.

— Une douzaine d'hommes contre six cents ? demanda-t-il en secouant la tête. Tu n'y arriverais pas avec six douzaines. Les gens arriveraient de partout pour te tomber dessus, et tu pourrais pas te protéger contre eux. On te ferait sauter la cervelle avant que t'aies eu le temps de crier «feu à la mine».

— Mais... dis-je, hésitant. Je ne vois pas les choses comme ça, Brelan. Tu serais armé, et pas eux. L'argent est assuré. Qui prendrait le risque de se faire tuer pour du fric qui finira bien par tomber ?

— Qui finira bien par tomber ? Tu veux dire dans un ou deux mois ? dit Brelan en faisant la grimace. Va dire à un ouvrier qu'il finira bien un jour par toucher sa paye et tu verras ce qui t'arrivera.

— Mais, merde alors, je sais parfaitement que... dis-je avant de m'interrompre et de ravaler le reste de ma phrase. Bon. Tu n'attends pas que l'argent arrive au camp. Tu le prends avant.

— Comment ça ? Attends un peu... dit-il en levant la main. Il faut que tu racontes une histoire vraisemblable, ne l'oublie pas, alors tu n'as pas le droit de déformer les faits. Tu ne peux pas faire arriver le fric dans un fourgon blindé ou le faire transporter par un convoi de trois voitures de shérifs adjoints.

— Bien sûr que non, dis-je. Ça serait vraiment pas discret. La bande pourrait se poster sur le chemin, par exemple à un peu plus d'un kilomètre, et quand le fourgon, blindé ou non, arriverait, elle l'attaquerait. Je ne prétends pas que ce serait facile mais...

— Mais ce serait faisable, acquiesça Brelan. Mais n'utilise pas de fourgons blindés ou de convoi de flics dans ton histoire. Dans un coin aussi reculé que celui-ci, l'argent devrait arriver secrètement dans un camion ou une camionnette de la compagnie. Ça ne garantit pas contre les hold-up, mais c'est encore la meilleure façon d'essayer de les éviter.

— Ouais, bien sûr, je sais. Les camions et les camionnettes n'arrêtent pas d'aller et venir tout le temps. Quand on ne s'en sert pas ici, ils retournent en ville ou à Matacora. La route n'a pas le temps de refroidir avec tous ces transports de matériel. Donc, l'argent est camouflé dans un camion qui arrive...

— Dans lequel est-ce qu'il est camouflé ? Il y a peut-être vingt-cinq ou trente véhicules possibles. Comment sait-tu dans lequel se trouve l'argent ?

— Facile, dis-je. Le grand chef travaille avec les gangsters. Il leur refile le tuyau.

Brelan se mit à rire.

— Tu veux dire, quelqu'un comme Higby ? Il leur refile le tuyau et il attend qu'on vienne l'arrêter ?

— Eh ben... eh ben, alors, c'est le chauffeur qui les renseigne !

— C'est pareil. Il serait en taule avant la fin de la journée si les gangsters ne le tuaient pas avant. A mon avis, c'est ce qui lui pendrait au nez s'il était assez stupide pour espérer qu'on lui allonge autre chose qu'un coup sur le caillou.

— Mais, euh... Bon, qu'est-ce que tu dis de ça : le bureau de la compagnie est à Matacora. La banque est ici. Donc le camion ou la camionnette devrait aller jusqu'à Matacora pour prendre la paye. Ce qui veut dire qu'il devrait partir rudement tôt du camp pour être de retour le jour même...

— Je dirais même qu'il devrait probablement partir la veille dans la nuit, pas toi ? Pour être absolument tranquille, je veux dire. On ne peut pas trimbaler tant d'argent sur la route une fois la nuit venue et il faut qu'il arrive ici suffisamment tôt pour payer les hommes.

— D'accord, approuvai-je. Il part la veille dans la nuit, ce qui signifie qu'il sera le premier rentré au camp...

— Oh non, ça ne signifie pas ça du tout ! Et tous les véhicules de la compagnie qui circulent entre le camp et la ville, qu'est-ce que tu en fais ? Ils pourraient rentrer beaucoup plus tôt que celui qui s'est tapé tout le trajet depuis Matacora.

— Alors, qu'est-ce que tu dis de ça : la bande relève le numéro du camion ou de la camionnette qui quitte le camp...

— Ah Tommy ! dit Brelan en soupirant. Tommy, mon ami, tu ne crois pas que les assureurs, les banquiers et les gros bonnets du pipe-line que ta bande veut entuber doivent avoir prévu ça ? Tu ne crois pas qu'ils ont pris des mesures toutes simples pour empêcher qu'on ne reconnaisse le véhicule grâce à sa plaque d'immatriculation ou à autre chose ?

Oui, évidemment. J'hésitai un instant, puis je lui fis part de ma dernière idée : la bande aurait quelqu'un posté à Matacora. Quand l'argent serait rassemblé, il téléphonerait ici, en ville et...

— Une question, m'interrompit Brelan. Où est-ce que ton bonhomme serait exactement posté à Matacora ? A la banque ou au bureau de la compagnie ? Et si le chauffeur du véhicule ne se montrait ni à l'un à l'autre ? Il n'aurait pas besoin de le faire, tu sais. L'argent pourrait lui être remis à un endroit convenu. Disons, dans une chambre d'hôtel.

Un coup de sifflet annonça la reprise du travail. Brelan avala une dernière gorgée de café et jeta le reste par terre. Il se leva et je l'imitai.

— Ecoute, dis-je d'une voix rauque. Arrêtons de jouer à ce petit jeu. Tu m'as prouvé que la paye ne pouvait pas être volée ; tu n'as pas arrêté de me le faire comprendre. Mais il se trouve que je sais...

— On est sur le temps de la compagnie, Tommy. Soyons un peu productifs, dit-il en désignant de la tête l'extrémité du chantier.

— Mais il faut que je sache ce qui se passe ! Pourquoi est-ce que tu m'en dis juste assez pour m'embrouiller encore davantage ?

Il soupira, hésita.

— Peut-être parce que je ne peux pas t'en dire plus. Je savais que tu étais inquiet et j'ai essayé de te rassurer comme j'ai pu. Mais... c'est tout ce que je peux dire. Et maintenant, remettons-nous au travail.

— Il va y avoir un hold-up, oui ou non ? Qu'est-ce qui va se passer quand la paye arrivera demain ?

— Tu ne seras pas là, Tommy. Pas si tu retournes au boulot comme je te l'ai dit.

Il attendit en me fixant calmement.

Nous reprîmes le travail.

Le soir, il nous fallut faire des heures supplémentaires et le larbin de la cuisine nous apporta notre bouffe en retard. En plus, la tambouille était plutôt mauvaise, d'après les critères des pipe-lines, et le larbin n'avait pas du tout l'air de s'excuser.

— Et encore, estimez-vous heureux d'avoir quelque chose. Vous en aurez bougrement moins demain pour le petit déjeuner et le déjeuner.

— Qui a dit ça ?

— Le chef, voilà qui a dit ça. On déplace le camp de soixante kilomètres. Comment voulez-vous qu'on prépare à bouffer quand on fait un saut de soixante bornes ?

Mon regard passa du type à Brelan. Ce dernier n'avait pas l'air surpris du tout.

— C'est pas idiot, murmura-t-il en faisant remarquer que le camp était maintenant à plus de trente kilomètres derrière nous. On pourra travailler de part et d'autre du nouveau camp et on devra se déplacer moins souvent.

— Si c'est aussi malin, pourquoi est-ce qu'on n'a pas fait ça depuis le début ? demandai-je.

— Peut-être parce que l'expérience s'acquiert petit à petit. Pour la plupart d'entre nous, du moins, dit-il avant d'allumer une cigarette et de me tendre son paquet. Bien sûr, on rencontre parfois un brillant jeune homme qui connaît d'avance toutes les réponses.

Le larbin rangea son matériel et s'éloigna. Je déclarai que je ne prétendais pas connaître toutes les réponses, mais qu'en tout cas, il y en avait quelques-unes que j'avais bien envie de connaître.

— Et je n'ai pas besoin qu'on se fiche de moi, dis-je. J'ai besoin d'aide. Tu sais très bien pourquoi et je n'ai personne d'autre que toi vers qui me tourner.

— Je t'aide. Je t'ai aidé.

— Je sais, dis-je. Je... euh... eh bien, j'étais conscient pendant une partie de la nuit dernière. Brelan, je...

— Oh, dit-il doucement. Je comprends pourquoi ça te

renverse. Bon, je pensais qu'il valait mieux pour toi que tu ignores certaines choses. Mais...

Il ne faisait pas partie de la bande, me dit-il. Il ne connaissait pas ses membres, bien qu'eux, apparemment, aient su qui il était. Quant aux hommes qui avaient essayé de me tuer la nuit précédente, eh bien, il faisait sombre, et il n'était pas du tout sûr de pouvoir les reconnaître.

— Mais je connais Longie et par lui, indirectement, ses frères. Je connais Longden Long depuis presque dix ans. On a fait de la prison ensemble. C'est moi qui l'ai fait venir ici avec sa bande.

Il éteignit sa cigarette entre le pouce et l'index et l'écrasa d'un coup de talon. Autour de nous, le silence, ce silence irréel de la prairie au crépuscule, se fit plus profond. Je déglutis péniblement et ce bruit me résonna presque aux oreilles.

— Toi ? dis-je finalement. Tu es l'ami de ce tueur ?

— Je n'ai pas dit ça. J'ai seulement dit que je le connaissais depuis longtemps. Je pensais à ce coup et je lui en ai touché deux mots. Ça lui disait, alors il a débarqué ici avec sa bande.

— Et Higby ? Je suppose que tu as dû le décider lui aussi.

— Tommy... dit-il en hésitant d'un air embêté. Oublie Higby. Je ne veux pas faire porter le chapeau à quelqu'un d'autre. C'est moi qui ai amené Longie et sa bande ici, mais je ne l'aurais pas fait si j'avais su qu'il y avait une fille dans le coup. En fait, je ne savais pas qu'il allait m'embringuer dans l'affaire jusqu'à ce que je l'aperçoive dans le camp. Je n'avais pas eu de ses nouvelles et j'étais pour ainsi dire soulagé de ne pas en avoir eu, Tommy. J'étais presque content et puis il s'est pointé. Et...

— Mais pourquoi ? Pourquoi est-ce que tu t'es fourré dans un tel guêpier, pour commencer ? Pourquoi est-ce que tu as voulu faire ça ? Tu n'as pas besoin d'argent. Tu aurais pu te faire une petite fortune avant d'arriver au Golfe du Mexique. Pourquoi...

— Comment sais-tu ce dont j'ai besoin, Tommy ? dit-il

en secouant la tête. Mais bon, passons. Je t'ai dit tout ce que je pouvais et probablement plus que je ne devais. Et maintenant, il est temps d'aller danser un peu avec mademoiselle Dynamite.

Il releva les bords de son chapeau, devant et derrière. Il fit mine de se lever. Je lui dis qu'à mon avis, il ne travaillait pas avec les Long, je ne le croyais pas, même si eux le croyaient.

— Je te connais trop bien, Brelan. Tu travailles pour la police, hein ? Toi, le shérif et tout le monde, vous essayez de coincer les Long. Mais oui, voyons, ça doit être ça ! dis-je en riant. Tous les membres de la bande vont être à découvert pour la première fois et...

— Je travaille pour moi, Tommy. Uniquement pour moi.

— Et comment ! dis-je en souriant et en lui faisant un clin d'œil. Tu es obligé de dire ça. Même à moi, tu n'oserais pas avouer la vérité.

— Surtout à toi, Tommy... si c'était bien la vérité.

— Quoi ? Qu'est-ce que c'est censé vouloir dire ?

— Allons, ne te fous pas en rogne, dit-il d'une voix traînante. Tu as beaucoup de choses qui jouent en ta faveur, l'ami. Tu es intelligent, tu as du cran et quand tu distribues les cartes au blackjack, ça fait mal, même si ce sont des vieux routiers qui jouent. Mais je ne te laisserais jamais jouer au poker ou aux échecs pour moi, deux jeux auxquels, soit dit en passant, Longie Long est sacrément bon.

Je baissai le nez, rougissant. Je marmonnai que je regrettais qu'il me trouve si stupide. En soupirant, il répondit qu'il n'avait jamais dit ça.

— Mais tu serais capable d'aller fourrer ton nez là-dedans. Avec les meilleures intentions du monde, bien entendu, et les pires des résultats. Tu te croirais certainement obligé de prévenir ta copine. Heureusement, ou malheureusement, je t'ai dit la vérité dès le début. Si je suis là-dedans, c'est pour mon propre compte, c'est pour ce que ça va me rapporter sur le plan personnel. Juste à moi... à personne d'autre.

— Attends une minute ! dis-je en me levant comme lui. Et ma copine ? Et Carol ?

— Eh bien quoi, Carol ? Elle ira très bien tant qu'elle fera ce qu'on lui dit de faire.

— Mais...

— Ça suffit, Tommy, dit-il en se retournant et en enfilant ses gants. Il est temps de se remettre au travail.

— S'il te plaît, dis-je. Réponds juste à une question. Juste une, et je ne te demanderai plus rien.

— D'accord, mais dépêche-toi.

— C'est au sujet de demain, qui est le jour de la paye. Est-ce que je distribuerai les cartes pour toi au blackjack ?

Il hésita puis me fit un sourire en coin.

— C'est une question ingénieuse, Tommy. Mais la réponse est simple. Tu distribueras les cartes pour moi au blackjack si on joue au blackjack.

27.

Au petit déjeuner, il y eut des beignets, du café et des céréales qu'accompagnait une boîte de lait condensé. A dix heures du matin, les tentes de la cuisine et de la cantine, les fours et divers ustensiles, étaient chargés sur des camions qui partirent vers le nouvel emplacement du camp, le cuisinier et son équipe installés à califourchon sur le matériel.

Brelan et moi, nous fîmes sauter les latrines et les fosses à ordures. Puis nous rejoignîmes les autres pour démonter et charger. Tout le monde s'y était mis — mécaniciens, soudeurs, tous les autres — chacun des six cents bonshommes. Déplacer un camp de cette taille était un sacré boulot et on avait besoin de tous les bras disponibles. Et puis, tous les différents boulots étaient interdépendants et quand on retirait une équipe à un endroit, une autre devait bientôt s'arrêter.

Pour le déjeuner, nous eûmes des fruits, des petits gâteaux et du café froid. Higby nous assigna une camionnette. Nous emballâmes et chargeâmes notre matériel.

A l'arrière, il y avait vingt caisses de dynamite, chacune enroulée dans des couvertures et le tout reposant sur des matelas. Je fis le voyage à côté d'elles en les maintenant de mon poids. Brelan conduisait, la réserve de capsules calée dans des oreillers, sur le siège du passager. Et inutile de vous dire qu'on n'emmenait personne.

Ce fut un sacré trajet, ces soixante kilomètres. Je ne voudrais pas avoir à le refaire. Mais l'avantage, c'était que ça m'empêchait de penser à Carol, aux Long et à tous mes problèmes. J'avais l'esprit mobilisé par mon chargement et par ces petites capsules noires posées sur le siège avant, et je n'avais aucune difficulté à me concentrer là-dessus.

Une fois dépassée l'extrémité du chantier, il n'y avait plus de route ; même pas d'ornières creusées par des camions, qui faisaient généralement office de route. Il y avait bien des traces de pneus à travers la prairie, laissées par les véhicules qui nous avaient précédés, mais comme les chauffeurs essayaient de tâter le terrain, elles étaient tellement en zig-zag qu'à la limite, elles nous gênaient plus qu'autre chose.

Bien entendu, il fallait rouler très lentement. Les gros camions et les camionnettes chargés d'hommes et de matériel ne cessaient de nous dépasser. Ils faisaient un large détour pour nous laisser beaucoup de place, puis ils se dirigeaient à nouveau droit sur le sud, cahotant et bringuebalant, jusqu'à ce qu'ils s'évanouissent dans le désert accidenté brûlé de soleil.

Parce que c'était bien un désert. En kilomètres, nous n'étions pas très loin de notre ancien camp. Mais une fois qu'on l'avait quitté, on avait l'impression que le monde s'arrêtait. On se sentait alors complètement paumé.

De temps à autre, un camion ou une camionnette nous croisait, venant du nouveau camp, semblant filer dans la prairie pour aller chercher un dernier petit chargement. Un camion en provenance de la ville nous dépassa, transportant une cargaison de glace maintenue par des barres et des chaînes. La glace fondait vite et laissait une trace sur la route du nouveau camp. J'aurais pu me demander pourquoi une compagnie aussi pingre avait décidé de choyer les hommes à un moment où il y avait tant à faire. Mais la seule chose que je me demandais ce jour-là, c'était comment rester en vie.

En roulant si lentement, nous n'atteignîmes pas le nouveau camp avant quatre heures de l'après-midi et il était près de cinq heures quant tout fut déchargé et stocké. Nous rejoignîmes alors les autres types pour achever ce qui restait à faire. Heureusement qu'il n'y avait plus trop de boulot, parce que c'est nous qui étions achevés, avec la chaleur écrasante qui venait s'ajouter à ce travail éreintant et aux rations alimentaires réduites qu'on nous avait distribuées.

Les hommes arrivaient à peine à se traîner et à mettre un pied devant l'autre. Ils s'attardaient à l'ombre à la moindre occasion, et s'écroulaient parfois à plat ventre par terre.

Ça ressemblait plus à une veillée mortuaire qu'à un jour de paye. Je repérai les Long dans la foule et je m'aperçus qu'ils n'étaient pas plus en forme que les autres. A un moment donné, Longden (Longie) Long passa devant moi et essaya de grimacer un sourire mais c'était sans conviction. Une ou deux fois, je jetai un long regard sur le terrain accidenté qui entourait le camp, scrutant attentivement le paysage pour voir si je n'apercevais pas Carol ou sa camionnette. Il n'y avait rien. Rien dans le camp, ni à l'extérieur, n'indiquait qu'un hold-up était sur le point d'être commis.

En fait, au train où allaient les choses, ça paraissait même ridicule de penser qu'il pourrait y avoir un hold-up.

Il était presque six heures quand Higby grimpa sur la longue table réservée à la toilette et cria que c'était tout pour aujourd'hui. Il y eut quelques cris, plutôt faibles et las, mais suffisamment pour lui faire savoir qu'ils ne demandaient pas mieux. Quelqu'un s'écria ; «Et la bouffe ?» Pas l'argent, mais la bouffe. Higby agita un manche de pioche pour faire signe à tout le monde d'approcher. Pendant ce temps, Depew grimpa sur la table à côté de lui et quelques pointeurs firent passer un gros carton.

Je me disais que ça devait être la caisse, avec la paye de quinze jours dedans. C'était ça — et c'était pas ça. Mais personne ne semblait tellement s'y intéresser.

Depew murmura quelque chose à l'oreille de Higby. Ce dernier fronça les sourcils, puis haussa les épaules et acquiesça, tapant la pioche contre la table pour réclamer le silence.

— Allons, un peu de calme ! dit-il en jetant un regard sévère sur la foule. M. Depew a quelque chose à vous dire !

Depew s'avança en essayant d'avoir l'air aussi impressionnant que Higby. Ça lui valut quelques rires moqueurs, ce qu'il n'apprécia pas du tout. Et quand il ouvrit la bouche pour dire «Ecoutez, les gars...», sa voix couina.

L'hilarité se déchaîna. Il attendit d'un air maussade que le tumulte s'apaise puis il reprit :

— Les gars, vous savez tous que je suis votre ami...

C'en était trop. Même Higby eut du mal à garder son sérieux. On aurait pu entendre les rires et les railleries à dix kilomètres, et à chaque fois que Depew essayait de reprendre la parole, l'allégresse redoublait. Finalement, il renonça et pivota pour s'en aller. Mais il était si furieux qu'il y voyait à peine ; il dégringola de la table et s'étala. Et le vacarme qui s'ensuivit n'eut rien de comparable avec ce qu'on avait entendu jusqu'alors.

C'étaient des hurlements et des huées qui vous arrivaient par vagues successives. Un chahut qui vous pénétrait jusqu'aux os. Des types titubaient, les larmes aux yeux, pliés en deux, haletants, et bientôt si faibles qu'ils devaient s'asseoir. Les gens riaient encore quand Higby prit la parole.

La compagnie du pipe-line était une grosse affaire. Elle avait d'autres chantiers en cours et pour certains d'entre eux, on réglait les salaires par chèque. Alors, il y avait eu une petite confusion. La compagnie avait envoyé des chèques au lieu d'argent liquide...

— Et maintenant, écoutez-moi bien ! cria-t-il, élevant la voix pour couvrir les rumeurs de colère. J'ai quelques questions à vous poser ! Combien y en a-t-il parmi vous qui veulent des cigarettes et des cigares à l'œil ? Parce qu'il y a tout ce que vous voulez là-bas, dit-il en agitant sa pioche vers la tente de la cantine. Et c'est pas tout ! Combien parmi vous veulent se remplir la panse avec de la salade de pommes de terre glacée — vous avez bien entendu, glacée — et du poulet frit, et des petits pains beurrés ? Ça va être une sacrée bombance, la plus grande de votre vie ! Alors ? Dites-le-moi !

Ils le lui dirent avec des hourras et des hurlements de satisfaction. Pourtant, on entendit aussi des rumeurs de mécontentement. Ils étaient affamés, et le mot glace était pour eux magique. Mais ils voulaient aussi de l'argent. Pas des chèques — pour l'amour du ciel, où pouvait-on encaisser un chèque ? Mais de l'*argent*.

Ils étaient donc tiraillés. Ils pouvaient pencher d'un côté comme de l'autre.

— Combien parmi vous veulent des heures de libre ? hurla à nouveau Higby. Combien parmi vous veulent roupiller jusqu'à neuf heures demain matin aux frais de la compagnie ? Combien parmi vous veulent toute la gnôle qu'ils pourront avaler ?

La rumeur menaçante ne s'était pas complètement évanouie. Mais elle diminuait rapidement, presque perdue au milieu des exclamations de joie et des hurlements pour réclamer de la gnôle.

— Ah, voilà qui est mieux ! dit Higby en souriant à

la ronde. Nom de Dieu, maintenant, j'arrive à croire que vous travaillez sur un pipe-line ! Bon, alors allons-y ! Tous ceux qui en ont envie peuvent venir prendre leur chèque et se tirer. Tout de suite ! Parce que nous, nous allons palper du liquide et à la prochaine paye, on touchera nos quatre semaines de boulot ! Nous, on va faire la fête, et d'ailleurs, on va s'y mettre tout de suite !

Il sauta par terre et se dirigea vers la cantine.

Pendant une seconde, la foule continua à balancer, partagée entre sa déception et son envie de s'amuser. Puis, avec un joyeux rugissement, elle le suivit.

Même les soudeurs et les mécaniciens, qui eux, auraient pu encaisser un chèque, se joignirent aux autres.

Higby avait réussi l'impossible : ce que j'aurais cru impossible. En outre, innocemment ou non, il s'était arrangé pour que la prochaine paye suffise largement à couvrir les besoins des Long.

28.

La gnôle était un punch fait avec du tord-boyaux et du jus de fruit (pas beaucoup de jus de fruit). Ça vous assommait un bonhomme vite fait et au bout d'une heure, le camp était déchaîné.

Des bagarres éclataient partout. S'il n'y avait eu un détachement d'exploiteurs et de chefs d'équipe armés de manches de pioche, beaucoup d'hommes auraient été tués. Les chefs avaient bu eux aussi — suffisamment pour manier leurs manches avec une belle énergie. Quand un type recevait un coup de ce genre de matraque sur la tête, ça lui faisait généralement passer l'envie de se battre. Généralement. Pas toujours.

Il y avait par exemple quelques types qui avaient volé des couteaux de cuisine ; ils se baladaient en clamant qu'ils étaient des barbiers et ils essayaient de faire la barbe ou de couper les cheveux à tout le monde. Ils se firent presque arracher les oreilles à coups de manches de pioche et ça eut l'air d'avoir sur eux un effet tonique. Plus ils se faisaient matraquer, et plus ils devenaient enragés. Finalement, il fallut leur tirer un peu dessus.

Juste un peu, vous comprenez. Il fallait pouvoir les rafistoler sur place et les expédier au travail le lendemain. L'un d'eux se fit bousiller le petit orteil et l'autre trouer la paume de la main. Après ça, ils retrouvèrent leurs bonnes manières.

Une bande de types complètement soûls se trimbalait avec une couverture dans laquelle ils faisaient sauter des gens en l'air. Ils en faisaient un jeu loufoque, leur idée étant qu'ils devaient tous boire un coup pendant que celui qu'on faisait sauter était en l'air. Autant que je pouvais en juger, ils n'y réussirent jamais, mais ils faisaient semblant d'y être arrivés. A chaque fois qu'un type retombait par terre, ce qui se produisait invariablement, ils se serraient la main et se félicitaient les uns les autres, puis ils se mettaient en quête d'une nouvelle victime.

Ils se dirigeaient vers moi, et je les attendais avec un beau piquet de tente, quand la brigade aux manches de pioche surgit et les tabassa jusqu'à ce qu'il n'en reste pas un de conscient.

Certains des hommes avaient construit des pipe-lines qui traversaient l'ancienne Nation Osage, établie dans l'Oklahoma, et là, ils avaient appris à jouer au ballon indien. Même à l'époque, ce jeu était interdit depuis des années, mais ces types avaient dû en voir un quelque part et ils étaient en train de s'y essayer. Les Indiens de la Nation disaient qu'on n'avait pas besoin d'être fou, assassin et soûl pour y jouer, mais que si vous l'étiez, ça vous donnait un rude avantage.

Ce jeu n'avait pas de règles au sens habituel du terme. Un ballon était lancé en l'air et deux équipes essayaient de l'attraper. Le nombre de joueurs était indifférent ; et on avait le droit de tout faire : donner des coups de pied, enfoncer les yeux, mordre, cogner. Le match se poursuivait jusqu'à ce qu'une équipe soit trop mal en point pour continuer.

Ce soir-là, c'était un oreiller qui servait de ballon, et la longue table où on se débarbouillait était le terrain. Ça rajoutait encore un risque puisque les hommes pouvaient être envoyés par terre et mis hors de combat. Tant de bonshommes se mirent à jouer — plus d'une centaine, apparemment — que la table s'effondra sous leur poids et que tout le monde se retrouva par terre dans une mêlée acharnée et vociférante.

Bien entendu, le match ne s'arrêta pas pour autant. En fait, ce fut même pire. On improvisa des matraques avec des planches arrachées à la table cassée et les joueurs s'avancèrent les uns vers les autres en les agitant. Il y avait trop de gens pour que la patrouille aux manches de pioche puisse les assommer tous et bien sûr, il n'était pas possible de tirer dans le tas, même en essayant de ne pas faire trop de dégâts. Le match continua donc. Les chefs devaient se dire, je suppose, que personne ne se ferait trop grièvement blesser, compte tenu de l'état d'ébriété de la foule.

Je m'étais éloigné autant que possible de la mêlée et je remarquai que Manchot Warfield s'était tout doucement approché de moi. A mon avis, j'avais fait une grossière erreur en l'appelant mon pote et en le traitant avec amabilité parce que depuis, il ne m'avait pas lâché, ne cessant de prendre des grands airs et d'ouvrir sa grande gueule.

— Alors, Tommy, dit-il en branlant du chef et en essayant de se donner l'air très important. Ça, ils pourront pas dire que j'les ai pas prévenus. Donnez d'la gnôle à un tas de sales zonards, et...

— Je ne vois pas ce que tu leur reproches, dis-je froidement. N'oublie pas que tu en es un toi aussi.

— Moi ? dit-il en riant comme s'il s'agissait d'une

bonne plaisanterie. Ah ça non, par exemple, j'fais pas partie du nombre, Tommy. J'ai bourlingué de Ranger à Smackover et à Seminole, alors que cette espèce de racaille... Où est-ce que tu vas, Tommy ?

— Me mettre au pieu, dis-je.

— Tu veux que je vienne te tenir compagnie un p'tit moment ? J'crois que j'peux t'consacrer quelques minutes. J'veux dire, y a pas grand-chose à faire maintenant, de toute façons, et... Tommy ?

Je continuai à avancer sans lui répondre.

Ma tente était vide, comme je m'en étais douté. Personne n'aurait pu dormir avec tout ce barouf et d'ailleurs, il n'aurait pas été très malin de se mettre à pioncer pendant que tant de types pétés cherchaient à faire quelque mauvais coup. Je m'assis sur le bord de mon lit de camp et j'allumai une cigarette. Je la terminai et fumai la moitié d'une autre, sirotant une gorgée de tord-boyaux de temps à autre, laissant largement le temps à Manchot Warfield de disparaître de la circulation.

Je commencai à avoir un fichu mal de tête ; à cause du bruit, je suppose, et de la bile que je me faisais à propos de choses auxquelles je ne pouvais rien. C'était de pire en pire et la gnôle me donnait mal à l'estomac. Je finis par me lever et me diriger vers l'ouverture de derrière pour sortir respirer un peu d'air. Bigger et Goss Long se glissèrent par cette ouverture, et leur frère apparut à l'entrée principale.

Ils me coincèrent un peu comme ils l'avaient fait sur le pipe-line, Bigger et Goss s'asseyant de chaque côté de moi, et Longie s'installant lui aussi sur mon lit, devant moi. Mais il y avait une grande différence : l'autre fois, nous étions dehors, en plein jour, là où tout le monde aurait pu nous voir et où un appel à l'aide aurait pu être entendu.

— Allons, p'tit gars ! dit Longie qui, se rendant apparemment compte de ce que je ressentais, me fit un sourire rassurant. On est simplement venus te faire une petite visite amicale. Comment tu vas ?

— Je suis toujours en vie, et c'est pas de votre faute, dis-je. Alors vous feriez peut-être mieux de vous tirer avant que je ne commence à réfléchir sérieusement et à me mettre en rogne.

Compte tenu des circonstances, ce n'était pas bien malin de dire ça, et ils se mirent à rire tous les trois. A leur place, c'est probablement ce que j'aurais fait.

— C'est une vraie terreur, hein, les gars ? dit Longie en gloussant, et Goss et Bigger approuvèrent. Mais on est venus en amis, Tommy. Uniquement en amis. On était partis en reconnaissance, parce que tu sais, on a des tas de choses à vérifier maintenant qu'on a déplacé le camp, et on s'est dit qu'on allait passer faire une petite causette avec toi. On se disait que tu devais te sentir bien seul, tu comprends, et...

— Bon, finissons-en ! Qu'est-ce que vous vouliez me dire ? Me montrer à quel point vous étiez malins parce que vous saviez dès le départ qu'il allait y avoir une double paye ?

— Non. On veut te parler des problèmes, Tommy.

— Des problèmes ? fis-je.

— Oui, des problèmes, acquiesça Longie. T'es un jeune gars rudement futé, Tommy. Oh, je sais, je t'ai un peu charrié l'autre jour, mais moi, j'aime bien plaisanter. En fait, j'ai beaucoup d'admiration pour toi, et d'ailleurs, les gars peuvent te le dire.

— Ça, c'est sûr, déclara solennellement Bigger.

— C'est la pure vérité, affirma Goss. Longie, il pense que t'as vraiment quelque chose dans la tête, p'tit gars, et Longie s'trompe jamais quand il juge les gens.

— Exactement ! dit Longie. L'autre soir, t'as dit des choses pas bêtes du tout, Tommy. Tu nous as bien expliqué ce qui pouvait ne pas marcher dans le petit truc qu'on prépare. Bien sûr, il se trouve que ça va marcher et qu'il y aura pas les problèmes que tu pensais qu'y aurait. Mais quand même... Comment tu vois les choses maintenant, p'tit gars ?

Il ne plaisantait pas ; ses frères non plus. Ils étaient

convaincus que je savais quelque chose qu'ils ignoraient eux-mêmes. J'hésitai, essayant de penser à un moyen d'utiliser mon avantage. Longie reprit la parole :

— Alors, Tommy, hein ? Tu nous le dis, et on te laisse voir Carol.

— Sûrement. Comme vous l'avez fait l'autre soir, c'est ça ?

— Je parle sérieusement, Tommy. On l'a emmenée avec nous et elle est même pas à cent mètres d'ici en ce moment.

— Peut-être, dis-je en sentant le sang me marteler soudain les tempes. Et peut-être que si je vais la voir, on n'entendra plus parler de moi.

— Alors, n'y va pas, dit Longie en haussant les épaules. On va te l'amener. T'as qu'à nous refiler le bon tuyau, et elle sera ici en moins d'une minute !

Ce fut mon tour de rire. Je lui dis que, bien sûr, je ne mettais pas sa parole en doute — loin de moi cette idée — mais que je commençais à avoir le tournis avec tout l'air qu'ils remuaient.

— Amenez-la maintenant, dis-je. Juste pour une ou deux minutes. Après vous avoir parlé, je veux la voir plus longtemps mais il faudra bien que je la voie une ou deux minutes *avant* de parler, ça c'est sûr.

Ils froncèrent les sourcils et s'interrogèrent du regard. Bigger déclara que le p'tit parlerait sans la voir du tout mais Longie le réduisit au silence d'un geste péremptoire.

— Bon, d'accord, Tommy. Marché conclu. Et si tu remplis pas ton contrat...

Il fit un signe de tête et Goss se leva, avançant vers l'entrée de la tente. Bigger sortit par l'arrière et ne revint pas. Ou du moins, il ne réapparut pas dans la tente. Quand la toile se souleva, elle livra passage à Carol.

Il était impossible de parler avec Longie à côté, et de toute façon, on n'aurait rien pu se dire en si peu de temps. Elle était à peine tombée dans mes bras, j'avais juste eu le temps de lui faire un petit baiser et de la serrer contre moi que Longie l'attrapait et la faisait sortir par derrière.

Puis lui, Goss et moi, nous nous rassîmes et je commençai à parler.

— Bon, pour commencer, vous avez déjà fait une belle bourde en venant ici, dis-je. Vous ne connaissez pas les pipe-lines. Vous ne pouviez pas savoir ce qui vous attendait avant d'arriver...

Partant de là, je développai, puis je me répétai. J'essayais de gagner du temps en leur décrivant toutes les histoires que ce hold-up pouvait leur attirer. Ce n'était pas pour eux que je me faisais du souci, bien entendu. Vous vous doutez, je suppose, que je me fichais parfaitement de ce qui pouvait leur arriver. Mais si j'arrivais à les convaincre de renoncer au hold-up, ils n'auraient pas besoin de Carol, et elle et moi...

— Ecoute, Tommy, dit Longie en pianotant nerveusement. On le sait, tout ça. On sait bien qu'on ne pourra pas prendre l'argent une fois qu'il sera arrivé au camp et qu'il faudra donc le piquer en cours de route. Qu'est-ce que...

— Vous ne pourrez pas le piquer en cours de route, dis-je en leur démontrant pourquoi. Ça paraît facile comme ça, mais quand vous...

— Merde alors ! lâcha Longie. Arrête d'essayer de gagner du temps ! On a conclu un marché, nom de Dieu, et tu ne vas pas te dégonfler comme ça !

— Qui parle de se dégonfler ? dis-je. Vous m'avez demandé de vous dire ce que je savais, alors je vous le dis.

— Bon, p'tit gars, dit-il d'une voix radoucie. Laisse-moi te mettre les points sur les i. On aurait besoin de cent bonshommes pour prendre le fric au camp. Bon, mais si on le pique en chemin, combien il nous en faudrait ? C'est pas le même scénario, hein ? On n'a qu'à tuer un type, celui qui conduit le fourgon, et l'affaire est dans le sac. Alors voilà ce que je voudrais savoir, Tommy, dit-il en se penchant en avant sur le lit de camp. Pourquoi est-ce que Brelan a dit qu'il nous faudrait mettre tous nos hommes sur le coup ?

— Brelan ? Qu'est-ce qu'il vient faire là-dedans ?

demandai-je.

— Oh, allez, Tommy ! Tu le sais bien, le rôle qu'il joue dans l'affaire. Lui et toi, vous êtes très copains et il a bien dû t'affranchir après t'avoir arraché à mes gars. Pourquoi il nous a dit qu'il nous faudrait mettre tous nos hommes sur le coup alors qu'un parfait imbécile verrait du premier coup d'œil que c'est pas la peine ?

— Eh bien... dis-je en hésitant. Il t'a peut-être pas tout dit. T'as ton idée sur ce coup et il a la sienne.

— Ah bon ! s'exclama Longie. C'est vrai que notre plan a sûrement des tas de trucs qui vont pas, et comme on connaît pas les pipe-lines, on s'en rend pas compte. Mais c'qu'il en pense lui... Pourquoi tu crois qu'il nous a pas dit c'qu'il avait dans l'idée, p'tit gars ?

— Pour garder un atout dans sa manche, pardi ! Il t'a bien fait comprendre qu'il faudrait tous les hommes. Mais il t'a pas dit pour quelle raison, comme ça, il peut t'obliger à marcher droit jusqu'à ce qu'il te le dise.

— Exactement, Tommy ! Exactement ! Mais comme il nous l'a pas dit, il va sûrement pas l'faire maintenant, alors si tu nous sortais c'que t'as promis d'nous dire...

— Ecoute, dis-je, embarrassé. Ce que je viens de te dire, c'est seulement ce que je crois deviner, et toi, tu prends ça pour argent comptant. Tu avais des tas d'occasions d'interroger Brelan. Pourquoi tu l'as pas fait ?

— On avait bien l'intention d'le faire, mais tout d'un coup, il y a quelques jours, on s'est rendu compte qu'on pouvait plus. Et au début, y avait pas d'raison d'se presser, ni d'penser... Pas vrai, p'tit gars ?

— Je ne vois vraiment pas où tu veux en venir, dis-je. Tu as l'air de croire que Brelan essaie de te doubler. D'ailleurs, si c'était le cas, c'est pas moi qui irais lui donner tort. Mais la question n'est pas là. Après tout, t'as qu'à te démerder avec lui ! Va donc lui demander directement ce que tu veux savoir !

— T'as dit que j'devais aller lui demander ? T'as bien dit ça, p'tit gars ?

— Ben merde alors, qu'est-ce que tu crois que j'ai dit ?

Longie me dévisagea, puis échangea un regard bizarre avec Goss.

— Allons, Tommy, tu peux nous faire confiance. De toute façon, qu'est-ce que t'as à perdre ?

— Bon, écoutez ! dis-je. Ecoutez-moi bien ! Ça vous servira à rien de chercher à m'embobiner ou de me menacer, parce que je ne peux pas vous dire quoi que ce soit ! De toute façon, je ne vous aurais rien dit qui puisse vous aider, mais...

— Mais tu ne sais rien, dit doucement Longie. Tu ne sais rien du tout.

— Sûr qu'il sait rien, dit Goss. Le p'tit Tommy a jamais entendu parler de quoi que ce soit.

Longie coula vers moi un regard pensif, paraissant sur le point de dire quelque chose. Puis ses yeux s'allumèrent et sa bouche se tordit en une grimace soudaine.

— Ben ça alors ! dit-il d'une voix traînante. Ça me crevait les yeux et j'ai rien vu !

Il se mit à rire, me tapa sur la cuisse et se leva. Il fit un signe de tête à Goss, et sans mot dire, ils sortirent tous les deux par l'arrière de la tente. Je les suivis du regard, mal à l'aise, me demandant si je n'avais pas fait une bêtise en leur parlant de Brelan. A première vue, je ne voyais rien qui puisse lui faire du tort dans ce que j'avais dit, mais...

Higby entra. Je me levai et il me fit un signe de tête peu engageant. Il avait un filet de sang coagulé au coin de la bouche et la poche de sa chemise était presque complètement arrachée. Il s'appuya un instant contre un piquet de tente, puis il se redressa.

— Je te mets aux explosifs demain matin, Burwell. Tu crois que tu pourras t'en sortir ?

— Je l'ai déjà fait, répondis-je.

— Je parlais de la direction des opérations. Tu vas prendre la place de Brelan.

— Prendre sa place ! Qu'est-ce que...

— Tu ne savais pas, peut-être ? dit-il en me lançant un regard perçant. Il s'est tiré avec le camion du matériel.

— M... Mais... pourquoi ? dis-je. Pourquoi est-ce qu'il...

— C'est son affaire, Burwell. Tant que les hommes sont sur le chantier, ce qu'ils font est mon affaire ; quand ils fichent le camp, ça ne me regarde plus.

Le raffut que faisaient les hommes ivres s'enfla soudain jusqu'à devenir assourdissant. Higby fit la grimace, fermant un instant les yeux, puis il se retourna furieusement vers l'entrée de la tente.

— Ah, parlez-moi des ouvriers de pipe-line !

C'était une insulte, pourtant, on y décelait autre chose : une sorte de fierté, peut-être ; d'affection, aussi. On aurait dit un père plutôt coriace en train de parler de ses enfants aussi coriaces que lui.

— Quels salauds finis ! J'aimerais bien les voir tous crever de leurs hémorroïdes !

Il sortit en tenant son manche de pioche comme une batte de base-ball.

Je m'affalai sur mon lit, ma tête douloureuse entre les mains. J'étais époustouflé, confondu, et mon mal à l'estomac me remontait vers le cœur. Je ne savais pas quoi penser. La seule chose que j'étais capable de me dire, c'était que ça commençait à dépasser les bornes ! Tout avait mal tourné dès l'instant où j'avais mis les pieds au camp. Merde, et même avant !

On m'avait tabassé, foutu en taule, viré. J'avais failli sauter, avoir les tripes arrachées par le marteau piqueur, être grillé par le goudron et tué par la planche. Tout ce qu'on pouvait faire à un bonhomme, j'y avais eu droit, y compris être presque enterré vivant et...

Ils ont dû bien s'amuser en te voyant, Tommy Burwell ! Tu as tout encaissé avec le sourire, en essayant de discuter avec eux. Mais j'ai eu ma dose, nom de Dieu ! J'en ai jusque là ! Alors s'ils essaient de t'en faire avaler encore une — juste une...

— Alors, t'as entendu c'qu'a fait Brelan ? J'aurais pu te prévenir, Tommy, dit Manchot Warfield en s'asseyant devant moi et en hochant la tête d'un air sagace. J'traîne dans les chantiers depuis qu'on a commencé à creuser des puits à la pelle et à la pioche et y a rien que j'pourrais pas te dire au sujet de Brelan Whitey ou de n'importe qui. D'ailleurs...

Je relevai la tête et je le regardai.

— Manchot, j'aimerais bien te voir à des kilomètres d'ici.

— Je sais, je sais c'que ça t'fait, Tommy. Tu le prenais pour ton ami, et comme on doit défendre ses amis... Mais je peux te dire qu'il avait pas un seul ami. Tu sais pas comment j'le sais ? Eh ben...

— Tire-toi ! dis-je. Manchot, je te préviens, si tu ne fiches pas le camp d'ici...

— J'vais t'le dire, Tommy. J'vais te dire la pure vérité. Pendant que tu croyais qu'il était ton ami, il... il... euh...

Sa voix s'éteignit au moment où je me levai et soulevai le bas de mon lit de camp. Je commençai à en dévisser le pied massif tandis que Manchot se passait nerveusement la langue sur les lèvres.

— Hé, Tommy, qu'est-ce que t'as l'intention de faire ?

— Tu me fais penser à un âne qui brait, alors je me dis que t'en es peut-être un. Et le seul moyen de faire comprendre quelque chose à un âne, c'est d'employer la manière forte. Tu lui chauffes bien l'arrière-train à coups de bâton et il s'arrête de braire pour t'écouter. Et dans une seconde, je vais avoir un bâton de première !

Il n'attendit pas que cette seconde s'écoule.

Une éternité avant, il fila si vite que l'air qu'il remua faillit éteindre la lampe.

29.

On me confia donc la responsabilité des explosifs sur ce qui était peut-être le dernier des grands pipe-lines, celui qui reliait le Far-West du Texas à Port Arthur, sur le Golfe du Mexique. On allait entamer la troisième semaine de boulot et j'étais le chef dynamiteur, traçant une piste à coups de mine dans un monde où l'homme ne s'était encore jamais aventuré.

Au début, je travaillais derrière les marteaux piqueurs, ou nous travaillions ensemble. Puis nous rencontrâmes tellement de roc qu'il valait mieux leur préparer le terrain. Je les précédai donc pour ouvrir la voie. Ayant en main un foret et mademoiselle Dynamite coiffée de son mignon petit chapeau noir, j'avançai sur la longue route du Golfe du Mexique.

Parfois, quand j'avais mis le feu à une mine et que je m'étais éloigné avant l'explosion, je jetai un regard derrière moi. J'avais l'impression que je ne pourrais jamais me lasser de ce spectacle. Il y avait tant à voir, tant de choses qu'on ne reverrait jamais plus. *Paso por aqui* — je ne faisais que passer.

A perte de vue, il y avait des hommes et des machines. Des hommes et des machines, mince procession, presque invisible au début, minuscule, perdue à l'horizon. Elle semblait surgir de terre comme une maigre source, là-bas, au bout du chantier ; quasi insignifiante au milieu du néant. Et puis, lentement, elle s'enflait, les hommes et les machines grossissaient et le bruit s'amplifiait ; le filet d'eau devenait torrent et son formidable jaillissement faisait trembler la terre.

Longue file d'hommes à la peau brûlée, leurs pelles lançant des éclairs en captant la lumière du soleil...

Génératrices peintes en jaune, tournées vers la tranchée, périodiquement secouées par des crises de halètement et de toux, comme si ce qui les entourait les faisait sursauter...

Pelleteuses géantes oscillant d'avant en arrière, grognant et tremblotant comme de corpulentes vieilles dames...

Marteaux piqueurs tressautant et gigotant en perçant le roc...

Gerbes d'étincelles jaillissant vers le ciel à l'endroit où les lampes des soudeurs crachaient leur feu sur le pipe-line...

Voici venir les hommes du pipe-line,
Vite, tendez une main secourable,
Quelqu'un est sûr d'y laisser la peau !

Je me disais que beaucoup d'hommes y laisseraient leur peau. A la clé, il y avait du fric, ou la tranchée en guise de tombe. *Paso por aqui* — ils ne feraient que passer.

Mais ça valait le coup de voir ça, et de s'en souvenir ensuite. Les hommes et les machines mouraient, s'écroulaient, au bout du rouleau, mais on avançait toujours. On cheminait à travers un monde sauvage et désolé vers Port Arthur, sur le Golfe du Mexique.

Je ne plaisante pas en disant que les explosifs me foutaient une trouille de tous les diables. Mes grands-parents, la seule famille que j'avais connue, étaient partis au ciel en petits morceaux, et une chose comme ça, on ne peut pas l'oublier. Mais la peur ne vous paralyse pas obligatoirement, à moins que vous ne réagissiez pas. Avoir peur, c'est encore le meilleur moyen que je connaisse de rester en bonne santé.

Mademoiselle Dynamite était susceptible, mais elle n'avait absolument rien d'imprévisible. J'avais donc la trouille, et j'étais bien content de l'avoir. On ne s'entendait pas trop mal tous les deux, mademoiselle Dynamite et moi, même si j'avais l'aide le plus empoté de la création.

Il était toujours en train de bavarder au lieu de se concentrer sur son travail. J'avais dû lui répéter cent fois comment bourrer le fourneau de mine et il s'y prenait toujours comme un pied. On aurait dit qu'il chatouillait un serpent à sonnettes avec une petite plume. Et quand les mines étaient enterrées, il restait à l'abri et attendait que j'aille les retirer à sa place.

Finalement, il enterra des charges pour la seconde fois de la matinée, et ce fut une fois de trop. Donc, alors qu'il restait bien à l'abri à danser d'un pied sur l'autre et à marmonner qu'il était désolé, je ramassai un foret et je lui fis signe de venir me rejoindre.

— T'as le choix, dis-je. Ou bien tu te sors ce foret du derrière, ou bien tu sors les mines du sol.

Il me répondit d'aller me faire foutre ; il se ferait donner un autre boulot ou il se tirerait. Je lui dis que pour ce que ça me faisait, il pouvait bien aller téter les nichons arrière d'un bousier, mais pas avant d'avoir retiré ces charges. Nous échangeâmes encore quelques amabilités de ce genre et je fus obligé de lui donner un ou deux coups de poing pour arriver à lui faire voir les choses à ma façon.

J'étais assis à l'abri pendant qu'il déterrait les mines quand Higby arriva près de moi en voiture et me demanda ce qui n'allait pas. Je lui expliquai que tout allait bien ; que j'essayais seulement de faire comprendre à mon assistant ce qu'il fallait faire. Higby répondit que c'était sûrement la seule méthode.

— Tu veux que je te débarrasse de lui, Tommy ? Tu n'as qu'à le dire et je t'en donnerai un nouveau.

— Oh, il ne s'en tirera pas trop mal, dis-je. C'est pas un mauvais gosse, comparé aux gamins d'aujourd'hui.

— Dis-moi, les gamins m'ont l'air d'avoir sacrément pris de l'âge depuis la dernière fois.

— Exactement, dis-je. Ils prennent de l'âge, mais ils n'en sont pas plus malins pour autant. Je vais vous dire, M. Higby...

Je m'interrompis parce que tout d'un coup, il fut pris d'un accès de toux et qu'il dut tourner la tête. Après un petit moment, il me regarda à nouveau, le visage tout congestionné.

— Euh... oui, Tommy ? Tu disais ?

— Je disais que je ne sais pas où va le monde, dis-je. Mais nom de Dieu, je ne suis pas rassuré avec cette nouvelle génération de gamins qui s'annonce ! De mon temps...

Higby recommença à tousser. Il démarra tout en toussant et au lieu de parler, il me fit un signe par-dessus son épaule pour me dire au revoir.

Je me disais que décidément, j'aimais bien Higby. Je ne savais toujours pas si c'était un escroc ou non, mais en tout cas, ça, c'était vraiment un homme, et je l'aimais bien.

Je commençais à m'apercevoir qu'il y avait des tas de choses que j'ignorais, alors qu'avant, j'avais l'impression de tout savoir. Il n'y avait pas si longtemps, je croyais qu'il fallait tout savoir sur tout et je n'osais pas avouer que ce n'était pas mon cas. Mais maintenant, ça ne me préoccupait plus. Etre ignorant, ce n'est pas la même chose qu'être stupide, et je savais que je pourrais apprendre le moment venu.

Quand on s'occupe d'explosifs, ça fait une sacrée différence d'être chef ou assistant. La différence, c'est une affaire de responsabilité. On misait du temps, de l'argent, des vies sur moi. On pensait que j'étais capable de dégager une tranchée sans obliger tout le monde à prendre du retard, ce qui revient toujours cher, et sans mettre la vie des ouvriers en danger. Me montrer à la hauteur d'une telle responsabilité remplissait tellement mes journées qu'elles me faisaient plutôt l'effet de semaines, même si par ailleurs, elles me donnaient l'impression de filer. Me montrer à la hauteur d'une telle responsabilité me donnait une confiance en moi que je n'avais encore jamais éprouvée auparavant.

Je savais que j'en étais digne. Le sachant, je n'avais plus besoin d'essayer tout le temps de le prouver.

Parfois, en rentrant au camp le soir, je me mettais debout sur la plate-forme du camion et je scrutai la prairie pour chercher l'endroit où je pensais voir Carol ; il m'arrivait de ne pas me tromper et de l'apercevoir installée dans une petite dépression, comme elle le faisait souvent. Je restai là dans le soleil de la fin de la journée, oscillant avec le camion, les bords de mon chapeau relevés devant et derrière, mon torse nu et bronzé luisant à travers la couche grise de poussière provenant du roc, et par-delà l'étendue houleuse de sauge et d'herbe rase, je lui envoyais un message. Pour lui dire d'attendre bien sagement et de ne pas s'en faire. Pour lui dire que je trouverais bien le moyen d'arranger les choses et qu'elle ne devait s'inquiéter de rien.

Je savais que j'arriverais à tout arranger. Je me sentais responsable d'elle, alors j'y arriverais bien.

Non, je ne savais pas comment. Il ne fallait pas s'emballer ; il fallait d'abord que je sache quelque chose. A un moment donné — il n'y avait pas si longtemps — je ne m'en serais pas préoccupé. Mais maintenant, je réfléchissais enfin et j'examinais un problème sous tous ses angles avant de foncer pour essayer de le résoudre. Maintenant, j'étais responsable. Je savais donc que je devais comprendre le *pourquoi* des choses si je voulais un jour pouvoir comprendre le *comment*.

Je ne voyais toujours pas comment la bande des Long pouvait faire son hold-up. Mais à tort ou à raison, Longie pensait qu'il y avait un moyen. Et s'il y en avait bien un, Longie avait pour ainsi dire reconnu qu'il n'aurait besoin que d'un ou deux de ses hommes.

Il me semblait qu'il aurait dû être content. Moins il faudrait d'hommes, et plus le boulot serait facile. Mais il n'était pas content. Il était inquiet. *Pourquoi ?*

Longie semblait presque convaincu que Brelan avait délibérément essayé de lui faire mettre toute sa bande sur le coup au lieu d'envoyer seulement un ou deux hommes. *Pourquoi ?* Qu'est-ce que Brelan avait à gagner en le trompant ainsi ?

Et si on retournait un peu en arrière, quel avait été le motif de Brelan quand il avait rancardé la bande ? *Pour-*

quoi tenait-il à ce hold-up ? Le fric qu'il pouvait en retirer ne vaudrait jamais ce qu'il se ferait en travaillant et en jouant. Alors, *pourquoi... pourquoi,* dans la mesure où il n'avait jamais besoin d'argent ?

Vous voyez un peu ? La réponse à une seule question permettrait de répondre à plusieurs.

Si le motif de Brelan n'était pas l'argent, et manifestement, ça ne l'était pas, il ne pouvait s'agir que d'une seule chose. La vengeance. Ce qui expliquerait les soupçons de Longie, son inquiétude. Brelan avait amené ici toute la bande, parce qu'il voulait se venger d'eux tous. Il ne faisait pas confiance à la justice du Texas, avec les Parker qui monnayaient les libérations, alors...

Mais attendez une minute ! Pourquoi est-ce que Brelan en voulait à tous les hommes de Longie ? *Comment pouvait-il leur en vouloir alors qu'il ne les connaissait même pas ?* Ça, c'était sûr, parce que personne ne les connaissait à moins d'être lui-même membre de la bande. Brelan saurait qui en faisait partie au moment où ils se rassembleraient pour un hold-up ou pour prendre la fuite, mais jusque-là... Et qu'est-ce que ça pouvait bien changer ? Pour leur en vouloir à tous, il aurait eu besoin de les connaître d'abord. Alors, pourquoi, puisque ce n'était pas possible ?...

Nuit après nuit, couché dans mon lit de camp, je me creusais la tête pour essayer de résoudre cette énigme. Je sondais ses contradictions jusqu'à ce que je m'endorme, épuisé. J'en arrivais toujours à une réponse qui n'était pas vraiment une réponse.

Brelan n'avait pas voulu que la justice s'occupe de la bande. Il avait préféré le faire lui-même et il n'y avait qu'une manière d'y arriver.

En les tuant ! En tuant un minimum de douze bonshommes, qui étaient plus ou moins des étrangers pour lui !

Ça ne rimait à rien, vous ne trouvez pas ? Ou s'il y avait une logique quelconque dans tout ça, s'il les haïssait à ce point, alors pourquoi avait-il soudain laissé tomber son plan en quittant le camp ?

Avait-il tout plaqué ou bien son départ faisait-il lui aussi partie de son plan ?

Les Long voulaient savoir pourquoi il les avait tous amenés ici pour un coup qui ne réclamait qu'une ou deux personnes. Il ne pouvait pas leur dire pourquoi, alors il avait dû partir et...

Et ?

Je ne savais pas, mais je savais que je n'étais pas loin de la réponse. Je n'allais pas tarder à comprendre *pourquoi* il leur en voulait, *pourquoi* il était prêt à tuer des hommes qu'il ne connaissait pas, *pourquoi* il avait apparemment laissé tomber un plan qu'il avait résolu de mettre en œuvre.

Je réfléchissais, je réfléchissais vraiment, pour la première fois de ma vie, et je sentais que je brûlais. Finalement, je trouvai la réponse — ou presque.

Ce fut au cours de ma deuxième semaine de chef dynamiteur. J'étais trop sale et trop plein de sueur en revenant du travail pour me contenter du débarbouillage habituel. Après le dîner, j'allai donc jusqu'au Pecos pour prendre un bain. La rivière était plus ou moins parallèle au pipe-line sur presque toute sa longueur et à cet endroit, elle n'en était même pas éloignée de deux kilomètres. Je me faufilai à travers les broussailles, le long de la rive, puis je m'arrêtai pour regarder le lit du fleuve.

En cette saison, le Pecos était davantage une succession de mares qu'une rivière ; des mares de diverses tailles, reliées par un mince filet d'eau coulant sur le gravier et le sable. Dans l'ombre fraîche du soir, des animaux étaient rassemblés autour des points d'eau, allant de l'un à l'autre en une procession paisible et disciplinée.

J'aperçus un loup, deux coyotes, trois de ces gros chats sauvages de la forêt, qui considéraient la rivière comme leur territoire et y vivaient heureux ; je vis plus de lapins, de cailles et de faisans que je ne pus en dénombrer. Parfois, un animal en train de boire claquait bien un petit peu des mâchoires quand un oiseau l'éclaboussait en se baignant. Mais ce n'était qu'un avertissement, ça n'allait pas plus loin. C'était la fin de la journée, tout le monde s'était suffisamment battu pour essayer de se nourrir, et maintenant, l'heure de la trêve avait sonné. Tout le long de la rivière, aussi loin que je pouvais voir, ils buvaient côte à côte — ces prétendus ennemis héréditaires — et en les observant, je me demandais s'il existait des ennemis héréditaires ou si le seul ennemi qu'il y avait jamais eu, ce n'était pas la faim.

Je n'avais pas envie de les déranger mais je ne pouvais pas rester là indéfiniment. Je descendis donc me baigner dans la mare la plus proche. Quelques oiseaux en firent toute une histoire, poussant des cris aigus et battant des ailes pour me faire partir, le reste des animaux se déplaça nonchalamment vers un autre point d'eau. Ils ne m'accordèrent pas tellement d'attention et après un premier coup d'œil négligent, ils se dirent que j'allais moi aussi respecter la trêve générale.

Je trouve que c'est là le plus beau compliment qu'on m'ait jamais fait.

Une fois bien récuré, tranquillement, je remontai tout nu sur la rive sablonneuse et laissai le soleil me sécher le corps. C'était agréable de marcher au milieu de toute cette faune pas effrayée pour un sou et j'allai plus loin que je n'en avais eu l'intention. C'est ainsi que je finis par le remarquer, par voir quelque chose contre la rive en pente. Je m'accroupis, tout excité, le cœur battant.

Il y avait des cendres grises, restes d'un feu minuscule. Un feu, récent, apparemment, puisque les cendres n'étaient pas agglutinées par la rosée. Je les fis glisser entre mes doigts et je trouvai encore autre chose. Un minuscule copeau. Et en examinant les buissons environnants, je découvris son origine.

Il venait d'une planchette, du genre de celles qui servent à faire des caisses. Quelle espèce de caisse, ça, je n'aurais pas su le dire parce qu'elle avait été découpée en tout petit bois.

Je collai le nez dessus sans parvenir à me décider. Il

y avait bien une légère odeur de dynamite, mais elle venait probablement de moi.

Je remis le morceau de bois dans les buissons et jetai un coup d'œil alentour. L'eau du Pecos était potable si quelques petites larves ne vous dérangeaient pas. Quant à la nourriture, eh bien, on pouvait attraper tout ce qu'on voulait. Quelqu'un pouvait vivre par ici pendant une éternité, et tant qu'il ne ferait qu'un petit feu de camp, personne n'en saurait rien.

Je retournai à l'endroit où j'avais laissé mes vêtements. Je m'habillai lentement en me demandant ce que je devais faire maintenant, décidant finalement qu'il n'y avait rien à faire dans l'immédiat.

Il ne voulait pas qu'on le trouve. Donc, même si j'essayais, je n'étais pas sûr d'y arriver, et de toute façon, ça n'aurait servi à rien. Il était trop décidé. Il n'aurait pas eu recours à ces extrémités s'il n'était pas farouchement décidé à aller de l'avant.

Et pourtant — je grimpai sur la rive et me dirigeai vers le camp — et pourtant ça ne lui ressemblait pas de faire ce qu'il avait apparemment décidé de faire. Il se fichait trop de tout, vous comprenez ? Il ne se serait pas laissé aller à trop s'impliquer dans quelque chose. Et quand quelqu'un est comme ça, comment peut-il être assez furieux pour avoir envie de tuer ?

Bien sûr, il n'avait pas toujours été comme ça. Il s'était beaucoup attaché — peut-être même trop — à sa femme, si bien que quand il l'avait perdue...

Je m'immobilisai brusquement. *Comment l'avait-il perdue ?*

Il ne l'avait pas dit. Mais tout d'un coup, je le sus. J'en étais presque sûr. Pour en être vraiment certain, il me faudrait parler à quelqu'un. Mais pas maintenant. J'attendrais le dernier moment, la veille de la paye. J'attendrais qu'il soit trop tard pour qu'il puisse aller le raconter.

Entre-temps, il y avait d'autres choses à faire.

30.

Je portais ma chemise quand je rentrai du travail le lendemain soir. Je la gardais bien boutonnée, les pans soigneusement rentrés dans mon pantalon, et je faisais bien attention à la manière dont je me déplaçais.

Au lieu d'aller directement me débarbouiller en arrivant, je fis semblant d'aller aux W.C. et je me débrouillai pour sortir du camp et arriver à un certain fourré. Là, je me débarrassai de ce que je transportais en le cachant de manière à ce qu'on ne puisse rien voir. Le soir suivant, j'apportai un autre chargement, et un autre le troisième soir. Vous comprenez bien que je ne pouvais pas transporter de grosses charges, ni même ce qu'on appelle normalement une charge. Mais je me disais qu'en faisant trois voyages, ce serait suffisant pour le boulot que je devais exécuter... si j'avais bien à l'exécuter. Si je n'étais pas en train de me raconter des histoires, comme Brelan me l'avait laissé entendre.

Je pensais qu'un revolver aurait peut-être mieux fait l'affaire ; ça aurait été plus pratique et plus sûr. Mais je ne voyais vraiment pas le moyen de m'en procurer un et comme j'avais besoin d'une arme, je prenais ce que j'avais sous la main.

J'avais planqué quelques cigares et un peu de fil dans ma cache. Ainsi que deux bouteilles d'un quart de litre de tord-boyaux que j'avais subtilisées au cuisinier.

Et voilà.

C'était le lendemain que la paye devait arriver.

Je me glissai près de Manchot au moment où il plaçait des cuvettes sur la table de toilette. Il fronça les sourcils et commença à me dire de décamper en braillant comme un âne mais je lui coupai le sifflet avec un billet de cinq dollars et je m'empressai de lui sortir mon baratin :

— Je reconnais que je te dois des excuses. Je n'aurai jamais dû croire Brelan quand il m'a dit que tu m'avais traité de tous les noms dans tout le camp. C'est pour ça que j'étais en rogne, tu comprends, et...

— Mince alors, ce sale... C'est pas vrai du tout, Tommy ! Je...

— Chut ! Pas si fort, dis-je. Je sais bien que c'est pas vrai, Manchot. Il a seulement fait ça pour semer la zizanie. Il est comme ça. Bon, je sais bien que tu n'aimes pas dire du mal des gens, c'est pas ton genre. Mais je me dis que tu dois savoir pas mal de trucs sur lui...

— Et comment ! Je fais les chantiers depuis...

— Bien sûr, bien sûr, dis-je. Alors si tu pouvais me rancarder, je ferais passer le mot et... mais pas ici ! C'est un type dangereux et il lui reste probablement des amis au camp. S'ils nous voyaient causer tous les deux...

— Ah ouais ! dit-il en s'humectant les lèvres d'un air gêné. On ferait peut-être mieux de se retrouver dehors, hein ? Après la tombée de la nuit.

— Je connais un endroit idéal, dis-je.

31.

Il s'assit à côté de moi derrière le fourré. Il secoua la tête quand je lui proposai de boire un coup. Sa voix tremblait de trouille.

— Euh, j'ai réfléchi, Tommy. Brelan et moi, on a toujours été bons copains et je... euh... je crois que je n'ai jamais rien entendu de mal à son sujet. Je veux pas dire quoi que ce soit qui risque de le vexer ou... euh... de le mettre en colère contre moi, alors...

— Evidemment, dis-je. C'est ce que je me dis aussi, Manchot. Pourquoi on n'oublierait pas tout ça en buvant un coup ?

— Je ne bois pas, Tommy. Tu le sais bien. Et si je buvais, ça serait pas du tord-boyaux.

Je lui dis que moi non plus. Je ne l'avais jamais fait de ma vie et ce n'était pas maintenant que j'allais commencer. Manchot fronça les sourcils d'un air perplexe et fixa la bouteille que j'avais à la main.

— Et c'est pas c'que tu bois ?

— Bien sûr que non, dis-je. C'est du raide au gingembre qui n'est pas coupé, comme c'est marqué sur la bouteille. Tu vois ? C'est écrit noir sur blanc.

— Euh, ouais, mais...

— C'est pas du tord-boyaux tant que tu le gâches pas avec du jus de fruits comme le font les trimardeurs. Ça, on me prendra pas à le faire ! Pas question ! Moi, je suis le conseil des toubibs et je le mélange à de l'eau pure. Comme ça, tu vois ? Ça en fait un médicament, un truc qu'on appelle antiseptique. Ça tue les microbes dangereux qu'un type peut attraper en vidant des cuvettes sales, par exemple.

Il regarda sa main d'un air mal à l'aise et la frotta nerveusement contre son pantalon. Je lui dis qu'à l'heure qu'il était, je serais probablement mort de la vérole ou de la chaude-pisse si je n'avais pas pris du bon vieux raide au gingembre pur comme les toubibs me l'avaient conseillé.

— Tu sais, il y a des tas de sales maladies dans un grand camp. Et les types qui les ont, ils s'arrangent toujours pour faire nettoyer leurs bordels par les autres. Ils salissent une cuvette ou une table de toilette et ils laissent un pauvre diable... euh... bon, c'est pas grave, dis-je. Qu'est-ce que tu emploies, toi, pour tuer les microbes ?

— Ben... euh... j'ai comme qui dirait oublié, dit Manchot. Ça te ferait rien de me filer un coup de ce raide au gingembre ?

Au début, il ne m'apprit rien d'intéressant. Il ne fit presque que débiter des mensonges sur la façon dont Brelan trichait aux dés et il traita de tous les noms les gens qui avaient toujours dit du bien de lui. Puis, quand il en fut à son second quart de tord-boyaux additionné d'eau, il fit allusion au fait que Brelan avait été en taule. Je lui dis que j'en avais entendu parler, mais que je n'avais jamais réussi à savoir pourquoi il y était allé.

— Eh ben, j'vais t'le dire, moi ! dit Manchot en avalant une bonne rasade. Mince, c'est vraiment un bon médicament ! Le meilleur que j'aie jamais pris... ! J'vais te dire pourquoi Brelan a été mis à l'ombre. Tout au moins, j'vais te dire c'que j'ai entendu dire. Parce que j'voudrais pas qu't'ailles raconter que c'est moi qui l'ai dit. C'que j'dis, c'est juste c'que j'ai entendu, c'est pas du tout comme si j'disais... euh... voyons... voyons voir. Ah ouais ! Il a fait d'la taule pour cambriolage. C'est ça ! Pour cambriolage.

— Allez, Manchot ! dis-je en riant et en faisant semblant de ne pas le croire. Brelan est trop malin pour faire quelque chose comme ça. Et même si c'était le cas, il ne se serait sûrement pas fait prendre.

— Et s'il était soûl, hein ? Et s'il avait tellement bu que ça lui sortait par les oreilles et que son cerveau en était tout ramolli ? Et si... ! Donne-moi encore un coup de ce raide à cent pour cent !

Je le diluai très lentement, faisant toujours semblant de ne pas le croire. Manchot dit que c'était comme ça, que ça me plaise ou non, parce qu'il le tenait d'un type qui connaissait un type qu'avait un cousin éloigné qu'habitait dans l'pays de Brelan.

— C'était à cause de sa femme, tu comprends ? Il a perdu la boule quand sa femme s'est fait tuer et il s'est retrouvé à faire un cambriolage, tout comme j'te l'ai dit !

— Arrête un peu ! dis-je en riant. Tu t'arranges pas, dis-moi ! Y a pas une seule bonne femme au monde qui puisse foutre Brelan en l'air !

Manchot m'arracha le quart des mains. Il en but une gorgée d'un air renfrogné. Pendant une ou deux minutes, il resta muet et j'eus peur d'y avoir été un peu fort. Puis il éructa, les vapeurs d'alcool lui chatouillant les narines, et il se mit à rire avec bonne humeur.

— C'est bête, hein ? Mais en tout cas, c'est bien c'qui s'est passé. Brelan et elle, ils se connaissaient depuis qu'ils étaient tout gosses. Quand ils se sont mariés, ils étaient pas tellement plus vieux, et quand elle a été tuée... eh ben...

— Tu sais, c'est peut-être vrai, dis-je. C'est assez dingue pour être vrai. Et comment elle s'appelait ?

— Qu'est-ce que ça change ? Comment tu veux qu'on sache quèque chose d'aussi con que ça ?

— Eh bien, je suppose que c'était dans les journaux... c'est généralement ce qui se passe quand quelqu'un se fait tuer... et...

— Tu parles ! Evidemment que ça y était pas ! Ça y est seulement quand il s'agit de quelqu'un d'important. Sinon, tout l'monde s'en fout. Toi ou moi, ou une pauvre gosse se fait tuer, et tout... tout l'monde s'en f... fout. Y a qu'à nous balancer dans un fossé, toi, moi ou une pauvre gosse et... et...

Il se mit à pleurer. Je lui donnai une petite tape dans le dos, je le réconfortai, et après un coup de raide, il retrouva ses moyens.

La femme de Brelan, me dit-il, (se contentant toujours de me répéter ce qu'on lui avait raconté) travaillait dans une usine ou une banque, ou «quelque chose comme ça». Il y avait eu un hold-up et ça avait fait un drôle de chambard ; une fois que les choses s'étaient tassées et que les voleurs s'étaient tirés, elle, elle était morte. Comme je vous l'dis, cette pauvre gosse était bel et bien morte. Brelan avait commencé à dégringoler et à peu près un an plus tard, on l'avait épinglé pour cambriolage.

— C'est marrant, hein ? dit Manchot en jetant un regard furieux dans son quart. Ils étaient pas arrivés à attraper les types qu'avaient tué sa femme — tout au moins, ils en avaient jamais jugé un seul pour ça. Mais lui, ils l'ont tout de suite épinglé quand il a forcé la porte d'un mec parce qu'il était trop soûl pour savoir ce qu'il faisait !

— Hum ! dis-je d'un air songeur. Je me demande s'il a su qui avait tué sa femme. Je veux dire, il aurait pu être en prison en même temps que les types du hold-up et ils auraient pu parler devant lui sans savoir qui il était.

— Comment ça, sans savoir qui il était ? — L'alcool rendait Manchot hargneux — Ils connaissaient son nom, pas vrai ?

— Mais pas celui de sa femme.Il n'y avait pas eu de publicité autour de cette affaire, pas de jugement ni...

— Bon Dieu, ça n'aurait rien changé, de toute façon ! Brelan aurait pas pu savoir c'que personne sait. Ça tirait d'partout. Ils étaient toute une bande et ils tiraient tous. A... Alors... hic ! il pouvait pas savoir qui l'avait tuée. Pour être sûr de coincer l'bon type, il aurait fallu tous les coincer...

Sa dernière phrase fit tilt. Je réussissais enfin à raccrocher à la réalité les bavardages, les propos incohérents d'ivrogne, les ragots de la grande gueule du camp — un type qui aurait fait n'importe quoi pour aller raconter des bobards au lieu de se contenter de dire la vérité, tout simplement.

Pour être sûr de coincer l'bon type, il aurait fallu tous les coincer...

C'était précisément ce que Brelan avait l'intention de faire.

J'en avais été presque sûr avant de discuter avec Manchot. Moi, qui étais de l'extérieur, je m'en étais aperçu, alors à plus forte raison Longie. Brelan devait se dire qu'il le savait. Alors pourquoi n'abandonnait-il pas ? Il s'attaquait à lui seul à une douzaine de types, tous armés, qui l'attendaient au tournant...

Ce n'était plus le moment d'essayer de résoudre cette énigme. Ça allait rudement chauffer et Carol et Brelan seraient en plein milieu. La seule chose que je pouvais faire, c'était être là pour les aider.

J'entendis rugir le moteur d'un camion, puis celui d'une camionnette, dans le camp. Ils partirent ensemble, se préparant apparemment à faire la longue route jusqu'à

Matacora. L'un ou l'autre pouvait revenir avec la paye et la bande n'avait aucun moyen de savoir lequel. Mais je me dis que ça ne poserait pas de problème à Longie Long. Il saurait quoi faire.

Manchot marmonna :

— Donne-moi un aut'p'tit coup à boire... donne-moi encore de ce... ce...

Puis il se mit à rire, lança son quart en l'air en hurlant «youpi !» et tomba à la renverse.

Je l'allongeai par terre et lui recouvris les épaules de sa vareuse. Il commença à ronfler bruyamment, complètement k.o.

Je le laissai là, me sentant un peu coupable, même s'il n'y avait pas de raison. Après tout, il avait fait tous les chantiers depuis plus longtemps que n'importe qui. Il s'était trimbalé du Wyoming à la Virginie de l'Ouest, de Sweetwater à Seminole. Il avait plus souvent dormi à la belle étoile que dans un lit et il avait été mordu et piqué par tout ce qui avançait sur des pattes ou rampait. Et je doutais que quelque chose puisse lui faire du mal en dehors d'un animal à deux pattes avec un revolver.

32.

La nuit n'était ni sombre ni claire. C'était le genre de nuit entre les deux, où on arrive à voir quelque chose si on s'en donne vraiment la peine. Si on sait ce qu'on cherche et où il faut chercher. Donc, malgré les précautions qu'il prenait, j'arrivai à repérer le type.

Il rampait sous l'alignement des camions et des camionnettes. Il ne restait qu'une minute environ sous chacun d'eux, puis partait vers le suivant. Je ne sais pas ce qu'il pouvait trafiquer en si peu de temps, mais je vous parie que lui, il le savait parfaitement. Il mettait les véhicules hors de combat. Les voitures et les camions étaient moins compliqués à l'époque, et il n'était pas difficile d'atteindre une commande essentielle.

Il surgit derrière le dernier camion et il continua à ramper jusqu'à ce qu'il arrive en plein milieu de la prairie. Il se releva alors et s'enfuit dans l'obscurité.

Le reste de la bande l'avait devancé. Il était resté en arrière, ne pouvant pas exécuter son boulot avant que le camion et la camionnette ne soient partis pour Matacora. Maintenant, il allait rejoindre les autres.

Je me relevai et j'étais sur le point de le suivre, et puis je me dis que je n'avais pas besoin de prendre ce risque. Les membres de la bande se rassembleraient à l'endroit où campait Carol pour être absolument sûrs que Brelan pourrait les retrouver.

Je marchai jusqu'au bout du camp et je traversai la prairie. J'allai droit sur le lieu où je pensais les trouver avec Carol — et peut-être aussi Brelan, qui pouvait être arrivé entre-temps. Et puis, je changeai à nouveau d'avis. Ils s'attendaient probablement à avoir des problèmes avec les gens du camp. Si quelqu'un venait leur faire des histoires, il arriverait par là, alors ils devaient surveiller le chemin. Ils s'attendaient sûrement à ce que je vienne faire quelque bêtise, parce qu'il faut dire que je n'avais pas été très malin jusque-là.

En tout cas, je réfléchis pendant une ou deux minutes. Puis au lieu de marcher tout droit, je me dirigeai vers le sud, puis un peu vers l'est et je décrivis lentement un large cercle. Je ne pouvais pas dire exactement où ils se trouvaient, mais je savais qu'ils étaient plus ou moins à l'est du camp, à environ deux kilomètres. En me guidant d'après les lumières du camp, je n'eus donc pas de difficulté à m'orienter.

Le problème, c'était de me déplacer. De me déplacer assez rapidement.

Je portais un petit harnachement de fil métallique

autour de la poitrine, placé de façon à ce que je puisse garder un œil dessus et y avoir facilement accès. A l'intérieur, il y avait six bâtons de dynamite, tous amorcés, bien sûr, avec des mèches aussi courtes que possible.

Quand on a une charge pareille ficelée autour du corps, on ne peut pas vraiment se dépêcher. Pas en marchant sur un sol inégal dans l'obscurité. Parce que la première fois qu'on trébuche, c'est aussi la dernière. On voyage alors plus loin et plus vite qu'on en avait l'intention.

Il fallait par conséquent que je fasse très attention et je devais faire un long détour pour arriver à destination. J'étais déjà en retard, peut-être même beaucoup plus en retard que je ne le pensais. Mais je n'avais pas le choix, c'était ça ou rien.

Je terminai ma courbe par un angle aigu vers l'ouest. Je m'accroupis derrière un épais buisson de sauge et j'allumai mon cigare. Je l'allumai si vite qu'il n'y eut qu'une très brève lueur. Elle avait disparu avant que quelqu'un puisse être sûr de l'avoir vue.

Je tirai une ou deux bonnes bouffées en abritant le cigare derrière mes mains. Je ne secouai pas la cendre, pour qu'elle puisse protéger et cacher l'extrémité rougeoyante. J'étais alors prêt pour la fin du parcours. Prêt autant que je pouvais l'être.

Si la bande ne surveillait qu'un côté, j'avais une chance — et Carol et Brelan avec moi. Mais s'ils avaient posté quelqu'un par derrière...

Ils l'avaient fait.

Heureusement que j'étais obligé de faire attention, d'accomplir un dur labeur à chaque fois que je posai un pied devant l'autre. Sinon, j'aurais pu ne pas entendre un petit bruit. C'était le doux *floc-floc* d'une bêche.

J'avançai, guidé par ce bruit. J'étais déjà bien près quand je finis par voir l'homme. Je m'approchai encore quand il planta la bêche dans le sol avec un brusque *floc* et se pencha.

Il se mit à rire. C'était un rire mauvais, railleur. Puis sa voix moqueuse m'arriva ; il parlait à quelqu'un qui était à terre.

— ... *désolé, ma jolie, mais t'aurais pas dû être au courant... c'qu'on va faire à Mexico. Ces bougnoules ne sauront jamais... que c'est nous... ils nous auraient pas à la bonne...*

Il y eut un bruit étouffé frénétique. Terrifié, étranglé. Soudain, je compris ce que c'était et ce qui se passait. *Carol.* Carol, attachée et bâillonnée, qu'on allait enterrer vivante.

Il se remit à rire et à lui parler avec une feinte sympathie. Il allait bien l'installer, lui disait-il. Ça serait vraiment confortable. Peut-être qu'elle se sentirait un peu seule, au début, mais dans pas longtemps, y aurait du monde qui viendrait se blottir contre elle. Des fourmis rouges, des bousiers, des serpents...

C'était vraiment un type très marrant. Il était tellement en train de rire et de s'amuser que je fus sur lui avant qu'il ait eu le temps de s'en apercevoir.

Je lui balançai un coup de mon couteau affûté comme un rasoir et je lui fis une seule estafilade en travers de la gorge. Il vacilla en arrière, ployant les genoux et s'écroula dans la tombe qu'il avait creusée pour Carol. Et ce fut la fin de son rire et de ses railleries. Pour lui, ce fut la fin tout court.

Je parlai à Carol, ou plutôt je murmurai. Je la prévins que c'était moi et lui demandai de ne pas crier. Puis je lui retirai son bâillon et coupai ses liens. Et alors, eh bien, je la serrai une minute dans mes bras et elle me serra aussi. Et elle pleura un petit peu, mais seulement de bonheur et de soulagement. Si faiblement qu'on ne pouvait pas l'entendre.

Elle me dit qu'ils tenaient Brelan. Ils l'avaient attrapé au moment où il s'approchait d'eux. Il n'était pas armé. Manifestement, il avait balancé ce qu'il avait comme arme quand il avait compris qu'il allait être pris. Mais il prétendait — et ils ne le crurent pas, bien entendu — qu'il était venu sans rien.

— C'est vrai, Tommy, murmura Carol. Il a dit qu'au

début, il voulait tous les tuer, mais qu'il avait changé d'avis. Il avait décidé de les laisser se livrer.

Il avait décidé ça, lui ? Il en était capable ? Je me disais qu'ils avaient bien dû se marrer en entendant ça.

— Pourquoi est-ce qu'ils ne l'ont pas tué ? chuchotai-je.

— Ils vont le faire, dès que Longie en aura terminé avec lui. Longie aime bien plaisanter, et il dit qu'il a tout son temps.

Nous continuâmes à parler un moment à voix basse. Puis je lui dis de regagner le camp en faisant un grand détour, comme moi. Elle ne voulait pas (et en fait, elle ne le fit pas). Elle voulait rester pour essayer de m'aider. Mais je n'en démordis pas et finalement, elle partit dans l'obscurité et moi, j'avançai.

Je grimpai une petite pente et devant moi, je vis une faible lueur. Celle d'une lampe qui semblait sortir de terre. Ça devait être l'endroit où était garée la camionnette, dans une dépression de la prairie. L'endroit où se trouvaient la bande et Brelan. Quelques mètres plus loin, je les entendis ; Longie posait tranquillement ses questions et Brelan y répondait au milieu d'éclats de rire.

Je m'arrêtai, passant les mains sur mon harnais de dynamite, m'assurant que les bâtons se comportaient bien. J'entourai mon cigare de mes mains et je le fis rougeoyer en tirant une longue bouffée.

Les rires de la bande s'éteignirent. Une inflexion menaçante perça dans la voix traînante et amusée de Longie.

Et puis soudain, je fus près d'eux, aussi près que possible. J'étais à moins de quinze mètres et je les regardais, juché sur une hauteur.

Longie était assis à l'arrière de la camionnette et ses jambes se balançaient sur le côté. Brelan était debout, à quelques pas de lui, et les autres formaient une sorte de demi-cercle autour de lui. Ils étaient tous ensemble, ce qui rendait ma dynamite aussi inutile que des sucres d'orge. J'hésitai, me demandant ce qu'il valait mieux faire, quand Longie reprit la parole.

— Tu crois que je n'ai pas compris ton jeu, Brelan ? Tu crois que je ne savais pas dès le départ que c'était un coup monté ? Merde alors, je leur ai presque ri à la figure ! Un cave qui devient escroc juste au moment où un shérif intelligent se met à être stupide ! N'importe quel imbécile aurait compris que c'était un piège et moi, j'suis pas un imbécile !

— Ah bon ? dit Brelan en faisant semblant de bâiller. Parce que tu t'imagines que c'est intelligent de foncer dans un piège les yeux grands ouverts ?

Longie répliqua qu'il avait foncé parce que ce n'était plus un piège quand on savait où on allait. La police essayait de les piéger depuis des années, lui et ses gars, et eux, ils arrivaient à chaque fois à se tirer avec l'appât.

— Il n'y a qu'une chose que je ne savais pas, Brelan. Ou du moins, dont j'étais pas sûr. C'était ce que tu venais faire dans l'histoire. Mais quand tu as filé et que j'ai repensé à toutes ces questions que tu m'avais posées quand on était en taule ensemble...

— Laisse tomber ! l'interrompit Brelan. On sait bien que tu es malin et que tous les autres sont bêtes. Mais ça ne change rien. J'ai refilé le tuyau au shérif et il n'y aura pas de fourgon de paye.

Longie se mit à rire avec humeur.

— Tu vois, j'crois pas que ça soit vrai, l'ami. C'que t'as dit au shérif, c'est qu'on n'allait pas attaquer cette fois-ci. Tu lui as dit qu'y avait un problème quelconque, un ennui de voiture, probablement, et qu'il faudrait qu'on attende la prochaine fois. C'est ce qui s'est passé, et ne viens pas me raconter le contraire. Parce que tu voulais nous tuer toi-même et tu voulais pas que la police s'en mêle !

Brelan hésita puis acquiesça.

— Effectivement, maintenant j'ai changé d'avis, mais c'est ça que j'avais prévu. Et il n'y aura toujours pas...

— Arrête un peu, espèce de foutu menteur ! Ils ne peuvent pas bloquer la paye une autre fois et le shérif ne voit aucune raison d'intervenir. Donc l'argent va bien arriver. Et il sera dans l'un des deux trucs qui peuvent encore rouler. Tout ce qu'on aura à faire, c'est de tomber sur le seul camion et la seule camionnette qui prendront la route, et l'affaire sera dans le sac !

— Vous n'y arriverez jamais, dit Brelan d'une voix peu convaincante. La circulation est ce qu'il y a de plus important pour le pipe-line. Alors qu'est-ce que tu crois qu'il va se passer quand ils se retrouveront avec deux malheureux véhicules ?

— Ils vont sûrement se poser des questions. Mais d'ici là, les tacots seront arrivés. Alors..., dit Longie en se mettant debout. Alors fini les questions, et fini les types qui les posent. Et en parlant de fin...

Il fit un signe de tête. La bande commença à se rapprocher de Brelan et...

Un poing s'abattit sur ma nuque. Je trébuchai et m'écroulai. Goss hurla d'un ton triomphant :

— Je le tiens, Longie ! Je tiens le gamin !

33.

Heureusement que j'avais trébuché ; ça m'avait empêché de tomber à plat ventre. Instinctivement, je tendis les bras, ce qui projeta en avant une partie de mon poids. Je ne m'étalai donc pas comme j'aurais dû le faire. Je tombai, mais avec juste un peu moins de force qu'il n'en aurait fallu à la dynamite pour exploser. Et ça suffit à faire toute la différence. Comme je le dis toujours, mademoiselle Dynamite est une bonne fille tant qu'on ne l'embête pas. Mais apparemment, ce fichu Goss était justement en train de lui chercher des noises. Ou, ce qui revenait au même, il essayait à tout prix de me plaquer au sol.

Il m'était tombé dessus par derrière et il ne savait donc pas que j'étais une bombe ambulante. Il n'avait pas vu la dynamite ; moi, je ne pouvais pas le lui dire parce qu'il appuyait ses genoux dans mon dos et m'enfonçait la bouche et le nez dans la terre. Je luttai et essayai de hurler. Il pesait d'autant plus fort ; je m'étranglai et commençai à perdre conscience.

Je sentais ma poitrine brûler. Je sentais une odeur de fumée. Et je me demandais vaguement où était passé mon cigare.

Le poids qui m'écrasait me libéra enfin. Goss me remit brutalement debout et me poussa pour me faire descendre la pente. J'étais étourdi et je ne tenais pas sur mes jambes. Alors après un ou deux pas, il m'attrapa le bras et m'entraîna.

— Salaud de gamin ! Je vais... je...

C'est alors qu'il remarqua le cercle de feu sur ma chemise ; les mèches crépitaient. Les autres types avaient commencé à nous observer et maintenant, ils s'en apercevaient aussi. Tout le monde sembla hurler et s'agiter en même temps.

Tout à l'heure, ils étaient là, pétrifiés, muets, et deux secondes plus tard, ils étaient tous en train de brailler et de se bousculer pour essayer de s'éloigner de moi.

— *Hou !*

— *Poussez-vous ! Merde alors, comment...*

— *Où est Bobo ? Où...*

— *La bagnole, la bagnole, la bagnole...*

Un fusil claqua et la lampe vacilla avant de s'éteindre. Les portières claquèrent et le démarreur ronfla. Je me réveillai soudain et commençai à attraper la dynamite.

Le premier bâton atteignit l'arrière de la camionnette. C'était vraiment un coup de chance parce que je ne visais même pas, j'essayais seulement de me débarrasser des explosifs. Le véhicule bondit en avant tandis que ses vitres volaient en éclats. A la suite de la déflagration, une vague d'air brûlant me sauta à la figure et de la fumée pâle m'arriva dans les yeux. Mais j'arrachai deux autres bâtons et en en prenant un dans chaque main, je les lançai. Pendant qu'ils explosaient en l'air, la camionnette rugit et s'éloigna.

Je n'avais pas le temps de lancer les trois derniers bâtons. Les mèches avaient presque brûlé jusqu'aux capsules et je savais que je n'y arriverais pas. Je n'en eus d'ailleurs pas besoin.

Brelan se précipita sur moi. Il arracha mon harnachement d'une seule secousse. Il m'en débarrassa d'une main et de l'autre, il me jeta à terre. Je me mis les mains sur les oreilles au moment où les trois charges explosaient en même temps. Mais ça ne m'empêcha pas de ne plus rien entendre pendant les minutes qui suivirent.

Brelan et moi, nous nous redressâmes. Assis par terre, nous nous regardâmes en souriant. Ses lèvres remuèrent, mais je ne pus bien évidemment pas entendre ce qu'il me disait. Puis je lui parlai et nous n'entendîmes rien non plus.

Il se mit à rire. Il était tellement soulagé, vous comprenez. Si heureux qu'on soit toujours en vie. Il agita un doigt dans son oreille, puis il reprit la parole. Sa voix me donnait l'impression d'avoir parcouru des milliers de kilomètres avant de me parvenir.

— ... j'ai pas entendu, Tommy. Qu'est-ce que t'as dit ?

— J'ai seulement dit qu'il me semblait qu'on était toujours en vie, répondis-je en articulant soigneusement chaque mot.

— Ben, ça vaut mieux ! s'exclama-t-il tandis que Carol s'asseyait à côté de moi. Parce que j'ai des projets pour toi, M. Tommy Burwell.

34.

La fumée et les émanations de dynamite s'étaient dissipées et l'air était à nouveau agréable à respirer. Ça faisait du bien d'être là, tous les trois, assis dans la prairie du Far-West du Texas, avec les bruits paisibles de la nuit tout autour de nous. Après toutes les émotions qu'on avait eues, on avait bien besoin de se reposer.

Carol soupira et se blottit contre moi. Brelan bâilla et s'étira, puis releva les bords de son chapeau, par devant et par derrière. Il ne cessait de fixer la route qui conduisait en ville, comme s'il espérait que quelque chose allait arriver par là. Finalement, je lui demandai s'il pensait que la bande reviendrait.

D'une voix traînante, il me répondit qu'il ne le croyait pas. Qu'en fait, il était presque sûr qu'ils ne le feraient pas.

— C'est vraiment trop moche qu'ils aient réussi à s'enfuir, dis-je. Je crois que je n'ai pas fait ce qu'il fallait.

— Allons, ne te reproche rien, Tommy, dit-il. Tu t'en es très bien sorti et je suis fier de toi.

Je le remerciai de penser ça et je répétai que je regrettais vraiment qu'ils s'en soient tirés.

— On pourrait peut-être retourner au camp et faire démarrer un camion. Si on réussissait à aller en ville pour téléphoner...

— On n'y arriverait jamais, Tommy, dit-il en secouant fermement la tête. Je suis prêt à parier que tous les engins seront hors de combat pendant les douze heures à venir.

— Eh bien... dis-je en le regardant, les sourcils froncés, en me disant qu'il prenait les choses avec beaucoup de calme. Ça me semble un peu bizarre de penser que deux chauffeurs vont être tués et que la paye d'un mois va être volée sans qu'on puisse faire quoi que ce soit pour l'empêcher.

Il haussa les épaules sans rien dire et continua à garder les yeux fixés sur la piste qui menait en ville. Au bout d'un moment, il me demanda si je pensais qu'il avait fait une erreur en ne tuant pas les Long et tous les membres de leur bande.

— Ils avaient raison, tu sais. J'avais bien l'intention de tous les tuer. Mais au moment de le faire... — Il secoua la tête — je n'en avais plus envie, Tommy. Je me suis dit qu'il fallait leur laisser une chance s'ils voulaient se rendre.

— Ben, je crois que je peux comprendre ça, dis-je. Je sais que je ne pourrais pas massacrer une douzaine de bonshommes, quels qu'ils soient. Mais...

— Exactement, m'interrompit-il. Un meurtre, c'est un meurtre, et j'aurais été aussi salaud qu'eux. Mais comme je leur ai donné une chance qu'ils n'ont pas voulu prendre, s'il leur arrive quelque chose, ça sera de leur faute.

— Ah ouais ? dis-je d'un air hésitant. Qu'est-ce que tu veux dire par là ?

— Ben... dit-il en haussant nonchalamment les épaules. J'me disais qu'ils pourraient avoir un p'tit accident.

— Un accident ?

— Pourquoi pas ? Les gens en ont sur des routes bien meilleures que la piste qu'est là-bas. Et ils conduisent pas avec les phares éteints comme Longie.

— Ben ouais. Mais...

— Suppose qu'on ait lâché quelque chose, là, sur la piste. Quelque chose de plus ou moins enterré pour qu'on ne puisse pas le voir. Longie irait se jeter dessus, pas vrai ?

— Sûrement, mais...

Je n'en dis pas davantage. Parce que le ciel sembla s'embraser à des kilomètres à la ronde. Un énorme éclair aveuglant éclaira la prairie ; on se serait cru en plein jour. Puis l'explosion déchira le silence et la terre trembla. Pour la seconde fois de la nuit, j'étais complètement assourdi.

L'obscurité se réinstalla. Les échos de la déflagration s'éteignirent. Je me frottai les oreilles en jetant un coup d'œil à Brelan.

— Eh bien, j'ai l'impression que Longie est bien allé se jeter sur quelque chose, dis-je.

— J'en ai bien l'impression, dit Brelan.

Collection rivages/noir

1. Jim Thompson : *Liberté sous condition*
2. Charles Williams : *La Fille des collines*
3. Jonathan Latimer : *Gardénia rouge*
4. Joseph Hansen : *Par qui la mort arrive*
5. J. Van de Wetering : *Comme un rat mort*
6. Tony Hillerman : *Là où dansent les morts*
7. John P. Marquand : *Merci, Mister Moto*
8. John P. Marquand : *Bien joué, Mister Moto*
9. David Goodis : *La Blonde au coin de la rue*
10. Mildred Davis : *Dark Place*
11. Joan Aiken : *Mort un dimanche de pluie*
12. Jim Thompson : *Un nid de crotales*
13. Harry Whittington : *Des Feux qui détruisent*
14. Stanley Ellin : *La Corrida des pendus*
15. William Irish : *Manhattan Love Song*
16. Tony Hillerman : *Le Vent sombre*
17. Hugues Pagan : *Les Eaux mortes*
18. John P. Marquand : *Mister Moto est désolé*
19. Donald Westlake : *Drôles de frères*
20. Jonathan Latimer : *Noir comme un souvenir*
21. John D. Mac Donald : *Réponse mortelle*
22. Jim Thompson : *Sang mêlé*
23. William McIlvanney : *Les Papiers de Tony Veitch*
24. William McIlvanney : *Laidlaw*
25. Diana Ramsay : *Approche des ténèbres*
26. Donald Westlake : *Levine*

27. James Ellroy : *Lune sanglante*
28. Harry Whittington : *Le diable a des ailes*
29. John D. Mac Donald : *Un temps pour mourir*
30. J. Van de Wetering : *Sale temps*
31. James Ellroy : *A cause de la nuit*
32. Jim Thompson : *Nuit de fureur*
33. J. Van de Wetering : *L'Autre Fils de Dieu*
34. J. Van de Wetering : *Le Babouin blond*
35. Tony Hillerman : *La Voie du fantôme*
36. W.R. Burnett : *Romelle*
37. David Goodis : *Beauté bleue*
38. Diana Ramsay : *Est-ce un meurtre ?*
39. Jim Thompson : *A deux pas du ciel*
40. James Ellroy : *La Colline aux suicidés*

Hors collection :

Joseph Hansen : *Le Noyé d'Arena Blanca*

Achevé d'imprimer le 14 décembre 1987
sur les presses de l'Imprimerie «La Source d'Or»
63200 Marsat
Dépôt légal décembre 1987
Imprimeur N° 2969